2024

Berufliches Gymnasium

Original-Prüfungsaufgaben mit Lösungen

Baden-Württemberg

VWL & BWL

STARK

38. neu bearbeitete und ergänzte Auflage
www.stark-verlag.de

Inhaltsverzeichnis

Abiturprüfung 2022

Musterprüfungsaufgaben für das Abitur ab 2024

Abiturprüfungsaufgaben 2023

Aufgaben . . . . **www.stark-verlag.de/mystark**
Sobald die Original-Prüfungsaufgaben 2023 freigegeben sind, können Sie ausgewählte Aufgaben als PDF auf der Plattform MyStark herunterladen (Zugangscode vgl. Umschlaginnenseite).

Jeweils zu Beginn des neuen Schuljahres erscheinen die neuen Ausgaben der Abiturprüfungsaufgaben mit Lösungen.

Lösungen:
OStR Bertram Hörth, OStR Rüdiger Trunz und OStR Tanja Ernst

Vorwort

Liebe Schülerinnen und Schüler,

der vorliegende Band hilft Ihnen bei einer gezielten Vorbereitung auf Klausuren und das Abitur im **Profilfach Volks- und Betriebswirtschaftslehre** an den Beruflichen Gymnasien (WG) mit dem **Profil Wirtschaft**.

Kern des Buches sind die **Original-Abituraufgaben** der letzten Jahre, sodass Sie unter realistischen Bedingungen für die Prüfung üben können. Auf jede Aufgabenstellung folgen komplett ausgearbeitete, **schülergerechte Lösungsvorschläge**, die Ihnen eine Selbstkontrolle ermöglichen. Zusätzlich finden Sie in den Lösungen Hilfestellungen und konkrete Hinweise zur Bearbeitung der Aufgaben.

Neben den Original-Abituraufgaben beinhaltet dieses Buch auch die **Musterprüfungsaufgaben für das Abitur ab 2024**. Zudem ist bei den Abituren der Jahre 2019 bis 2023 jeweils vermerkt, welche Aufgabenteile ab 2024 nicht mehr prüfungsrelevant sind.

Das umfassende **Stichwortverzeichnis** sowie das Kapitel **Analyse der Stoffstruktur und Zuordnung der Abituraufgaben** erleichtern Ihnen die gezielte Nutzung dieses Bandes und ermöglichen einen schnellen Zugriff auf zentrale Sachverhalte. Zudem finden Sie vor den Prüfungsjahrgängen hilfreiche **Hinweise und Tipps** zur Abiturprüfung.

Sollten nach Erscheinen dieses Bandes noch wichtige Änderungen für die Abiturprüfung 2024 vom Ministerium für Kultus, Jugend und Sport Baden-Württemberg bekannt gegeben werden, finden Sie aktuelle Informationen dazu im Internet unter: www.stark-verlag.de/mystark.

Viel Erfolg bei Ihren Prüfungen wünschen Ihnen Verlag und Autoren!

Hinweise und Tipps

1 Ablauf der Prüfung

Die Aufgaben der Abiturprüfung im Profilfach Volks- und Betriebswirtschaftslehre werden zentral vom Ministerium für Kultus, Jugend und Sport Baden-Württemberg gestellt und sind für alle Schüler verbindlich vorgeschrieben. Die Prüfung gliedert sich in zwei Teilbereiche:

Teil I: Betriebswirtschaftslehre mit integriertem Rechnungswesen
Teil II: Volkswirtschaftslehre

Beliebige Themen der Betriebswirtschaftslehre können mit beliebigen Themen aus dem Rechnungswesen in den Aufgaben des Teils I kombiniert werden. Eine Zuordnung von Stoffstruktur und Abituraufgaben, die die Vorbereitung auf diese sogenannten integrierten Aufgaben erleichtert, findet sich im Anschluss.

Der **Teil I** (BWL mit RW) enthält drei Aufgabenvorschläge (Aufgabe 1, 2 und 3), von denen Sie **zwei** nach Ihrer Wahl lösen müssen.

Der **Teil II** (VWL) enthält drei Aufgabenvorschläge (Aufgabe 4, 5 und 6), von denen **zwei** zu bearbeiten sind.

Die **Arbeitszeit** für die gesamte Prüfung beträgt 300 Minuten. Als **Hilfsmittel** sind für alle Teilbereiche zugelassen:

1. Einc unkommentierte Gesetzessammlung
2. Ein nicht programmierbarer elektronischer Taschenrechner

2 Bewertung

Die bei den einzelnen Teilaufgaben maximal erreichbaren Bewertungseinheiten (BE) finden Sie bei den jeweiligen Aufgaben. Es kann eine maximale Punktzahl von 120 erreicht werden.

Notenpunkte	15	14	13	12	11	10	09	08
Bewertungs-einheiten	120–114	113–108	107–102	101–96	95–90	89–84	83–78	77–72

Notenpunkte	07	06	05	04	03	02	01	00
Bewertungs-einheiten	71–66	65–60	59–54	53–48	47–40	39–32	31–24	23–0

3 Methodische Hinweise und Zeitmanagement

Vorbereitung

- Bereiten Sie sich langfristig vor!
- Wiederholen Sie bereits behandelte Inhalte regelmäßig und verfestigen Sie Ihr Wissen durch neue, komplexere Aufgabenstellungen, um das langfristige Gedächtnis zu aktivieren.
- Benutzen Sie als Grundlage für diese Wiederholungen neben diesem Übungsbuch Ihre Unterrichtsaufzeichnungen, alte Klausuren sowie das Lehrbuch.
- Besprechen Sie auftretende Fragen und Probleme sofort mit Mitschülern und/oder dem Fachlehrer und lösen Sie komplizierte Fragestellungen gemeinsam.
- Versuchen Sie auch bei Übungen zügig und konzentriert zu arbeiten.
- Stellen Sie sich einen Wecker und machen Sie sich selbst Zeitvorgaben, um so die Prüfungssituation zu simulieren.

Bearbeitung der Prüfung

- Bearbeiten Sie die Prüfungsarbeiten möglichst in der angegebenen Reihenfolge. Bei häufigem Springen von einem Themenbereich zum anderen verlieren Sie schnell den Überblick und erkennen keine Zusammenhänge.
- Beginnen Sie jede Aufgabe mit einem neuen Blatt.
- Orientieren Sie sich an der Zahl der maximal erreichbaren Bewertungseinheiten, um einen groben Zeitplan für die einzelnen Teilaufgaben festzulegen.
- Lesen Sie die inhaltlich zusammengehörenden Aufgaben ruhig, konzentriert und vollständig durch; oft bekommen Sie in nachfolgenden Teilaufgaben direkte oder indirekte Hinweise, die Sie bei der Lösung der vorhergehenden Aufgaben verwenden können.
- Markieren Sie beim Lesen wichtige Daten in der Aufgabenstellung farbig.
- Oft hilft Ihnen eine grafische Darstellung oder Skizze, um die Problemstellung zu veranschaulichen und um den Einstieg in die Lösung zu finden.
- Nutzen Sie bekannte Schemata als „Gerüst", wie z. B. das Kostenkalkulationsschema, den BAB, das Kostenträgerblatt oder das Schema für die mehrstufige

Deckungsbeitragsrechnung, in die Sie die gegebenen Werte eintragen, um dann nach und nach die fehlenden Größen zu ermitteln.
- Sollten Ihnen notwendige Zwischenergebnisse fehlen, machen Sie eine (sinnvolle) Annahme, unter der Sie dann die nachfolgenden Teilaufgaben lösen. Vermerken Sie aber unbedingt auf Ihrem Blatt, dass Sie mit einer selbstgewählten Annahme weiterrechnen.
- Auch eine saubere, großzügige und übersichtliche Form hilft beim Erkennen und Lösen eines Problems.
- Verwenden Sie geeignete Fachbegriffe und vergessen Sie nicht die Bezeichnungen bei den grafischen Darstellungen und den berechneten Werten.
- Verweisen Sie, wenn möglich, auf Paragraphen. Wenn in einer Aufgabenstellung nicht explizit auf den Gesetzestext Bezug genommen wird, kann die volle Punktzahl allerdings auch erreicht werden, ohne dass die Rechtsquelle genannt wird.

4 Analyse der Stoffstruktur und Zuordnung der Prüfungsaufgaben

Jahrgangsstufe 1 BWL
(Lehrplaneinheiten 1–5 aus der Eingangsklasse sind nicht abiturrelevant!)

LPE	Thema	Abituraufgaben
6	**Beschaffung**	
	• Beschaffungsziele • Sourcing-Strategien	• Muster A1 • Muster A1
	Verfahren zur Materialbereitstellung • ABC/XYZ-Analyse • delivery on demand; just in time; KANBAN-Konzept • Bestellpunkt-/Bestellrythmusverfahren; Servicegrad • optimale Bestellmenge	 • Muster A1 • Muster A1 • Muster A1 • Muster A1
	Lagerkennzahlen • durchschnittlicher Lagerbestand; Lagerdauer; Umschlagshäufigkeit; Lagerzinsen; Lagerzinssatz	• –
7	**Internes Rechnungswesen**	
	Kostenanalyse: • fixe und variable Kosten; Kostenauflösung; Kosten- und Erlösfunktionen; Gesamt- und Stückkosten; Fixkostendegression; sprungfixe Kosten • Gewinn, Gewinnschwelle und Gewinnmaximum	• 20A1, 21A1, 22A1, Muster A2 • 20A1, 22A1

	Kostenartenrechnung: • Aufwendungen und Kosten; Erträge und Leistungen • kalkulatorische Kosten • Abgrenzungsrechnung / Ergebnistabelle	• – • Muster A2 • –
	Kostenstellenrechnung: • Einzel- und Gemeinkosten • Verrechnung der Gemeinkosten (BAB); Herstellkosten des Umsatzes und der Produktion; Berechnung der Gemeinkostenzuschlagssätze • Gesamtkalkulation (Ist-Kosten); Berechnung der Selbstkosten • Maschinenstundensatzrechnung	• – • 20A1, 21A1, 22A1, Muster A2 • 20A1, 21A1 • Muster A2
	Kostenträgerstückrechnung: • Kalkulation mit Normalzuschlagssätzen Angebots-, Rückwärts-, Differenzkalkulation	• 19A1, 20A1, 21A1, 22A1
	• Gesamtkalkulation (Vergleich Ist- u. Normalkosten); Kostenüber- und Kostenunterdeckung	• 19A1, 22A1, Muster A2
	Deckungsbeitragsrechnung: • Berechnung des einfachen Deckungsbeitrags • kurz- und langfristige Preisuntergrenze • Annahme von Zusatzaufträgen • Eigenfertigung oder Fremdbezug • Produktionsprogramm bei freien Kapazitäten • Produktionsprogramm bei einer Engpasssituation (relativer DB)	• 19A1, 20A1, 22A1 • 22A1 • 19A1, 22A1 • – • Muster A3 • 20A1, 21A1, 22A1

8	**Absatzmarketing**	
	• Aufgaben und Ziele • Verkäufer- und Käufermarkt • Arten der Marktforschung; Marktpotenzial, -volumen, -anteil; Absatzpotential, -volumen • Produktlebenszyklusmodell • Marktwachstums-Marktanteils-Portfolio • komparativer Konkurrenzvorteil	• – • – • Muster A3 • Muster A3 • Muster A3 • Muster A3
	Produktpolitik: • Produktgestaltung; Produktprogramm; Produktinnovation, -variation, -differenzierung, -eliminierung; Diversifikation • Produkthaftung • Patent- und Gebrauchsmusterschutz	• Muster A3 • – • –
	Preispolitik: • kostenorientierte Preisbestimmung • nachfrageorientierte Preisbestimmung • konkurrenzorientierte Preisbestimmung • Preisstrategien	• – • – • – • –

	Distributionspolitik: • direkte und indirekte Absatzwege • Außendienst und Handelsvertretung • Distribution im E-Commerce	• – • – • –
	Kommunikationspolitik: • Werbung; Public Relations; Salespromotion; Sponsoring • Kommunikation im E-Commerce • Influencer-Marketing; Product-Placement • vergleichende und irreführende Werbung	• – • – • – • –

9	**Investitionsentscheidungen**	
	Verfahren der Investitionsrechnung: • Statische Investitionsrechnung: Kostenvergleichsrechnung; Amortisationsrechnung • Dynamische Investitionsrechnung: Kapitalwertmethode	• 20A2, 21A3, 22A2 • 20A2, 21A3, 22A2

Jahrgangsstufe 2 BWL		
LPE	**Thema**	**Abituraufgaben**
10	**Rechtsformunabhängige Finanzierungsentscheidungen**	
	Außenfinanzierung: • Darlehen: Inhalte und Darlehensarten • Effektivzinssatz	• 19A2, 21A3, 22A3 • 19A2, 21A3, 22A3
	Leasing: • Merkmale; Arten; Vor- und Nachteile; Vergleich mit Kreditfinanzierung	• 19A2
	Innenfinanzierung: • Finanzierung aus Abschreibungsgegenwerten: Kapitalfreisetzung; Scheingewinne; stille Reserven • Finanzierung aus Rückstellungsgegenwerten	• 20A3, 22A3 • –

11	**Aktiengesellschaft mit rechtsformabhängiger Finanzierung**	
	• Firmierung; Kapitalaufbringung; Haftung; Gründung; Organe; • Rechte und Pflichten der Aktionäre; Aktienarten	• – • Muster A3
	Innenfinanzierung: • Eigenkapitalgliederung; offene Selbstfinanzierung (Gewinnverwendung); Dividendenberechnung	20A3, 21A2

	Außenfinanzierung: • ordentliche und genehmigte Kapitalerhöhung; Bezugsrechte	• Muster A3
12	**Jahresabschluss der Aktiengesellschaft**	
	Jahresabschluss nach HGB: • Bestandteile; Lagebericht; Offenlegung; Grundsätze ordnungsmäßiger Bilanzierung	• 19A3, 20A3
	Rechnungslegung nach HGB: • Bewertungsprinzipien; Bewertung (bewegliches AV, Finanzanlagen, unfertige und fertige Erzeugnisse, Fremdwährungsverbindlichkeiten); Auswirkung der Wahlrechte	• 19A3, 20A3
	Jahresabschlussanalyse: • Bilanzkennzahlen: Eigen- und Fremdkapitalquote; Anlagendeckungsgrad; Liquidität • Erfolgskennzahlen: Eigen-, Gesamt-, Umsatzrentabilität; Leverage-Effekt; Cashflow	• 19A3 • 19A3
13	**Automatisierung und Digitalisierung im Unternehmen**	
	Wahlthema und daher nicht Gegenstand der schriftlichen Abiturprüfung!	
14	**Unternehmensführung**	
	Wahlthema und daher nicht Gegenstand der schriftlichen Abiturprüfung!	

Jahrgangsstufe 1 VWL		
LPE	**Thema**	**Abituraufgaben**
15	**Verhalten der Marktteilnehmer unter Wettbewerbsbedingungen**	
	Nachfrageverhalten privater Haushalte • Bestimmungsfaktoren der individuellen Nachfrage – Preis des Gutes – Preise anderer Güter: Komplementär-/Substitutionsgüter; indifferente Güter – Einkommen: inferiore vs. superiore Güter – Bedürfnisstruktur – Zukunftserwartungen • Individuelle Nachfragekurve mit Prohibitivpreis und Sättigungsmenge • Verschiebung der individuellen Nachfragekurve • Gesamtnachfrage – Herleitung und Bestimmungsfaktoren der Gesamtnachfrage – Verschiebung der Gesamtnachfragekurve	• 19A4, MusterA4 • 19A4, 19A5, 21A4, 22A4
	Preiselastizität der Nachfrage • direkte Preiselastizität • indirekte Preiselastizität	• 22A4
	Angebotsverhalten privater Unternehmen • Bestimmungsfaktoren des individuellen Angebots – Preis des Gutes – Kosten der Produktionsfaktoren – Technologie – Erwartungen • Linearer Verlauf der Gesamterlöskurve und S-förmiger Verlauf der Gesamtkostenkurve (Gewinnmaximierungsregel E' = K') • Kurzfristiger und langfristiger Verlauf der individuellen Angebotskurve (Betriebsminimum, Betriebsoptimum) • Verschiebung der individuellen Angebotskurve • Gesamtangebot – Herleitung des Gesamtangebots – Verschiebung der Gesamtangebotskurve	• 19A4 • 19A4
16	**Preisbildung auf verschiedenen Arten von Märkten**	
	Polypol auf dem vollkommenen Markt • Marktgleichgewicht (tabellarisch, grafisch, algebraisch) • Zustandekommen und Eigenschaften des Gleichgewichtspreises • Angebots- und Nachfrageüberhang • Konsumenten- und Produzentenrente • Anpassungsprozesse bei Ungleichgewichtssituationen	• 22A4 • 20A5, 22A4

	Staatliche Eingriffe in die Preisbildung • Marktkonforme Maßnahmen – Verbrauchsteuern – Subventionen, Transferzahlungen • Marktkonträre Maßnahmen – Höchstpreis – Mindestpreis • Auswirkungen staatlicher Eingriffe – Preis- und Mengeneffekte – Wohlfahrtsveränderungen – Zielerreichung	• 22A4
	Angebotsmonopol auf dem vollkommenen Markt • Zusammenhang zwischen der Erlöskurve und den Elastizitätsbereichen der Preis-Absatz-Kurve • Gewinnmaximum (Cournot'scher Punkt) beim vollkommenen Angebotsmonopol (tabellarisch, grafisch, mit Hilfe der Differenzialrechnung) • Arten von Monopolen • Folgen von Marktmacht	• 19A5, 20A4, 21A4 • 19A5, 20A4, 21A4
	Preisdifferenzierung des Angebotsmonopolisten • Arten der Preisdifferenzierung • Preisdifferenzierung oberhalb und unterhalb des Cournot-Preises	• 19A5 • MusterA4
	Preispolitik des Polypolisten auf dem unvollkommenen Markt • Doppelt geknickte Preis-Absatz-Funktion mit monopolistischem Preisspielraum • Gewinnmaximum bei linearem Gesamtkostenverlauf (tabellarisch, grafisch, mithilfe der Differenzialrechnung)	• 19A5, 22A4, MusterA4 • 19A5, 22A4, Muster A4
	Verhaltensweisen auf oligopolistischen Märkten • Preisstarrheit, Preisführerschaft • Preisabsprachen • Preiswettbewerb, Preiskampf • Dilemmasituationen (Auszahlungsmatrix) • Herfindahl-Hirschman-Index	• 20A4, MusterA4

17	**Konjunktur und Ziele der Wirtschaftspolitik**	
	• Modell des Konjunkturzyklus (idealtypischer Konjunkturverlauf) • Konjunkturindikatoren (auch Früh-, Gegenwarts-, Spätindikatoren) • Auswertung statistischer Daten	• 19A5 • 19A5, MusterA5, MusterA6 • MusterA6
	• Ziele des Stabilitätsgesetzes (Magisches Viereck) • Erhalt einer lebenswerten Umwelt und gerechte Einkommens- und Vermögensverteilung (Magisches Sechseck) • Zielkonflikt und Zielharmonie	• 19A5, 22A4 • 22A4 • 21A4

18	**Preisniveaustabilität und Geldpolitik I**	
	• Europäische Währungsunion (EWU) • Europäisches System der Zentralbanken (ESZB) – Aufbau und Ziele • Europäische Zentralbank (EZB) – Aufbau und Ziele • Bedeutung der Geldmenge für das Preisniveau • Zentralbankgeld und Geschäftsbankengeld • Geldmengenbegriffe M 1–M 3 • Geldschöpfung der Zentralbank • Geldschöpfung einer einzelnen Geschäftsbank	• 19A4, MusterA5 • 21A5
	• Kaufkraft und Preisniveau • Verbraucherpreisindex – Warenkorb – Wägungsschema • Harmonisierter Verbraucherpreisindex • Nominallohn vs. Reallohn • Inflationswirkungen • Gefahren einer Deflation	• 20A4 • 20A4 • MusterA5 • MusterA5 • 20A4 • 20A4

Jahrgangsstufe 2 VWL		
LPE	**Thema**	**Abituraufgaben**
18	**Preisniveaustabilität und Geldpolitik II**	
	• Zwei-Säulen-Strategie der EZB • Geldpolitisches Instrumentarium der EZB – Offenmarktgeschäfte; Tenderverfahren – Ständige Fazilitäten – Mindestreserven • Probleme und Grenzen der Geldpolitik	• 19A4, 22A5, Muster A5 • 21A5, 22A5 • 21A5 • 19A4, 21A5, 22A5
19	**Wirtschaftspolitische Konzeptionen zur Konjunkturstabilisierung und Wachstumsförderung**	
	• Nachfrageorientierte Konjunkturpolitik – Konsumfunktion und Einkommensmultiplikator – Antizyklische Fiskalpolitik – deficit-spending • Angebotsorientierte Wachstumspolitik – Say'sches Theorem – Potenzialorientierte Geld- und Finanzpolitik	• 19A5, 20A5, 21A5, 22A5, MusterA6 • Muster A6 • 19A5, 22A5 • 19A5 • 19A5, 20A5, 21A5, 22A5, MusterA6
	• Wachstums- und Konjunkturpolitik in Deutschland • Zielbeziehungen; Misery-Index • Staatsverschuldung, Staatsquote, Abgabenquote,	• 19A5, 21A5, 22A5, MusterA6 • 19A5, 20A5

	Sozialleistungsquote	

20	**Beschäftigungs- und Arbeitsmarktpolitik**	
	• Ausmaß und Struktur der Arbeitslosigkeit • Arbeitslose vs. Erwerbslose • Offene vs. verdeckte Arbeitslosigkeit • Arbeitslosigkeit als wirtschaftliches und soziales Problem • Saisonale und friktionelle Arbeitslosigkeit • Konjunkturelle und strukturelle Arbeitslosigkeit • Beveridge-Kurve (Mismatch-Arbeitslosigkeit)	
	• Produktivitätsorientierte vs. expansive Lohnpolitik der Tarifparteien • Träger und Instrumente der staatlichen Beschäftigungs- und Arbeitsmarktpolitik	

21	**Umweltschutz und nachhaltige Entwicklung**	
	• Grenzen des Wirtschaftswachstums: quantitativ und qualitativ • Ursachen und Ausmaß von Umweltproblemen • Prinzipien der Umweltpolitik – Kooperationsprinzip – Vorsorgeprinzip – Verursacherprinzip – Gemeinlastprinzip • Umweltpolitische Instrumente – Auflagen – Ökosteuer – Emissionshandel • Internationale Umweltpolitik	• 21A4 • 21A4 • 21A4 • 21A4, 22A4 • 21A4
	• Leitbild der Nachhaltigen Entwicklung • Mehr-Dimensionen-Modelle • Agenda 2030 • Nachhaltige Wirtschafts- und Gesellschaftsmodelle	

22	**Verteilungspolitik**	
	• Einkommensverteilung in Deutschland • Einkommensentstehung (Primär- und Sekundärverteilung) • Funktionelle Einkommensverteilung (Lohn- und Gewinnquote) • Personelle Einkommensverteilung (Lorenz-Kurve, Gini-Koeffizient) • Leistungs- und Bedarfsgerechtigkeit	

	• Einkommensteuertarif • Leistungsfähigkeitsprinzip • Fürsorgeprinzip • Analyse der Armut in Deutschland – Absolute vs. relative Armut – Armutsrisikoquote – Altersarmut – Armutsbekämpfung	

23	**Außenwirtschaft**	
	• Bedeutung des Außenhandels für Deutschland (aktuelle Daten aus der Zahlungsbilanz) • Ursachen für Außenhandel – Nicht-Verfügbarkeit von Gütern – Preis- bzw. Kostenunterschiede • Intra-Industrieller Handel	
	• Förderung des Außen- und Welthandels durch internationale Organisationen • Gründe für Protektionismus • Tarifäre und nichttarifäre Handelshemmnisse • Außenwirtschaftspolitik	 • 20A5 • 20A5

Hinweis: In der Jahrgangsstufe 2 ist von den BPE 22–23 jeweils nur eine zu unterrichten (wird bekannt gegeben).

Beliebige Unternehmensform mit Vollkostenrechnung in Form der Zuschlagskalkulation (Kostenstellenrechnung, BAB, Kostenträgerstückrechnung); Deckungsbeitragsrechnung

Die CarTech OHG mit Hauptsitz in Weingarten ist ein Zulieferbetrieb für die Automobilindustrie. Aufgrund der neuen technologischen Entwicklungen im Automobilbau hat sich die CarTech OHG auf die Produktion von Sensoren spezialisiert. Das Unternehmen wurde vor drei Jahren von dem Ingenieur für Elektrotechnik Frank Lay und dem Diplom-Kaufmann Manuel Miller gegründet. Zur Stärkung der Eigenkapitalbasis wird das Unternehmen Anfang 2019 in eine Kommanditgesellschaft umgewandelt und Katja Wagner als Kommanditistin aufgenommen. Der Gesellschaftsvertrag der CarTech KG wird am 10. 01. 2019 notariell beurkundet, die Eintragung in das Handelsregister erfolgt drei Wochen später.

Bezüglich Geschäftsführung und Vertretung gelten die gesetzlichen Bestimmungen. Über die Kapitalverhältnisse der CarTech KG gibt folgende Tabelle Auskunft:

Gesellschafter	**Kapitalanteile**
Komplementär Frank Lay	500.000 €
Komplementär Manuel Miller	250.000 €
Kommanditistin Katja Wagner	250.000 €
75 % der Kommanditeinlage werden bei Gründung der KG eingezahlt, der Restbetrag ist zum 31. 12. 2019 fällig.	

Aufgabenstellung

1 Erläutern Sie zwei Gründe, die aus der Sicht von Frank Lay und Manuel Miller für die Aufnahme eines Teilhafters und nicht für die Aufnahme eines weiteren Vollhafters gesprochen haben könnten. (2 NP)

2 Zur Erweiterung des Produktionsstandortes in Weingarten beabsichtigen die beiden Komplementäre den Kauf eines Grundstücks zu einem Preis von 820.000 €. Katja Wagner findet den Grundstückspreis zu hoch und widerspricht dem Vorhaben. Die beiden Komplementäre entscheiden sich trotzdem für den Kauf des Grundstücks; Manuel Miller schließt den Vertrag am 01. 03. 2019 ab.
Prüfen Sie die Rechtslage. (3 NP)

3 Nach den Unstimmigkeiten bezüglich des Grundstückskaufs möchte Katja Wagner regelmäßig Informationen zum Geschäftsverlauf erhalten. Sie verlangt daher, zeitnah anhand von Quartalsabschlüssen unterrichtet zu werden.
Begründen Sie, ob Katja Wagner dazu berechtigt ist. (2 NP)

4 Am 15. 03. 2019 wendet sich die Bauunternehmung Schmid & Zwießler GmbH mit einer seit dem 20. 12. 2018 bestehenden Forderung in Höhe von 65.000 € an Katja Wagner und verlangt von ihr die Begleichung der noch offenen Rechnung.
Gegenstand dieser Rechnung waren Baumaßnahmen für die CarTech OHG, die im Herbst 2018 abgeschlossen worden waren.
Katja Wagner verweigert die Zahlung der vorgelegten Rechnung. Beurteilen Sie die Rechtslage unter Angabe der gesetzlichen Grundlagen. (3 NP)

> **INFO** Die rechtlichen Rahmenbedingungen und Besonderheiten der Rechtsform KG sind nicht mehr prüfungsrelevant. Deshalb werden die Lösungen zu den Aufgaben 1 bis 4 im Anschluss nicht abgedruckt. Die Berechnungen zu den Aufgaben 5 und 6 sind unabhängig von der Rechtsform und weiterhin relevant.

5 Die aktuelle Kostensituation der CarTech KG soll analysiert werden. Dazu liegen folgende Informationen aus der Kosten- und Leistungsrechnung vor:

	Material	Fertigung	Verwaltung	Vertrieb
Istgemeinkosten im Februar 2019	26.000 €	248.000 €	56.200 €	94.200 €
Normalgemeinkostenzuschlagssätze	8 %	180 %	8 %	12 %

Verbrauch von Fertigungsmaterial (Februar 2019): 300.000 €
Fertigungslöhne (Februar 2019): 140.000 €

5.1 Ermitteln Sie im Rahmen einer Gesamtkalkulation die Selbstkosten für den Monat Februar 2019 und berechnen Sie die Kostenüberdeckung bzw. Kostenunterdeckung in den einzelnen Kostenstellen. (5 NP)

5.2 Der Leiter der Kostenstelle Vertrieb soll gegenüber der Geschäftsleitung die Kostenabweichung in seiner Abteilung erklären.
Erläutern Sie für zwei Gemeinkostenarten je eine Ursache, die zu der vorliegenden Kostenabweichung geführt haben könnte. (2 NP)

5.3 Im Monat Februar 2019 wurde ein Betriebsergebnis in Höhe von 135.600 € erzielt.
Berechnen Sie die Leistungen des Monats Februar 2019. (2 NP)

5.4 Die CarTech KG hat ein neues Sensorsystem entwickelt, welches einem großen Automobilhersteller angeboten wird. Erste Gespräche ergaben, dass ein Listenverkaufspreis für das neue Sensorsystem in Höhe von 275,00 € erzielt werden kann. Der Kunde fordert aufgrund der großen Abnahmemenge einen Rabatt in Höhe von 10 %. Des Weiteren werden 2 % Skonto eingeräumt.

Die CarTech KG geht für ein Sensorsystem von folgender Kostensituation aus:

Fertigungsmaterial	65,00 €
Fertigungslöhne	35,00 €
Fertigungslizenz	6,80 €

Ermitteln Sie den Gewinn in Euro und in Prozent, den die CarTech KG mit dem Sensorsystem realisieren kann. (4 NP)

6 Die CarTech KG produziert im Zweigwerk Baienfurt zwei Rückfahrkameramodelle für Wohnmobile. Für das zweite Quartal 2019 erwartet die Unternehmensleitung folgende Erlös- und Kostensituation:

Modell	**Kamera „Deluxe“**	**Kamera „Standard“**
Absatzmenge	6.000 Stück	11.000 Stück
Kapazität	6.800 Stück	12.500 Stück
Nettoverkaufserlös pro Stück	290,00 €	145,00 €
variable Kosten je Stück	180,00 €	99,50 €
Fixkosten	975.500 €	

6.1 Berechnen Sie das voraussichtliche Betriebsergebnis für das zweite Quartal 2019 mithilfe der Deckungsbeitragsrechnung. (3 NP)

6.2 Ein französischer Wohnmobilhersteller ist an einer Lieferung von 1.000 Stück der Kamera „Standard“ interessiert. Das Unternehmen ist allerdings nicht bereit, mehr als 118,00 € je Kamera zu bezahlen.

- Prüfen Sie anhand von zwei Aspekten, ob die CarTech KG den Zusatzauftrag annehmen sollte.
- Ermitteln Sie, welche prozentuale Veränderung das Betriebsergebnis durch die Annahme des Zusatzauftrags aufweisen würde. (4 NP)

Lösungsvorschlag

5.1 Selbstkosten, Kostenunterdeckung und Kostenüberdeckung

	Istkosten (€)	%	Normalkosten (€)	Kostenüber-/ -unterdeckung (€)
FM	300.000		300.000	
+ MGK	26.000	8	24.000	–2.000
= Materialkosten	326.000		324.000	
FL	140.000		140.000	
+ FGK	248.000	180	252.000	+4.000
= Fertigungskosten	388.000		392.000	
Herstellkosten	714.000		716.000	
+ VwGK	56.200	8	57.280	+1.080
+ VtGK	94.200	12	85.920	–8.280
= Selbstkosten	864.400		859.200	

5.2 Begründung für die Kostenabweichung im Vertrieb

Gemeinkostenart Gehälter:
Es musste ein weiterer Mitarbeiter für den Vertriebsbereich eingestellt werden.

Gemeinkostenart kalkulatorische Abschreibungen:
Es wurde ein zusätzliches Fahrzeug für einen Vertriebsmitarbeiter angeschafft.

5.3 Zusammenhang Leistungen, Selbstkosten und Betriebsergebnis

Selbstkosten	864.400 €
+ Betriebsergebnis	135.600 €
= Leistungen	**1.000.000 €**

5.4 Differenzkalkulation, Gewinnermittlung

TIPP Bei Skonto und Kundenrabatt ist auf die Rückwärtskalkulation zu achten.

Fertigungsmaterial		65,00 €
+ Materialgemeinkosten	8 %	5,20 €
= Materialkosten		70,20 €
Fertigungslöhne		35,00 €
+ Fertigungsgemeinkosten	180 %	63,00 €

+	Sondereinzelkosten der Fertigung		6,80 €		
=	Fertigungskosten		104,80 €		
	Herstellkosten		175,00 €		
+	Verwaltungsgemeinkosten	8 %	14,00 €		
+	Vertriebsgemeinkosten	12 %	21,00 €		
=	Selbstkosten		210,00 €		
=	Selbstkosten		210,00 €	100 %	
+	Gewinnzuschlag*	**15,5 %**	**32,55 €**	+15,5 %	
=	Barverkaufspreis		242,55 €	115,5 %	98 % ↑
+	Kundenskonto	2 %	4,95 €		+2 %
=	Zielverkaufspreis		247,50 €	90 % ↑	100 %
+	Kundenrabatt	10 %	27,50 €	+10 %	
=	Angebotspreis		275,00 €	100 %	

*) Gewinnzuschlag in Euro:
Barverkaufspreis – Selbstkosten
242,55 € – 210,00 € = **32,55 €**

Gewinnzuschlag in Prozent:
210,00 € = 100 %
32,55 € = **15,5 %**

6.1 Deckungsbeitragsrechnung, Betriebsergebnis

TIPP Beachten Sie, dass die Deckungsbeiträge mit der tatsächlichen Absatzmenge und nicht mit der möglichen Kapazität zu berechnen sind.

		Kamera „Deluxe“	**Kamera „Standard“**
	Verkaufspreis pro Stück	290,00 €	145,00 €
–	variable Stückkosten	180,00 €	99,50 €
=	Stückdeckungsbeitrag	110,00 €	45,50 €
	Stückdeckungsbeitrag	110,00 €	45,50 €
*	geplante Stückzahl	6.000 Stück	11.000 Stück
=	Deckungsbeiträge	660.000,00 €	500.500,00 €
	Gesamtdeckungsbeitrag	1.160.500,00 €	
–	Fixkosten	975.500,00 €	
=	Betriebsergebnis	**185.000,00 €**	

6.2 Annahme eines Zusatzauftrags, Veränderung Betriebsergebnis

Der Zusatzauftrag sollte angenommen werden, da freie Kapazitäten vorhanden sind und ein zusätzlicher Deckungsbeitrag erzielt wird:

	Verkaufspreis pro Stück	118,00 €
–	variable Stückkosten	99,50 €
=	Stückdeckungsbeitrag	18,50 €
	Stückdeckungsbeitrag	18,50 €
*	geplante Stückzahl	1.000 Stück
=	Gesamtdeckungsbeitrag	18.500 €
	bisheriges Betriebsergebnis:	185.000 €
	Erhöhung des Betriebsergebnisses:	18.500 €
	prozentuale Erhöhung:	**10 %**

TIPP Der zusätzliche Deckungsbeitrag ist hier gleichzeitig das zusätzliche Betriebsergebnis, da die Fixkosten schon vor dem Zusatzauftrag komplett gedeckt waren.

Baden-Württemberg Profilfach Volks- und Betriebswirtschaftslehre
BWL mit Rechnungswesen (Teil 1) 2019
Aufgabe 2

GmbH (rechtliche Grundlagen); Darlehensfinanzierung mit Kreditsicherheiten; Vergleich Leasing – Kredit auch anhand der Barwerte

Die beiden Ingenieure Richard Schwab und Hans Bader haben ein Verfahren entwickelt, mit dem eine qualitativ verbesserte Pulverbeschichtung von Stahlrohren durchgeführt werden kann. Unter Anwendung der neuen Technologie möchten sie Stahlrohre produzieren, die vor allem in der Möbelindustrie Verwendung finden. Dazu gründen sie ein Unternehmen, an dem sich beide mit einer Bareinlage von jeweils 150.000 € beteiligen.
Schwab und Bader entscheiden sich für die Rechtsform der GmbH und wollen unter Linus GmbH mit Sitz in Heidelberg firmieren. Der Gesellschaftsvertrag enthält keine von den gesetzlichen Regelungen abweichenden Bestimmungen. Schwab und Bader bestellen die Juristin Gerda Müller und den Kaufmann Gerhard Köster zu Geschäftsführern der GmbH.

Aufgabenstellung

1 Erläutern Sie zwei Gründe, weshalb sich Schwab und Bader für die Rechtsform der GmbH entschieden haben könnten. (2 NP)

2 Am 17. 01. 2018 beauftragen die Gesellschafter eine Notarin, die Gesellschaft zur Handelsregistereintragung anzumelden. Zu diesem Zeitpunkt hat Schwab den Nennbetrag seines Geschäftsanteils voll eingezahlt, Bader hat eine Einzahlung in Höhe von 25.000 € geleistet.

2.1 Prüfen Sie unter Angabe der gesetzlichen Grundlagen, ob die Voraussetzungen zur Handelsregistereintragung erfüllt sind. (3 NP)

2.2 Die Linus GmbH ist inzwischen im Handelsregister eingetragen. Am 28. 03. 2018 kauft Köster ohne Rücksprache mit Müller Computer im Wert von 6.000 €.
Begründen Sie unter Angabe der gesetzlichen Grundlage, ob der Kaufvertrag für die Linus GmbH bindend ist. (2 NP)

2.3 Am 01. 08. 2018 ändern die Gesellschafter Schwab und Bader den Gesellschaftsvertrag, indem sie folgende Ergänzung vornehmen: „Bei Vertragsabschlüssen, die im Einzelfall eine Größenordnung von

50.000 € überschreiten, müssen die Geschäftsführer die Einwilligung der Gesellschafterversammlung einholen."
Am 07. 09. 2018 kaufen Köster und Müller einen Lieferwagen im Wert von 60.000 €. Die Gesellschafter Schwab und Bader verweisen auf ein günstigeres Angebot.
Beurteilen Sie die Rechtslage. (2 NP)

INFO Die rechtlichen Rahmenbedingungen und Besonderheiten der Rechtsform GmbH sind nicht mehr prüfungsrelevant! Deshalb werden die Lösungen zu den Aufgaben 1 und 2 im Anschluss nicht abgedruckt.

3 Aufgrund der sehr positiven Geschäftsentwicklung beschließen Köster und Müller in Übereinstimmung mit Schwab und Bader, dass eine Erweiterungsinvestition mit einem Kapitalbedarf von 120.000 € für eine weitere Produktionsanlage getätigt werden soll.
Die Hausbank der Linus GmbH, die Kurpfälzer Vereinsbank, beleiht Grundstücke mit 60 %, Maschinen mit 40 %, den Fuhrpark mit 50 % und Vorräte mit 30 %. Zum jetzigen Zeitpunkt stehen folgende Vermögenswerte der Linus GmbH für die Beleihung zur Verfügung:

Technische Anlagen und Maschinen	100.000 €
Fuhrpark	60.000 €
Vorräte	30.000 €

Die neue Produktionsanlage kann ebenfalls zur Kreditsicherung verwendet werden.

3.1 Weisen Sie rechnerisch nach, ob die Vermögenswerte als Sicherheit für eine Kreditfinanzierung der geplanten Investition ausreichen. (2 NP)

3.2 Beschreiben Sie die Kreditsicherheit, die die Bank für Technische Anlagen und Maschinen verwendet. (2 NP)

INFO Die Kreditsicherheiten sind nicht mehr prüfungsrelevant! Deshalb werden die Lösungen zu den Aufgaben 3.1 und 3.2 im Anschluss nicht abgedruckt.

3.3 Die Kurpfälzer Vereinsbank bietet verschiedene Darlehensformen an. Erläutern Sie jeweils einen Vorteil des Fest-, Abzahlungs- und Annuitätendarlehens für den Kreditnehmer. (3 NP)

3.4 Die Kurpfälzer Vereinsbank unterbreitet der Linus GmbH ein Angebot für ein Festdarlehen zu folgenden Konditionen:

Laufzeit:	6 Jahre
Nominaler Zinssatz:	4,5 % p. a.
Auszahlung:	96 %

Ermitteln Sie die Effektivverzinsung (Rundung auf zwei Nachkommastellen). (2 NP)

4 Zu Beginn des Jahres 2019 wird die Erweiterungsinvestition realisiert. Die Produktionsanlage wird speziell nach den Vorgaben der Ingenieure Bader und Schwab gefertigt. Die Anschaffungskosten betragen 120.000 €; die Anlage hat eine betriebsgewöhnliche Nutzungsdauer von 6 Jahren und wird linear abgeschrieben. Für die Finanzierung liegen der Linus GmbH zwei Angebote vor.

Kreditangebot der Badischen Investitionsbank	**Leasingangebot der BW-Leasino AG**
• Darlehen in Höhe von 120.000 € • Zinssatz 5 % p. a. • Auszahlung zu 100 % • Tilgung in fünf gleichen Jahresraten • Zins- und Tilgungsverrechnung am Jahresende	• unkündbare Grundmietzeit 3 Jahre • jährliche Leasingrate: während der Grundmietzeit 25 %, nach der Grundmietzeit 20 % der Anschaffungskosten • Leasingrate zahlbar am Jahresende

4.1 Begründen Sie anhand von zwei Aspekten, welche Leasingart vorliegt. (2 NP)

4.2 Die Geschäftsführer Köster und Müller möchten die Liquiditätsbelastung der beiden Finanzierungsalternativen unter Berücksichtigung von Gewinnsteuern und anhand der Barwerte vergleichen.
Entscheiden Sie sich mithilfe der Barwertsummen für die vorteilhaftere Finanzierungsalternative.
Berücksichtigen Sie einen Gewinnsteuersatz von 30 % und einen Kalkulationszinssatz von 6 %. Berechnungen sind auf volle Euro zu runden (Anlagen 1 und 2, S. 11 bis 13). (8 NP)

4.3 Begründen Sie, weshalb die Geschäftsführer Köster und Müller, unabhängig vom Ergebnis des Barwertvergleichs, die Leasingvariante bevorzugen könnten. (2 NP)

Anlage 1 Aufzinsungs-, Abzinsungs- und Annuitätenfaktoren

für Zinssätze (p) von 5 % bis 10 % $q = 1 + p/100$
und Laufzeiten (n) von 1–10 Jahren

Aufzinsungsfaktor: q^n Annuitätenfaktor: $\frac{q^n(q-1)}{(q^n-1)}$ Abzinsungsfaktor: $\frac{1}{q^n}$

n \ 5 %	q^n	$\frac{1}{q^n}$	$\frac{q^n(q-1)}{(q^n-1)}$
1	1,050000	0,952381	1,050000
2	1,102500	0,907029	0,537805
3	1,157625	0,863838	0,367209
4	1,215506	0,822702	0,282012
5	1,276282	0,783526	0,230975
6	1,340096	0,746215	0,197017
7	1,407100	0,710681	0,172820
8	1,477455	0,676839	0,154722
9	1,551328	0,644609	0,140690
10	1,628895	0,613913	0,129505

n \ 6 %	q^n	$\frac{1}{q^n}$	$\frac{q^n(q-1)}{(q^n-1)}$
1	1,060000	0,943396	1,060000
2	1,123600	0,889996	0,545437
3	1,191016	0,839619	0,374110
4	1,262477	0,792094	0,288591
5	1,338226	0,747258	0,237396
6	1,418519	0,704961	0,203363
7	1,503630	0,665057	0,179135
8	1,593848	0,627412	0,161036
9	1,689479	0,591898	0,147022
10	1,790848	0,558395	0,135868

n \ 7 %	q^n	$\frac{1}{q^n}$	$\frac{q^n(q-1)}{(q^n-1)}$
1	1,070000	0,934579	1,070000
2	1,144900	0,873439	0,553092
3	1,225043	0,816298	0,381052
4	1,310796	0,762895	0,295228
5	1,402552	0,712986	0,243891
6	1,500730	0,666342	0,209796
7	1,605781	0,622750	0,185553
8	1,718186	0,582009	0,167468
9	1,838459	0,543934	0,153486
10	1,967151	0,508349	0,142378

n \ 8 %	q^n	$\frac{1}{q^n}$	$\frac{q^n(q-1)}{(q^n-1)}$
1	1,080000	0,925926	1,080000
2	1,166400	0,857339	0,560769
3	1,259712	0,793832	0,388034
4	1,360489	0,735030	0,301921
5	1,469328	0,680583	0,250456
6	1,586874	0,630170	0,216315
7	1,713824	0,583490	0,192072
8	1,850930	0,540269	0,174015
9	1,999005	0,500249	0,160080
10	2,158925	0,463193	0,149029

n \ 9 %	q^n	$\frac{1}{q^n}$	$\frac{q^n(q-1)}{(q^n-1)}$
1	1,090000	0,917431	1,090000
2	1,188100	0,841680	0,568469
3	1,295029	0,772183	0,395055
4	1,411582	0,708425	0,308669
5	1,538624	0,649931	0,257092
6	1,677100	0,596267	0,222920
7	1,828039	0,547034	0,198691
8	1,992563	0,501866	0,180674
9	2,171893	0,460428	0,166799
10	2,367364	0,422411	0,155820

n \ 10 %	q^n	$\frac{1}{q^n}$	$\frac{q^n(q-1)}{(q^n-1)}$
1	1,100000	0,909091	1,100000
2	1,210000	0,826446	0,576190
3	1,331000	0,751315	0,402115
4	1,464100	0,683013	0,315471
5	1,610510	0,620921	0,263797
6	1,771561	0,564474	0,229607
7	1,948717	0,513158	0,205405
8	2,143589	0,466507	0,187444
9	2,357948	0,424098	0,173641
10	2,593742	0,385543	0,162745

Anlage 2 zu Teilaufgabe 4.2

Darlehen (in €)

Jahr	Darlehen am Jahresanfang	Zinsen	Tilgung	Ab-schreibung	Liquiditätsbelas-tung vor Steuern	Gesamt-aufwand	Steuer-minderung	Liquiditätsbelastung nach Steuern	Barwert
1									
2									
3									
4									
5									
6									
Σ									

Leasing (in €)

Jahr	Liquiditätsbelastung vor Steuern	Gesamtaufwand	Steuerminderung	Liquiditätsbelastung nach Steuern	Barwert
1					
2					
3					
4					
5					
6					
Σ					

3.3 Vorteile der Darlehensarten für den Kreditnehmer

Festdarlehen:
Während der Laufzeit ist die Liquiditätsbelastung am geringsten, da nur Zinsen gezahlt werden. Die komplette Tilgung erfolgt zum Ende der Laufzeit.

Abzahlungsdarlehen:
Da die Restschuld im Vergleich zu den beiden anderen Darlehensformen schneller abnimmt, ist der Zinsaufwand am geringsten.

Annuitätendarlehen:
Die Liquiditätsbelastung ist während der gesamten Laufzeit konstant, was die Finanzplanung erleichtert.

3.4 Effektivverzinsung

$$P_{\text{eff}} = \frac{\left(\text{nominaler Zinssatz} + \frac{\text{Disagio in \%}}{\text{Laufzeit}}\right) \cdot 100}{\text{Auszahlungskurs}}$$

$$P_{\text{eff}} = \frac{\left(4{,}5 + \frac{4}{6}\right) \cdot 100}{96} = \mathbf{5{,}38\ \%}$$

4.1 Leasingart

TIPP Bei der Ermittlung der Leasingart (Financial- bzw. Operate-Leasing) empfiehlt es sich, auf gewisse Stichworte in der Aufgabenstellung wie Grundmietzeit, Kündbarkeit und Leasingverwendung zu achten. So spricht beispielsweise eine unkündbare Grundmietzeit eindeutig für ein Financial-Leasing.

Der Vertrag beinhaltet eine unkündbare Grundmietzeit. Zudem handelt es sich bei der Anlage um eine Spezialanfertigung, die langfristig genutzt werden soll, sodass ein Financial-Leasing vorliegt.

4.2 Vergleich Kredit – Leasing mithilfe der Barwerte

TIPP Die Barwerte werden durch das Abzinsen der Liquiditätsbelastung nach Steuern errechnet. Für Jahr 1 ergibt sich: 22.200 € $\cdot$ 0,943396 = 20.943 € Außerdem ist darauf zu achten, dass mit der Liquiditätsbelastung nach Steuern gerechnet wird. Diese ist geringer als vor Steuern, da der Gewinn in Jahr 1 durch die Gesamtaufwendungen (Zinsen und Abschreibungen) um 26.000 € gesunken ist, und somit auf diesen entgangenen Gewinn keine Gewinnsteuern bezahlt werden. Auch in den folgenden fünf Jahren fällt der Gewinn jeweils geringer aus, wodurch die Liquiditätsbelastung auch hier nach Steuern geringer ist.

Darlehen (in €)

Jahr	Darlehen am Jahresanfang	Zinsen	Tilgung	Abschreibung	Liquiditätsbelastung vor Steuern[1]	Gesamtaufwand[2]	Steuerminderung[3]	Liquiditätsbelastung nach Steuern	Barwert
1	120.000	6.000	24.000	20.000	30.000	26.000	7.800	22.200	20.943
2	96.000	4.800	24.000	20.000	28.800	24.800	7.440	21.360	19.010
3	72.000	3.600	24.000	20.000	27.600	23.600	7.080	20.520	17.229
4	48.000	2.400	24.000	20.000	26.400	22.400	6.720	19.680	15.588
5	24.000	1.200	24.000	20.000	25.200	21.200	6.360	18.840	14.078
6				20.000		20.000	6.000	−6.000	−4.230
Σ		**18.000**	**120.000**	**120.000**	**138.000**	**138.000**	**41.400**	**96.600**	**82.618**

Leasing (in €)

Jahr	Liquiditätsbelastung vor Steuern	Gesamtaufwand	Steuerminderung	Liquiditätsbelastung nach Steuern	Barwert
1	30.000	30.000	9.000	21.000	19.811
2	30.000	30.000	9.000	21.000	18.690
3	30.000	30.000	9.000	21.000	17.632
4	24.000	24.000	7.200	16.800	13.307
5	24.000	24.000	7.200	16.800	12.554
6	24.000	24.000	7.200	16.800	11.843
Σ	**162.000**	**162.000**	**48.600**	**113.400**	**93.837**

1 Zinsen + Tilgung
2 Zinsen + Abschreibungen
3 Steuersatz (0,3) · Gesamtaufwand

Aufgrund der geringen Barwertsumme stellt die Kreditfinanzierung die vorteilhaftere Alternative dar.

4.3 Vorteil des Leasings

Da sich durch die Leasingalternative die Fremdkapitalquote nicht erhöht, bleibt ein vorhandener Kreditspielraum grundsätzlich für andere Verwendungszwecke erhalten.

Baden-Württemberg Profilfach Volks- und Betriebswirtschaftslehre
BWL mit Rechnungswesen (Teil 1) 2019
Aufgabe 3

AG: Jahresabschluss, Bewertung nach HGB; Analyse des Jahresabschlusses

Die FloorCover AG in Ulm ist ein weltweit tätiger Hersteller von Produktsystemen, Maschinen und Werkzeugen für die Bodenbearbeitung. Das börsennotierte Unternehmen beschäftigt knapp 1.000 Mitarbeiter und verfügt über eine sehr innovative Produktpalette. Im Vorstand und Aufsichtsrat ist man sich seit mehreren Jahren einig, dass im Rahmen der gesetzlichen Möglichkeiten stets ein möglichst hoher Jahresüberschuss ausgewiesen werden soll.

Aufgabenstellung

1 Begründen Sie, inwiefern das Ziel, stets einen hohen Jahresüberschuss auszuweisen, den Interessen der Aktionäre und der Gläubiger der FloorCover AG gerecht wird. (2 NP)

2 Erläutern Sie, ob die FloorCover AG über ihre Bilanzierungs- und Bewertungsmethoden informieren muss, die zu einem hohen Jahresüberschuss führen. (2 NP)

3 Für die Erstellung des Jahresabschlusses zum 31. 12. 2018 sind noch folgende Bewertungen vorzunehmen:

3.1 Die Inventur zum 31. 12. 2018 ergab für die neu ins Sortiment aufgenommenen Kleinwalzen einen Lagerbestand von 200 Stück. Aus der Kosten- und Leistungsrechnung liegen folgende Zahlen vor:

Fertigungsmaterial pro Stück	925,00 €
Fertigungslöhne pro Stück	460,00 €
Sondereinzelkosten des Vertriebs pro Stück	60,00 €
angemessene Teile der Materialgemeinkosten	10 %
angemessene Teile der Fertigungsgemeinkosten	180 %
Vertriebsgemeinkosten	13 %
allgemeine Verwaltungsgemeinkosten	15 %

Ermitteln und begründen Sie den Bilanzansatz des Lagerbestands an Kleinwalzen zum 31. 12. 2018. (3 NP)

3.2 Die FloorCover AG hält zur langfristigen Geldanlage Aktien eines großen deutschen Softwareherstellers in ihrem Depot. Zu Beginn des Geschäftsjahres 2018 wurden 2.000 Aktien zu einem Börsenkurs von 82,10 € erworben. Beim Kauf fielen Spesen in Höhe von 0,5 % des Kaufpreises an. Der Aktienkurs am 31. 12. 2018 beträgt 72,50 €. Der Vorstand der FloorCover AG geht davon aus, dass der Aktienkurs des Softwareherstellers im Jahr 2019 wieder deutlich steigen wird.
Ermitteln und begründen Sie den Bilanzansatz des Aktienpakets zum 31. 12. 2018. (3 NP)

3.3 Die FloorCover AG muss zum 31. 12. 2018 eine Neubewertung eines Grundstücks vornehmen. Es war fünf Jahre zuvor zu Anschaffungskosten in Höhe von 450.000 € gekauft worden, weil man eine Lagerhalle errichten wollte. Nachdem die Stadtverwaltung für die Fläche keine Baugenehmigung erteilt hatte, war das Grundstück im Geschäftsjahr 2014 außerplanmäßig abgeschrieben worden und wird seither mit 270.000 € bilanziert.
Im Geschäftsjahr 2018 wurde das Grundstück im Rahmen einer städtebaulichen Neukonzeption als Gewerbegebiet ausgewiesen und hat laut einem Sachverständigengutachten einen aktuellen Verkehrswert von 600.000 €.

- Ermitteln und begründen Sie den Bilanzansatz des Grundstücks zum 31. 12. 2018.
- Weisen Sie rechnerisch nach, welchen Einfluss die Bewertung des Grundstücks auf den Jahresüberschuss 2018 hat. (4 NP)

INFO Die Bewertung unbebauter Grundstücke ist nicht mehr prüfungsrelevant! Deshalb wird die Lösung zur Aufgabe 3.3 nicht abgedruckt.

3.4 Für die Finanzierung neuer Produktionsanlagen wurde am 02. 05. 2018 ein Festdarlehen in Höhe von 500.000 sfr mit einer vierjährigen Laufzeit bei der Kantonalbank St. Gallen aufgenommen. Am 02. 05. 2018 entsprach die Darlehenssumme einem Betrag von 424.628,45 €. Der Devisenkassamittelkurs notierte am 31. 12. 2018 bei 1,1450 sfr/€.

- Ermitteln und begründen Sie den Bilanzansatz des Darlehens zum 31. 12. 2018.
- Begründen Sie, ob ein anderer Bilanzansatz zu wählen wäre, wenn das Darlehen lediglich eine Laufzeit von einem Jahr hätte. (4 NP)

4 Für das geplante Unternehmenswachstum sieht der Vorstand der FloorCover AG für 2019 weiteren Finanzierungsbedarf. Daher sind Gespräche mit möglichen Kreditgebern vorzubereiten.

4.1 Ermitteln Sie anhand der vorliegenden Strukturbilanzen (Anlage, S. 21) folgende Kennzahlen für die Geschäftsjahre 2017 und 2018:

- Eigenkapitalquote
- Anlagendeckungsgrad II
- Liquidität 2. Grades (4 NP)

4.2 Beurteilen Sie anhand der ermittelten Werte, ob die FloorCover AG als kreditwürdig angesehen werden kann. (4 NP)

4.3 In der Vergangenheit fielen bei Kreditgesprächen immer wieder kritische Bemerkungen zur Liquidität 2. Grades der FloorCover AG.
Begründen Sie mithilfe von zwei Argumenten, warum diese Kennzahl nur beschränkte Aussagekraft zur Beurteilung der Liquiditätslage der FloorCover AG hat. (2 NP)

4.4 Im anstehenden Kreditgespräch möchte die FloorCover AG ihre Ertragssituation mit Hilfe der Eigenkapitalrentabilität nachweisen. Diese beträgt in der Branche durchschnittlich 11,2 %.
Berechnen Sie die Eigenkapitalrentabilität für das Geschäftsjahr 2018 bei einem Jahresüberschuss von 7.740.000 € und beurteilen Sie das Ergebnis. (2 NP)

Anlage **Strukturbilanzen der FloorCover AG für die Geschäftsjahre 2017 und 2018 (in Mio. €)**

Aktiva	2018	2017	Passiva	2018	2017
A. Anlagevermögen			**A. Eigenkapital**		
I. Sachanlagen	85,5	75,5	I. Gezeichnetes Kapital	20,0	15,0
II. Finanzanlagen	24,5	24,5	II. Kapitalrücklage	18,9	13,9
Summe	110,0	100,0	III. Gewinnrücklagen	15,3	12,0
			IV. Gewinnvortrag	5,8	2,3
B. Umlaufvermögen			Summe	60,0	43,2
I. Vorräte	12,4	6,0			
II. Forderungen aus L. u. L.	17,5	10,6	**B. Langfristiges Fremdkapital**		
III. Kasse, Bank	10,1	3,4			
Summe	40,0	20,0	1. Pensionsrückstellungen	5,4	5,2
			2. Verbindlichkeiten gegenüber Kreditinstituten	50,1	36,6
			Summe	55,5	41,8
			C. Kurzfristiges Fremdkapital		
			1. sonstige Rückstellungen	2,3	1,9
			2. Verbindlichkeiten gegenüber Kreditinstituten	11,5	9,8
			3. Verbindlichkeiten aus L. u. L.	20,7	23,3
			Summe	34,5	35,0
	150,0	**120,0**		**150,0**	**120,0**

Lösungsvorschlag

1 Interessen am Jahresabschluss

Die Aktionäre wünschen eine möglichst hohe Gewinnausschüttung und sind deshalb an einem hohen Gewinnausweis interessiert.
Die Gläubiger wünschen eine möglichst geringe Gewinnausschüttung, damit die Liquidität im Unternehmen verbleibt. Sie sind deshalb nicht an einem hohen Gewinnausweis interessiert.

2 Anhang

Die FloorCover AG muss im Anhang ihre Bilanzierungs- und Bewertungsmethoden darstellen (§ 284 HGB). Der Anhang gehört zu den Pflichtbestandteilen des Jahresabschlusses einer AG (§ 264 HGB).

3.1 Bewertung des Lagerbestands

TIPP Bei der Bewertung ist darauf zu achten, dass ein möglichst hoher Gewinn ausgewiesen werden soll. Daher sollte die Bewertung so hoch wie möglich ausfallen. Es ist jedoch darauf zu achten, dass Vertriebskosten nicht angesetzt werden dürfen.

Fertigungsmaterial		185.000,00 €	925,00 € · 200
+ Materialgemeinkosten	(10 %)	18.500,00 €	0,1 · 185.000,00 €
+ Fertigungslöhne		92.000,00 €	460,00 € · 200
+ Fertigungsgemeinkosten	(180 %)	165.600,00 €	1,8 · 92.000,00 €
= Herstellkosten		461.100,00 €	
+ allgemeine Verwaltungsgemeinkosten	(15 %)	69.165,00 €	0,15 · 461.100,00 €
= Selbstkosten (Bilanzansatz für 200 Kleinwalzen zum 31. 12. 2018)		**530.265,00 €**	

Begründung:
Aufgrund der Zielsetzung eines möglichst hohen Gewinnausweises wird das Wahlrecht zur Aktivierung der allgemeinen Verwaltungsgemeinkosten genutzt (§ 255 Abs. 2 HGB).

3.2 Bewertung der Wertpapiere des Anlagevermögens

TIPP Auch hier ist darauf zu achten, dass ein möglichst hoher Gewinn ausgewiesen werden soll. Daher sollte die Bewertung so hoch wie möglich ausfallen.

Zugangsbewertung in 2018:

2.000 Aktien · 82,10 € Börsenkurs	=	164.200,00 €
0,5 % Spesen von 164.200 €	=	821,00 €
Anschaffungskosten	=	**165.021,00 €**

Bilanzansatz zum 31. 12. 2018: 165.021 €.

Begründung:
Da es sich bei diesem Aktienpaket um Wertpapiere des Anlagevermögens der FloorCover AG handelt und die Wertminderung nur vorübergehend ist, kann auf eine Abschreibung verzichtet werden (§ 253 Abs. 3 HGB). Aufgrund der Zielsetzung eines möglichst hohen Gewinnausweises nutzt der Vorstand dieses Wahlrecht und aktiviert die Wertpapiere zu den Anschaffungskosten.

3.4 Bewertung der Fremdwährungsverbindlichkeiten

TIPP Bei der Bewertung von Darlehen ist auf die Restlaufzeit zu achten.

- 500.000 sfr : 1,1450 sfr/€ = **436.681,22 €**
  Bilanzansatz des Darlehens zum 31. 12. 2018: 436.681,22 €

  Begründung:
  Da das Darlehen eine Restlaufzeit von mehr als einem Jahr aufweist, muss es nach dem Höchstwertprinzip bilanziert werden (§ 253 Abs. 1 Satz 2 HGB i. V. m. § 256a HGB). Der höhere Wert der Verbindlichkeiten ergibt sich durch den Ansatz des Devisenkassamittelkurses am 31. 12. 2018.
- Bei einer Restlaufzeit von einem Jahr oder weniger ist das Darlehen zum Devisenkassamittelkurs am Abschlussstichtag umzurechnen. Es müsste daher kein anderer Wertansatz gewählt werden (§ 256 a HGB).

4.1 Bilanzkennzahlen

Kennzahlen 2017:

Eigenkapitalquote $= \frac{\text{EK} \cdot 100}{\text{GK}} = \frac{43{,}2 \cdot 100}{120} = \mathbf{36\ \%}$

Anlagendeckungsgrad II

$$= \frac{(\text{EK} + \text{langfr. FK}) \cdot 100}{\text{AV}} = \frac{(43{,}2 + 41{,}8) \cdot 100}{100} = \mathbf{85\ \%}$$

Liquidität 2. Grades

$$= \frac{(\text{Ford.} + \text{liquide M.}) \cdot 100}{\text{kurzfr. FK}} = \frac{(10{,}6 + 3{,}4) \cdot 100}{35} = \mathbf{40\ \%}$$

Kennzahlen 2018:

Eigenkapitalquote $= \frac{60 \cdot 100}{150} = \mathbf{40\ \%}$

$$\text{Anlagendeckungsgrad II} = \frac{(60 + 55{,}5) \cdot 100}{110} = \mathbf{105\ \%}$$

$$\text{Liquidität 2. Grades} = \frac{(17{,}5 + 10{,}1) \cdot 100}{34{,}5} = \mathbf{80\ \%}$$

4.2 Beurteilung der Kreditwürdigkeit anhand der Bilanzkennzahlen

- Bei der **Eigenkapitalquote** liegen in beiden Geschäftsjahren zufriedenstellende Zahlen vor. Eine positive Entwicklung ist erkennbar.
- Der **Anlagendeckungsgrad II** hat sich ebenfalls verbessert und übertrifft im Geschäftsjahr 2018 den erforderlichen Richtwert von 100 % zur Einhaltung der Goldenen Bilanzregel.
- Eine Verbesserung der **Liquidität 2. Grades** ist festzustellen, wobei der Richtwert von 100 % noch nicht erreicht wird.
- Insgesamt sprechen sowohl die Werte als auch die positive Entwicklung für die Kreditwürdigkeit der FloorCover AG.

4.3 Aussagekraft der Liquiditätskennzahl

Die für die Liquidität 2. Grades verwendeten Werte sind stichtagsbezogen und unterliegen laufenden Schwankungen.
Ein in Anspruch genommener Kontokorrentkredit gehört in der Bilanz zu den kurzfristigen Verbindlichkeiten gegenüber Kreditinstituten und nimmt daher Einfluss auf die Liquidität 2. Grades. Er ist in der Regel aber langfristig zugesagt und führt daher nicht zu Liquiditätsbelastungen.

4.4 Eigenkapitalrentabilität

$$\text{Eigenkapitalrentabilität} = \frac{\text{JÜ} \cdot 100}{\text{durchschn. EK}} = \frac{7{,}74 \cdot 100}{\frac{43{,}2 + 60}{2}} = \mathbf{15\ \%}$$

Die Eigenkapitalrentabilität liegt deutlich über dem Branchenvergleichswert und zeigt die gute Ertragssituation der FloorCover AG.

Baden-Württemberg Profilfach Volks- und Betriebswirtschaftslehre
Volkswirtschaftslehre (Teil 2) 2019
Aufgabe 4

Geldtheorie und Geldpolitik; Verhalten der Marktteilnehmer unter Wettbewerbsbedingungen (Nachfrage und Angebot am Gütermarkt)

Aufgabenstellung

1

Leitzins bleibt auf Rekordtief ...

Anders als in den USA gibt es in Europa weiter keine Zinswende: Die Europäische Zentralbank belässt den Leitzins bei null Prozent. Damit befindet sich dieser seit gut einem Jahr auf dem Rekordtief. Ziel ist es weiter, die Inflation zu steigern. Die Zinsen im Euroraum bleiben im Keller. Noch sieht die Europäische Zentralbank (EZB) keinen Grund, die Geldschleusen allmählich zu schließen. Der Rat der Notenbank hielt den Leitzins im Euroraum bei seiner Sitzung in Frankfurt wie erwartet auf dem Rekordtief von null Prozent. (…)

Die EZB hatte den zentralen Zinssatz im März 2016 auf den historisch niedrigen Wert von 0,0 Prozent gesenkt. Die Hüter des Euro pumpen Monat für Monat Milliarden in das Finanzsystem, um Banken dazu zu bewegen, statt in Anleihen stärker in Kredite an Unternehmen und Haushalte zu investieren und so die Inflation und auch die Konjunktur zu steigern. (…)

Quelle: EZB fährt weiter Null-Kurs, 27. 04. 2017, https://www.tagesschau.de/wirtschaft/ezb-leitzins-123.html

1.1 Erläutern Sie unter Bezugnahme auf den Text, welche Art der Geldpolitik die EZB seit Jahren betreibt. (2 NP)

1.2 Stellen Sie mithilfe der Fisher'schen Verkehrsgleichung dar, unter welchen Voraussetzungen sich durch die im Text beschriebene Geldpolitik der EZB die Inflation erhöhen lässt. (3 NP)

INFO Die Fisher'sche Verkehrsgleichung ist nicht mehr prüfungsrelevant! Deshalb wird die Lösung zur Aufgabe 1.2 nicht abgedruckt.

1.3 Zeigen Sie anhand des Textes, weshalb die EZB nicht sicher davon ausgehen kann, dass ihr geldpolitisches Ziel erreicht wird. (2 NP)

1.4 Analysieren Sie das im Text genannte Ziel der EZB, die Inflation zu steigern. (3 NP)

1.5 Neben der Zentralbank schöpfen auch Geschäftsbanken Geld. Nehmen Sie an, die Geschäftsbank A erhält von der Zentralbank einen Kredit in Höhe von 1 Million €.

Gehen Sie im Weiteren von folgenden Annahmen aus:
Der Bar- und Mindestreservesatz beträgt insgesamt 10 %. Alle Geschäftsbanken schöpfen ihre Kreditvergabemöglichkeiten voll aus. Jeder angebotene Kredit wird von den Bankkunden in Anspruch genommen, in voller Höhe bar abgehoben und vollständig auf ein Konto bei einer anderen Geschäftsbank eingezahlt.

1.5.1 Begründen Sie, in welcher Höhe die drei ersten am Geldschöpfungsprozess beteiligten Geschäftsbanken (A, B und C) jeweils Kredite vergeben können. (3 NP)

1.5.2 Weisen Sie rechnerisch nach, in welcher Höhe das gesamte Geschäftsbankensystem Kredite vergeben kann. (2 NP)

INFO Der Geldschöpfungsmultiplikator ist nicht mehr prüfungsrelevant! Deshalb wird die Lösung zur Aufgabe 1.5 nicht abgedruckt.

2 Immer mehr Menschen wollen Cappuccino und Latte Macchiato auch zu Hause genießen. Da sind Vollautomaten mit One-Touch-Funktion praktisch. Sie brühen Espresso aus frisch gemahlenen Bohnen und der Milchschaum fließt direkt in die Tasse.

2.1 Marktuntersuchungen haben ergeben, dass sich das Nachfrageverhalten nach Kaffeevollautomaten von Privatkunden und Geschäftskunden unterscheidet.

Käufergruppe 1 (Privatkunden): $x_1 = 80 - 0{,}1\,p$
Käufergruppe 2 (Geschäftskunden): $x_2 = 50 - 0{,}05\,p$

p = Preis in € je Kaffeevollautomat
x = Anzahl der Kaffeevollautomaten pro Monat

Stellen Sie die Gesamtnachfrage nach Kaffeevollautomaten in einem Koordinatensystem (Anlage 1, S. 27) dar. (3 NP)

2.2 Erklären Sie die ökonomische Bedeutung des Verlaufs der in 2.1 ermittelten Gesamtnachfrage. (2 NP)

3 Bereits im 19. Jahrhundert galt Brasilien als Heimat der Kaffeebarone. Die Kaffeefarmen Fazenda Matheus und Fazenda Feliz bauen im Vale do Cafe (Tal des Kaffees) die hochwertige Kaffeebohne „Arabica" an.

Die in Anlage 2 (S. 28) abgebildete Tabelle gibt Auskunft über die Kostensituation der beiden Kaffeefarmen. Für beide Kaffeefarmen liegt die Kapazitätsgrenze bei 800 Tonnen Rohkaffee pro Jahr. Der Marktpreis der Kaffeebohne „Arabica" beträgt aktuell 2.500 US-$ je Tonne (t).

3.1 Begründen Sie anhand der Anlage 2 (S. 28) für beide Kaffeefarmen, welche Art des Kostenverlaufs vorliegt. (3 NP)

3.2 Berechnen Sie den maximalen Jahresgewinn der Fazenda Matheus. (2 NP)

3.3 Anlage 3 (S. 28) stellt die Kostensituation der Fazenda Feliz grafisch dar.
Kennzeichnen Sie in Anlage 3 deren gewinnmaximale Produktionsmenge sowie die langfristige Preisuntergrenze. Beschriften Sie hierzu die dargestellten Funktionen. (3 NP)

3.4 Aufgrund politischer Unruhen droht ein Preisverfall auf dem Markt für Kaffeebohnen der Sorte „Arabica".
Begründen Sie, wie sich ein sinkender Preis unter sonst gleichen Bedingungen auf die gewinnmaximale Produktionsmenge der Fazenda Feliz auswirkt. (2 NP)

Anlage 1 **zu Teilaufgabe 2.1**

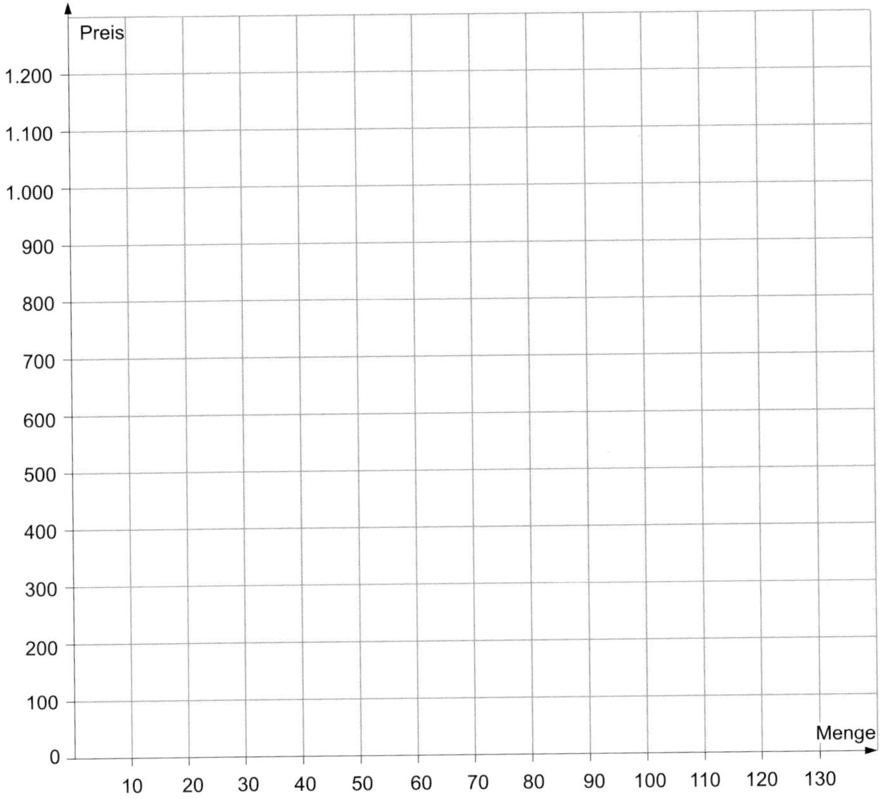

Anlage 2 zu Teilaufgabe 3.1

Produktionsmenge (t)	Kaffeefarm 1: Fazenda Matheus			Kaffeefarm 2: Fazenda Feliz		
	Gesamtkosten	Variable Kosten	Stückkosten	Gesamtkosten	Variable Kosten	Stückkosten
0	200.000	0	–	300.000	0	–
100	410.000	210.000	4.100	448.000	148.000	4.480
200	620.000	420.000	3.100	524.000	224.000	2.620
300	830.000	630.000	2.767	576.000	276.000	1.920
400	1.040.000	840.000	2.600	652.000	352.000	1.630
500	1.250.000	1.050.000	2.500	800.000	500.000	1.600
600	1.460.000	1.260.000	2.433	1.068.000	768.000	1.780
700	1.670.000	1.470.000	2.386	1.504.000	1.204.000	2.149
800	1.880.000	1.680.000	2.350	2.156.000	1.856.000	2.695

Alle Beträge jeweils in US-$

Anlage 3 zu Teilaufgabe 3.3

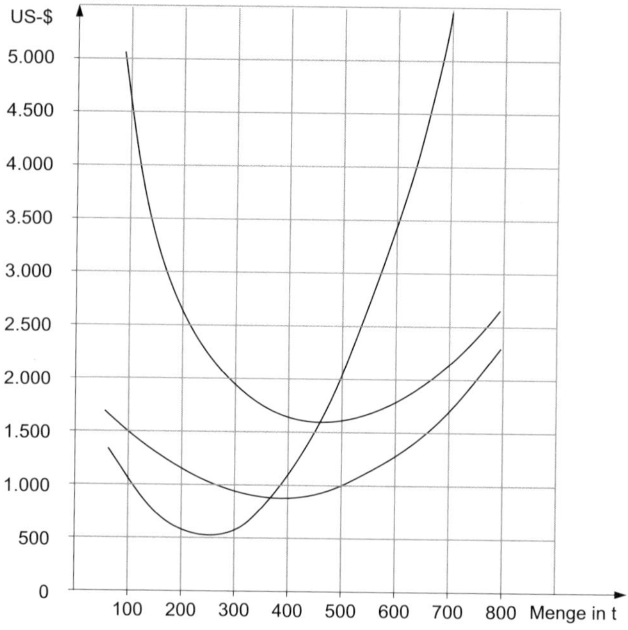

Lösungsvorschlag

1.1 Geldpolitik der EZB

TIPP Eine Zentralbank kann im Allgemeinen expansive (Geldmengenausweitung, Leitzinssenkung) und restriktive (Geldmengenverknappung, Leitzinserhöhung) Geldpolitik durchführen.

Die EZB betreibt eine expansive Geldpolitik, was sich sowohl an der Ausweitung der Geldmenge („pumpen […] Milliarden in das Finanzsystem“) als auch an der Senkung der Leitzinsen („hielt den Leitzins […] auf dem Rekordtief von null Prozent“) zeigt.

1.3 Voraussetzungen der geldpolitischen Zielerreichung

Die EZB erhofft durch die expansive Geldpolitik die Banken dazu bewegen zu können, mehr Kredite an Unternehmen und Haushalte zu vergeben, statt in Anleihen zu investieren. Die beabsichtigte Wirkung der Geldpolitik (Steigerung der Konjunktur, höhere Inflation) kann nur dann eintreten, wenn die Banken wie gewünscht handeln. Darauf hat die EZB jedoch keinen direkten Einfluss, sondern kann lediglich Anreize setzen und billiges Geld („pumpen […] Milliarden in das Finanzsystem“) bereitstellen.

1.4 Geldpolitisches Ziel der EZB

Die EZB definiert das Ziel der Preisniveaustabilität mit einer Inflationsrate unter, aber nahe 2 %. In dem Zeitraum, auf den der Text Bezug nimmt, muss die Inflationsrate im Euro-Raum deutlich unter der Zielvorgabe gelegen haben. Mithilfe der genannten Maßnahmen versuchte die EZB, einer Deflation entgegenzuwirken.

Eine starke Erhöhung der Inflation führt meist zu nachteiligen Effekten bei privaten Haushalten, deren Sparguthaben real an Wert verlieren, entlastet sie aber auch, falls sie Schuldner sind.

2.1 Grafische Darstellung der Gesamtnachfrage

TIPP Um die Gesamtnachfrage darzustellen, müssen Sie zunächst die beiden Nachfragekurven addieren ($80 - 0{,}1\,p + 50 - 0{,}05\,p = 130 - 0{,}15\,p$), sodass Sie den x-Achsenabschnitt ($p = 0$; $x = 130$) ermitteln können. Weiterhin müssen Sie darauf achten, dass die Gesamtnachfragekurve einen Knick hat, da Privatkunden nur bis zu einem Preis von 800 € ($x_1 = 0$), Geschäftskunden aber bis zu einem Preis von 1000 € ($x_2 = 0$) nachfragen. Daher muss der Knick der Gesamtnachfragekurve bei einem Preis von 800 € liegen. Setzen Sie diesen Wert in x_2 ein, erhalten Sie die zugehörige Menge von $x = 10$. Bis 10 Einheiten gilt die Nachfragekurve der Geschäftskunden und zwischen 10 und 130 Einheiten die errechnete Kurve.

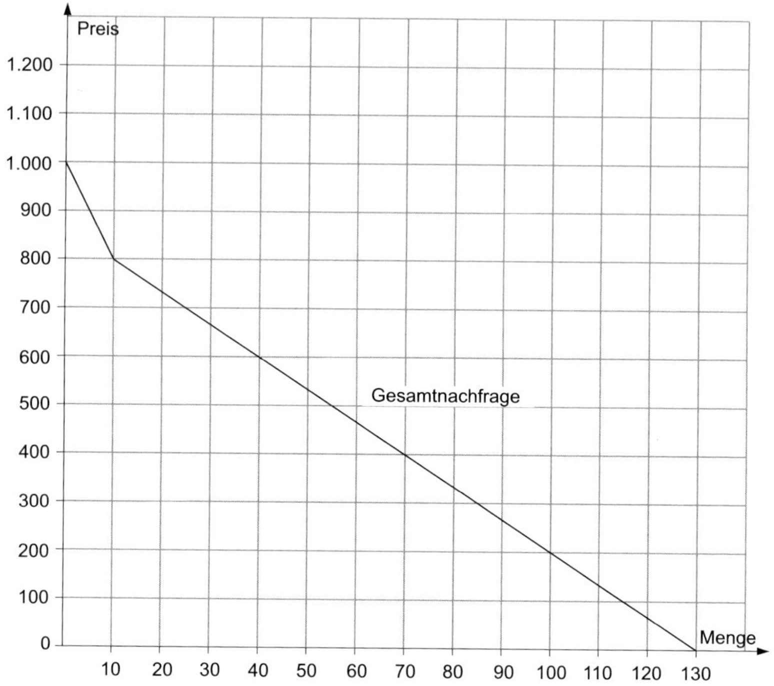

2.2 Ökonomische Bedeutung der Gesamtnachfrage

Es gilt das Gesetz der Nachfrage, da mit sinkendem Preis die nachgefragte Menge steigt. Die Gesamtnachfragekurve weist beim Preis von 800 € einen Knick auf, da erst ab hier (unter 800 €) die Nachfrage der Privatkunden in die Gesamtnachfrage einfließt.

3.1 Verlauf der Kostenfunktion

> **TIPP** Zur Ermittlung des Kostenverlaufs ist hier auf die variablen Kosten zu achten.

Fazenda Matheus:
Die variablen Kosten steigen proportional mit zunehmender Produktionsmenge. Daher liegt ein linearer Gesamtkostenverlauf vor.

Fazenda Feliz:
Mit zunehmender Produktionsmenge steigen die variablen Kosten zunächst unterproportional, dann überproportional. Es liegt daher ein S-förmiger Gesamtkostenverlauf vor.

3.2 Gewinnmaximum bei linearer Kostenfunktion

Das Gewinnmaximum liegt an der Kapazitätsgrenze.

$G = E - K$

$G = 800 \text{ Stück} \cdot 2.500 \text{ USD} - 1.880.000 \text{ USD}$

$G = \mathbf{120.000\ USD}$

3.3 Gewinnmaximum und langfristige Preisuntergrenze bei S-förmiger Kostenfunktion

TIPP Das Gewinnmaximum liegt beim Schnittpunkt von Grenzerlös und Grenzkosten, die langfristige Preisuntergrenze liegt beim Schnittpunkt von Stückkosten und Grenzkosten.

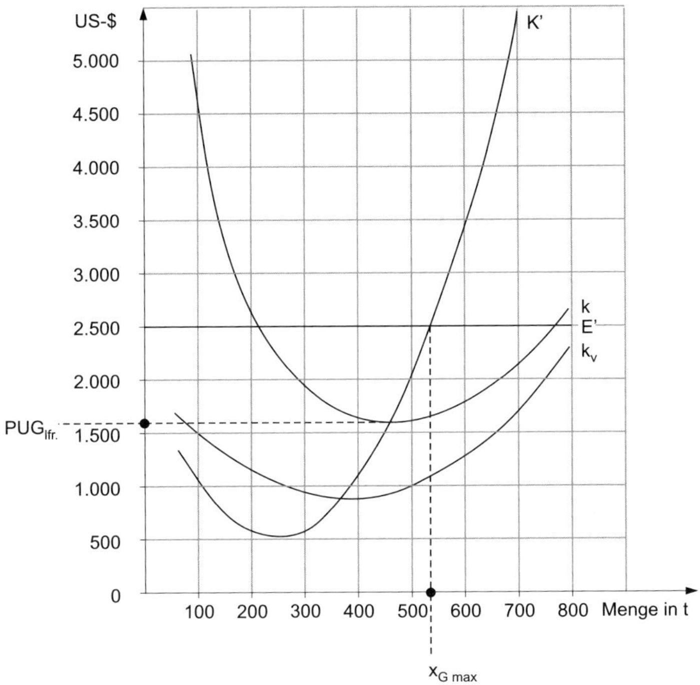

3.4 Gewinnmaximale Menge bei Preissenkung

Die Grenzerlösfunktion verschiebt sich nach unten, d. h. der Schnittpunkt von Grenzerlös- und Grenzkostenfunktion liegt weiter links. Die gewinnmaximale Menge ist somit geringer als in Aufgabe 3.3.

Baden-Württemberg Profilfach Volks- und Betriebswirtschaftslehre
Volkswirtschaftslehre (Teil 2) 2019
Aufgabe 5

Notwendigkeit, Ziele und Konzeptionen der Wirtschaftspolitik in Verbindung mit Wachstums- und Konjunkturpolitik;
Preisbildung und Verhaltensweisen bei Unternehmen mit Marktmacht

Aufgabenstellung

1 [...] Die deutsche Wirtschaft geht mit Rückenwind in den Jahresendspurt. Angetrieben vom Exportboom und von steigenden Investitionen vieler Unternehmen stieg das Bruttoinlandsprodukt (BIP) im dritten Quartal [...].

Nach Einschätzung von Ökonomen steuert Europas größte Volkswirtschaft 2017 auf das stärkste Wachstum seit sechs Jahren zu. [...] Die Firmen waren zuletzt laut Ifo-Institut so optimistisch wie nie zuvor. [...] Die Verbraucher sind angesichts der historisch günstigen Lage auf dem Arbeitsmarkt und der Zinsflaute [...] weiter in Kauflaune. [...]

Binnen Jahresfrist legte das BIP im dritten Quartal preisbereinigt um 2,3 Prozent zu. Ökonomen rechnen damit, dass sich der ungewöhnlich lange Aufschwung vorerst fortsetzt. Zahlreiche Volkswirte hatten zuletzt ihre Prognosen heraufgesetzt. Danach dürfte die deutsche Wirtschaft in diesem Jahr um mehr als zwei Prozent wachsen. Auch für 2018 trauen sie Europas größter Volkswirtschaft ein hohes Tempo zu. Im vergangenen Jahr war das BIP um 1,9 Prozent gestiegen. [...]

Quelle: la/dpa, Bremst das Polit-Chaos jetzt den deutschen Wirtschaftsboom?, Manager Magazin vom 23.11.2017, https://www.manager-magazin.de/politik/konjunktur/wirtschaftswachstum-bip-waechst-in-q3-um-0-8-prozent-a-1179912.html;

Originaltext: Friederike Marx/dpa, Medientyp: Multimedia Deutsche Wirtschaft unter Volldampf «Erfolgsstory geht weiter» vom 23.11.2017

1.1 Konjunkturindikatoren lassen sich nach ihrem Zeitbezug im Verhältnis zum konjunkturellen Verlauf in Früh-, Gegenwarts- und Spätindikatoren unterscheiden.
Ordnen Sie diesen drei Arten von Konjunkturindikatoren je einen der im Text genannten Indikatoren zu. Begründen Sie Ihre Zuordnung. (3 NP)

1.2 Stellen Sie den idealtypischen Konjunkturverlauf grafisch dar und kennzeichnen Sie die einzelnen Konjunkturphasen. (2 NP)

1.3 Untersuchen Sie, inwieweit die deutsche Wirtschaft das Wachstumsziel des Stabilitätsgesetzes im dargestellten Zeitraum erreicht hat. (2 NP)

2

Als Folge der durch die Subprime-Krise in den USA ausgelösten weltweiten Finanzkrise wurden international Konjunkturprogramme verabschiedet, die neben Bürgschaften und anderen Sicherungsformen auch Investitionen in Milliardenhöhe vorsehen. [...] Das im Februar 2009 verabschiedete „Konjunkturpaket II“ der Bundesregierung sah Sonderausgaben in Höhe von 50 Mrd. Euro, also etwa 2 Prozent vom BIP vor; Kernstück war ein Investitionsprogramm in Höhe von 17,3 Mrd. Euro für Schulen, Hochschulen, Verkehrswege und öffentliche Gebäude sowie eine Abwrackprämie bei der Verschrottung älterer PKWs, wenn gleichzeitig ein Neuwagen gekauft wurde.

Quelle: Prof. Dr. Gustav A. Horn, Konjunkturpaket II, Gabler Wirtschaftslexikon vom 03. 01. 2013, https://wirtschaftslexikon.gabler.de/definition/konjunkturpaket-ii-52230/version-158752

2.1 Begründen Sie anhand des Textes, an welchem wirtschaftspolitischen Konzept sich die Wirtschaftspolitik der Bundesrepublik Deutschland orientiert hat. (2 NP)

2.2 Erläutern Sie die antizyklische Fiskalpolitik. Gehen Sie dabei auch auf zwei Kritikpunkte ein. (4 NP)

3

Erfolgreiches Wirtschaften für den Wohlstand von morgen

Eine gute Zukunft braucht Investitionen und Innovationen. Investitionen in die Infrastruktur und in Schlüsseltechnologien müssen daher oben auf der Agenda stehen. Sie sind wichtig für die Wettbewerbsfähigkeit unseres Landes. Jetzt geht es aber auch zusätzlich um Investitionen in Vernetzungs- und Digitalisierungsstrategien, um moderne Geschäfts- und Managementprozesse, eine moderne, schlanke öffentliche Verwaltung, um Investitionen in Forschung und Entwicklung und die Qualifikation der Mitarbeiterinnen und Mitarbeiter.

Quelle: Auszug aus dem Koalitionsvertrag (Entwurf) zwischen CDU/CSU und SPD vom 07.02.2018, VI. Erfolgreiche Wirtschaft für den Wohlstand von morgen, S. 55, https://dynamic.faz.net/download/2018/koalitionsvertrag.pdf

Begründen Sie, an welchem wirtschaftspolitischen Konzept sich dieser Auszug des Koalitionsvertrages orientiert. (2 NP)

4 Udo Kraft beabsichtigt ein Fitnessstudio zu eröffnen. Bei der Erstellung seines Businessplanes stellt er Überlegungen hinsichtlich seiner Standortwahl an. Es kommen zwei Standorte in die engere Auswahl. Für die beiden Standorte liegen folgende Angaben vor:

	Standort 1: Innenstadtlage	Standort 2: Ländlicher Raum
Anzahl der Wettbewerber	12	keine im Umkreis von 60 km
Kostenfunktion (monatlich)	$K(x) = 10.000 + 20x$	$K(x) = 5.000 + 10x$
Preis-Absatz-Funktion	siehe Anlage (S. 36)	siehe Anlage (S. 36) $x(p) = 1.400 - 20p$
Aufnahmekapazität	800 Kunden	1.000 Kunden

p = monatlicher Beitrag in € x = Anzahl der Kunden

4.1 Vergleichen Sie die Marktmacht, die Udo Kraft mit seinem Fitnessstudio an den beiden Standorten jeweils hätte. (3 NP)

4.2 Angenommen, der Monatsbeitrag beträgt 60 €. Vergleichen Sie, ohne rechnerischen Nachweis, das Nachfrageverhalten an den beiden Standorten, wenn der aktuelle Monatsbeitrag erhöht wird. (2 NP)

4.3 Situation 1: Udo Kraft entscheidet sich für die Innenstadtlage.

4.3.1 Udo Kraft plant die Aufnahmekapazität des Fitnessstudios voll auszulasten.
Berechnen Sie das dabei maximal mögliche monatliche Ergebnis. (2 NP)

4.3.2 Ermitteln Sie grafisch in der Anlage (S. 36) die gewinnmaximale Preis-Mengen-Kombination und berechnen Sie den maximalen Gewinn. (3 NP)

4.4 Situation 2: Udo Kraft entscheidet sich für den ländlichen Raum.

4.4.1 Berechnen Sie die gewinnmaximale Preis-Mengen-Kombination sowie die dazugehörige Kapazitätsauslastung in Prozent. (3 NP)

4.4.2 Udo Kraft erwägt eine Preisdifferenzierung, um seine Auslastung zu erhöhen.
Unterbreiten Sie, ohne rechnerischen Nachweis, einen begründeten Vorschlag. (2 NP)

Anlage zu Teilaufgabe 4

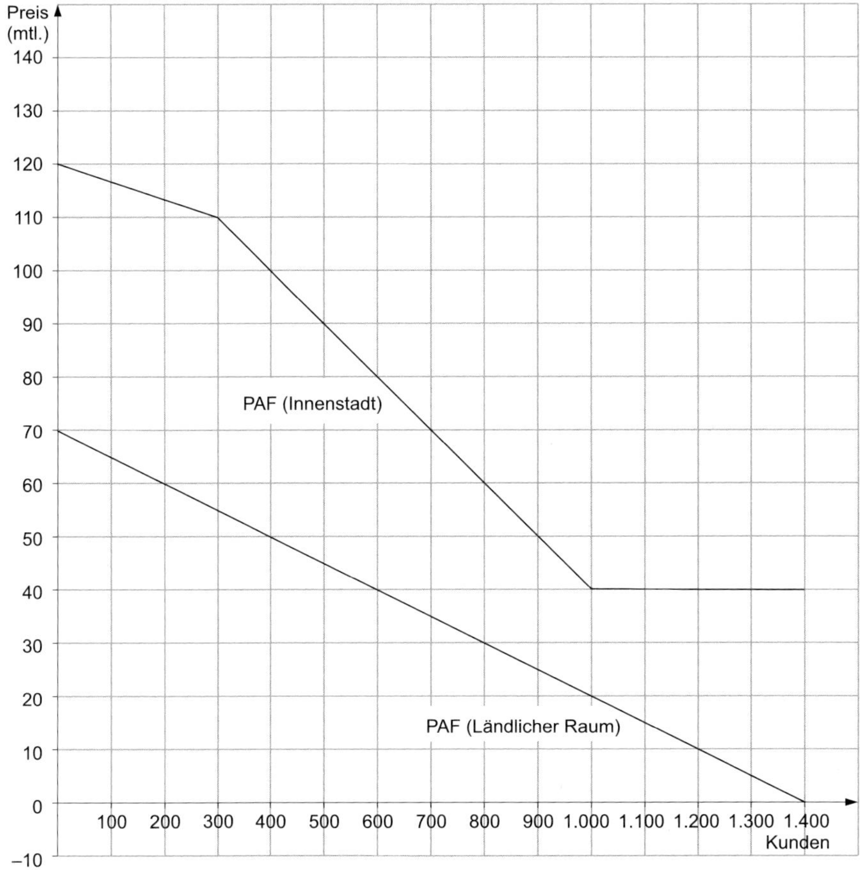

Lösungsvorschlag

1.1 Konjunkturindikatoren

Frühindikator: optimistische Zukunftserwartungen, da Unternehmen nur Investitionen planen, wenn sie in Zukunft Absatzchancen erwarten

Gegenwartsindikator: BIP, da sich die Erstellung von Waren und Dienstleistungen im Bruttoinlandsprodukt niederschlägt

Spätindikator: Arbeitslosigkeit, da zunächst Überstunden aufgebaut und neue Arbeitskräfte gesucht werden müssen, bevor bei dauerhaft guter wirtschaftlicher Lage neue Arbeitskräfte eingestellt werden

1.2 Konjunkturverlauf

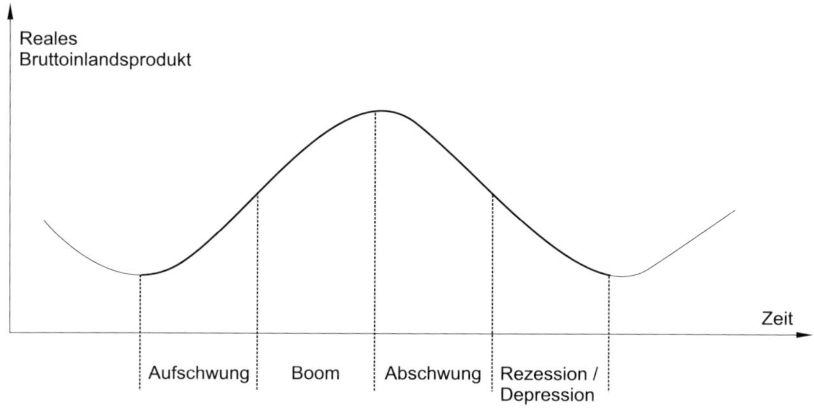

1.3 Wachstumsziel des Stabilitätsgesetzes

Das wirtschaftspolitische Ziel „stetiges und angemessenes Wirtschaftswachstum" kann als erreicht gelten. Die Wachstumsraten bewegen sich nahezu gleichbleibend im Zielkorridor von ca. 1,5 % bis 3 %.

2.1 Nachfrageorientierte Wirtschaftspolitik

TIPP Es gibt zwei bedeutende wirtschaftspolitische Konzepte, die nachfrage- und die angebotsorientierte Wirtschaftspolitik. Hier müssen Sie nun anhand des Textes begründen, welches Konzept umgesetzt wurde.

Nachfrageorientierte Wirtschaftspolitik: Der Staat greift in die Wirtschaft ein, indem er die gesamtwirtschaftliche Nachfrage, zum Beispiel durch ein Investitionsprogramm, stützt.

2.2 Antizyklische Fiskalpolitik

Antizyklische Fiskalpolitik bedeutet, dass der Staat die gesamtwirtschaftliche Nachfrage durch die Gestaltung seiner Einnahmen und Ausgaben entgegengesetzt zum Konjunkturverlauf beeinflusst, also in Abschwungphasen mehr investiert und in Aufschwugphasen spart. Dadurch sollen konjunkturelle Hoch- und Tiefphasen abgemildert und ein stabiles Wachstum und geringe Arbeitslosigkeit erreicht werden.

TIPP Zwei der folgenden Kritikpunkte reichen aus.

Kritikpunkte:

- Da der Staat in wirtschaftlich schlechten Zeiten selbst weniger einnimmt, muss er seine höheren Ausgaben durch Aufnahme von Krediten, also auf Kosten einer höheren Staatsverschuldung finanzieren (*deficit spending*). Die dadurch entstandene Staatsverschuldung wird jedoch auch in wirtschaftlich guten Zeiten nicht bzw. nur ungenügend zurückgeführt. Dadurch steigt die Staatsverschuldung an.
- Die Wirkungen der entsprechenden Maßnahmen treten erst mit erheblicher zeitlicher Verzögerung (time-lags) ein.
- Durch die steigende Kreditnachfrage des Staates können die Darlehenszinsen steigen. Mit den zunehmenden Kosten wird tendenziell die private Kreditnachfrage sinken (*crowding out*).

3 Angebotsorientierte Wirtschaftspolitik

TIPP Auch hier müssen Sie Politikmaßnahmen einem der beiden wirtschaftspolitischen Grundkonzepte (nachfrage-/angebotsorientierte Wirtschaftspolitik) zuordnen.

Angebotsorientierte Wirtschaftspolitik: Der Staat soll für gute Rahmenbedingungen sorgen, um so Wachstumsprozesse und Investitionen der Unternehmen zu fördern: gute Infrastruktur, investitionsfreundliche Forschungs- und Technologiepolitik sowie eine bedarfsorientierte Qualifizierungspolitik der Beschäftigten.

4.1 Marktform und Marktmacht

TIPP Die Marktmacht des Fitnessstudios von Udo Kraft ist abhängig von der vorliegenden Marktform. Achten Sie dabei auf den Standort und die jeweilige Konkurrenz.

Da das Fitnessstudio im ländlichen Raum im Umkreis von 60 km alleiniger Anbieter wäre, würde es dort ein Angebotsmonopol darstellen. Die Marktmacht wäre bei diesem Standort sehr groß.

In der Innenstadtlage herrscht Wettbewerb, es liegt ein Polypol vor. Die Preis-Absatz-Funktion zeigt jedoch, dass das Fitnessstudio über einen monopolistischen Preisspielraum verfügt (unvollkommenes Polypol). Somit würde das Fitnessstudio auch hier über eine gewisse Marktmacht verfügen.

4.2 Nachfrageverhalten

TIPP Beachten Sie zur Beantwortung dieser Frage die Eigenschaften (Steigung) der jeweiligen Kurven in der Anlage auf Seite 36.

Die Preis-Absatz-Kurve für den ländlichen Raum verläuft bei 60 € flacher als die Preis-Absatz-Kurve bei der Innenstadtlage. Daraus lässt sich ableiten, dass bei diesem Preis Kunden im ländlichen Raum stärker auf Preiserhöhungen reagieren als Kunden in der Innenstadt.

4.3.1 Gewinn an der Kapazitätsgrenze

$$\begin{aligned} G &= E - K \\ &= 60€ \cdot 800\,\text{Kunden} - (10.000€ + 20€ \cdot 800\,\text{Kunden}) \\ &= 48.000€ - 26.000€ = \mathbf{22.000\ €} \end{aligned}$$

4.3.2 Grafische und rechnerische Bestimmung des Gewinnmaximums beim unvollkommenen Polypol

TIPP Zur grafischen Ermittlung zeichnen Sie die Grenzerlöskurve (gleicher y-Achsenabschnitt und doppelte Steigung gegenüber dem mittleren Teil der PAF) und die Grenzkostenkurve (1. Ableitung der Kostenfunktion) ein. Am Schnittpunkt der beiden befindet sich der x-Wert des Gewinnmaximums. Den zugehörigen Preis ermitteln Sie dann über die PAF.

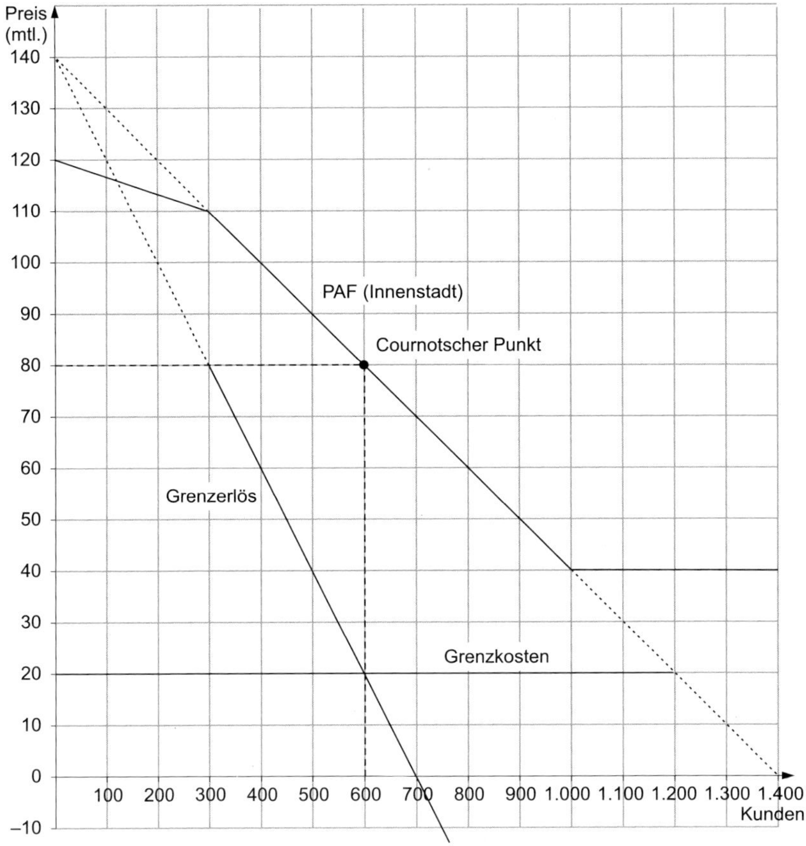

Gewinnmaximaler Preis = 80 € und gewinnmaximale Menge = 600 Kunden
Maximaler Gewinn = 80 € · 600 Kunden – (10.000 € + 20 € · 600 Kunden)
= 26.000 €

4.4.1 Gewinnmaximum und Kapazitätsauslastung beim Angebotsmonopol

Bedingung für Gewinnmaximierung: E' = K'

$K'(x) = 10$

TIPP Um die erste Ableitung der Erlösfunktion zu erhalten, müssen Sie zunächst die Erlösfunktion herleiten. Dazu lösen Sie die PAF nach p auf und multiplizieren sie mit x. Diese Gleichung leiten Sie dann nach x ab.

$x = 1.400 - 20\,p \quad \Rightarrow p = 70 - 0{,}05\,x$

$E = 70\,x - 0{,}05\,x^2$

$E'(x) = 70 - 0{,}1\,x$

TIPP Setzen Sie nun die ersten Ableitungen von E und K gleich und lösen Sie nach x auf.

$10 = 70 - 0{,}1\,x$
$x = \mathbf{600\ Kunden}$

TIPP Abschließend ermitteln Sie den Preis, indem Sie x (600 Kunden) in die nach p aufgelöste Nachfragefunktion einsetzen.

$\Rightarrow p = 70 - 0{,}05\,x = 70 - 0{,}05 \cdot 600 = \mathbf{40\ €}$

$$\text{Kapazitätsauslastung} = \frac{600}{1.000} \cdot 100 = \mathbf{60\ \%}$$

Die gewinnmaximale Preis-Mengen-Kombination liegt bei einem Preis von 40 € und 600 Kunden, die Kapazitätsauslastung beträgt also bei 60 %.

4.4.2 Preisdifferenzierung

Udo Kraft könnte eine zeitliche Preisdifferenzierung vornehmen.
Für Mitglieder, die nur vormittags trainieren, gibt es reduzierte Monatsbeiträge. Es werden zusätzliche Mitglieder gewonnen, wodurch sich die Kapazitätsauslastung erhöht.

Baden-Württemberg Profilfach Volks- und Betriebswirtschaftslehre
BWL mit Rechnungswesen (Teil 1) 2020
Aufgabe 1

Vollkostenrechnung in Form der Zuschlagskalkulation (Kostenstellenrechnung, BAB, Kostenträgerstückrechnung); Kosten- und Erlösfunktionen; Deckungsbeitragsrechnung

Die robdro KG mit Sitz in Mannheim produziert seit einigen Jahren Drohnen für verschiedene Einsatzarten im zivilen Bereich. In einem boomenden Markt herrscht für die robdro KG, insbesondere durch die starke Konkurrenz aus Fernost, sowohl Kostendruck als auch die Notwendigkeit, Produkte und Fertigungsabläufe einem ständigen Verbesserungsprozess zu unterziehen.

Aufgabenstellung

1 Im Hauptwerk Mannheim werden besonders leistungsstarke Drohnen produziert, die für die optische Überwachung im gewerblichen Bereich entwickelt wurden. Um die Effizienz der Produktion bei steigenden Stückzahlen zu gewährleisten, erstellt die robdro KG jährlich zur Verteilung ihrer Gemeinkosten einen Betriebsabrechnungsbogen (Anlage, S. 4).

1.1 In einer Sitzung mit der Unternehmensleitung werden die Kostenstellenleiter über die Zahlen aus dem Betriebsabrechnungsbogen 2019 unterrichtet. Es ergeben sich daraus die nachfolgenden Fragen.

1.1.1 Die Raumkosten wurden gemäß der genutzten Fläche verteilt. Weisen Sie die Flächen der einzelnen Kostenstellen rechnerisch nach, wenn die Gesamtfläche des Hauptwerks Mannheim 3.600 Quadratmeter beträgt. (2 NP)

1.1.2 Der Leiter der Kostenstelle Vertrieb ist über den ihm zugerechneten Anteil am kalkulatorischen Unternehmerlohn überrascht.
Ermitteln Sie den hier vorliegenden Verteilungsschlüssel und begründen Sie die vorgenommene Verteilung. (2 NP)

1.2 Ermitteln Sie im Rahmen einer Gesamtkalkulation die Istgemeinkostenzuschlagssätze für das Jahr 2019 (Anlage, S. 4). (4 NP)

1.3 Der Leiter der Kostenstelle Fertigung weist darauf hin, dass er im Jahr 2020 einige Bereiche der Produktion von manueller auf automatisierte Fertigung umstellen wird. Er verlangt daher eine entsprechende An-

passung des Normalgemeinkostenzuschlagssatzes für seine Kostenstelle.
Begründen Sie diese Forderung. (2 NP)

1.4 Die robdro KG möchte Anfang 2020 ein neu entwickeltes Modell mit hochauflösender Kamera und besonders langer Akkulaufzeit unter der Bezeichnung DSX 4K auf den Markt bringen. Dafür ist der Listenverkaufspreis zu kalkulieren. Die Geschäftsleitung beschließt, ungeachtet der Produktionsumstellung, die Istzuschlagssätze des Jahres 2019 zugrunde zu legen.

Des Weiteren liegen folgende Angaben vor:

Fertigungsmaterial pro Stück	2.250 €
Fertigungslöhne pro Stück	2.600 €
Sondereinzelkosten der Fertigung	580 €
Sondereinzelkosten des Vertriebs	466 €
Gewinnzuschlagssatz	28 %
Kundenskonto	3 %
Kundenrabatt	36 %

Ermitteln Sie den Listenverkaufspreis für die Drohne DSX 4K. (4 NP)

2 Im Zweigwerk Walldorf produziert die robdro KG ausschließlich die Transportdrohne LDR 250. Die Geschäftsleitung möchte die Kostensituation genauer analysieren. Dazu liegen ihr folgende Informationen vor:
Im Jahr 2018 wurden 100 Drohnen mit Gesamtkosten in Höhe von 2.200.000 € hergestellt. Im Jahr 2019 fielen bei einer Kapazitätsauslastung von 80 % Gesamtkosten in Höhe von 2.440.000 € an. Das Zweigwerk Walldorf wäre mit 150 Drohnen voll ausgelastet. Dank einer verbesserten Effizienz haben sich die variablen Stückkosten und die Fixkosten im Jahr 2019 gegenüber dem Vorjahr nicht verändert. Der Verkaufspreis in Höhe von 24.500 € pro Drohne blieb in beiden Jahren unverändert.
Es ist von einem linearen Kosten- und Erlösverlauf auszugehen.

2.1 Bestimmen Sie die jährliche Produktionsmenge, bei der die Gewinnschwelle erreicht wird. (3 NP)

2.2 Für das Jahr 2020 geht die Geschäftsleitung von deutlichen Kostenerhöhungen aus; die variablen Stückkosten steigen voraussichtlich um 5 %, bei den Fixkosten wird sogar mit einem Anstieg von 10 % gerechnet.
Während die Geschäftsleitung als Reaktion auf die gestiegenen Kosten eine Preiserhöhung erwägt, möchte der Vertriebsleiter den Verkaufspreis unverändert belassen. Er geht davon aus, auf diese Weise

den Marktanteil bei den Transportdrohnen so weit erhöhen zu können, dass die Kapazität im Zweigwerk Walldorf vollständig ausgelastet ist. Vergleichen Sie die prozentuale Umsatz- und Gewinnveränderung gegenüber 2019, wenn sich der Vertriebsleiter gegenüber der Geschäftsleitung durchsetzen kann.
Begründen Sie das Ergebnis dieses Vergleichs. (5 NP)

3 Im Zweigwerk Ladenburg fertigt die robdro KG Drohnen der gehobenen Preisklasse für den Freizeitbereich.
Für den Mai 2020 liegen folgende Daten vor:

	XR3	**XR5**	**XR7**
geplante Stückzahl	600	400	300
Fertigungszeit in Stunden pro Stück	2	2,5	5
Verkaufspreis in € pro Stück	270	420	720
Fertigungsmaterial in € pro Stück	35	45	55
sonstige variable Kosten in € pro Stück	14	30	45

Die Fertigungslöhne betragen 36 € pro Stunde. Die monatlichen Fixkosten belaufen sich auf 193.025 €.
Aufgrund unvorhergesehener Kündigungen im Fertigungsbereich stehen im Mai 2020 nur 3.000 anstatt 3.800 Arbeitsstunden zur Verfügung.

3.1 Erstellen Sie das optimale Produktionsprogramm für den Monat Mai 2020. (5 NP)

3.2 Die Geschäftsleitung wirft dem Leiter des Zweigwerks Ladenburg vor, für die Kündigungen verantwortlich zu sein und dadurch ein geringeres Betriebsergebnis im Monat Mai verschuldet zu haben.
Ermitteln Sie, um wieviel Prozent das Betriebsergebnis im Monat Mai 2020 durch die Kündigungen geringer ausgefallen ist. (3 NP)

Anlage zu Teilaufgabe 1:
Betriebsabrechnungsbogen der robdro KG 2019

		Kostenstellen			
Gemeinkostenarten	**Betrag**	**Material**	**Fertigung**	**Verwaltung**	**Vertrieb**
Hilfs- und Betriebsstoffe	1.169.000 €	12.500 €	879.000 €	21.500 €	256.000 €
Gehälter	2.995.000 €	50.000 €	1.620.000 €	547.000 €	778.000 €
Fremdinstandhaltung	812.800 €	4.500 €	736.000 €	11.700 €	60.600 €
Raumkosten	324.000 €	27.000 €	180.000 €	72.000 €	45.000 €
Versicherungen	301.700 €	30.500 €	231.000 €	15.000 €	25.200 €
kalkulatorische Abschreibungen	2.509.900 €	30.600 €	2.210.000 €	89.300 €	180.000 €
kalkulatorischer Unternehmerlohn	528.000 €	16.000 €	240.000 €	80.000 €	192.000 €
sonstige Gemeinkosten	1.649.600 €	8.900 €	1.254.000 €	198.500 €	188.200 €
Summe der Gemeinkosten	10.290.000 €	180.000 €	7.350.000 €	1.035.000 €	1.725.000 €

Weitere Kosten im Jahr 2019:

Verbrauch von Fertigungsmaterial	1.500.000 €
Fertigungslöhne	2.100.000 €
Sondereinzelkosten der Fertigung	370.000 €
Sondereinzelkosten des Vertriebs	240.000 €

Lösungsvorschlag

1.1.1 Verteilungsschlüssel für die Raumkosten im BAB

TIPP Rechnen Sie zunächst die Raumkosten pro Quadratmeter aus. Dazu teilen Sie die Gesamtkosten durch die Gesamtfläche. Anschließend können Sie die Quadratmeter pro Abteilung berechnen.

$$\text{Raumkosten } \frac{324.000\ €}{3.600\ m^2} = 90\ € \text{ pro Quadratmeter}$$

Die im BAB den Kostenstellen zugerechneten Kosten werden jeweils durch 90 €/m^2 geteilt.

	Material	Fertigung	Verwaltung	Vertrieb
Quadratmeter	27.000 / 90 = 300 m^2	180.000 / 90 = 2.000 m^2	72.000 / 90 = 800 m^2	45.000 / 90 = 500 m^2

1.1.2 Verteilungsschlüssel für den kalkulatorischen Unternehmerlohn im BAB

TIPP Suchen Sie zuerst die Kostenstelle mit dem geringsten Betrag. Dies ist die Kostenstelle Material mit 16.000 €. Die Beträge in den anderen Kostenstellen sind jeweils ein Vielfaches dieser 16.000 €. Der Verteilungsschlüssel lässt sich dann wie folgt berechnen: Kosten je Kostenstelle / 16.000 €

	Material	Fertigung	Verwaltung	Vertrieb
Verteilungs-schlüssel	16.000 / 16.000 = 1	240.000 / 16.000 = 15	80.000 / 16.000 = 5	192.000 / 16.000 = 12

Der Verteilungsschlüssel richtet sich in der Regel nach dem Arbeitseinsatz der Geschäftsführung in den einzelnen Kostenstellen. Das Haupttätigkeitsgebiet der Geschäftsführung lag in diesem Unternehmen in der Fertigung und dem Vertrieb.

1.2 Gesamtkalkulation; Istgemeinkostenzuschlagssätze

	Istkosten	Zuschlagssätze
Fertigungsmaterial	1.500.000 €	
+ Materialgemeinkosten	180.000 €	**12 %**[1)]
= Materialkosten	1.680.000 €	

	Fertigungslöhne	2.100.000 €	
+	Fertigungsgemeinkosten	7.350.000 €	**350 %**[2]
+	Sondereinzelkosten der Fertigung	370.000 €	
=	Fertigungskosten	9.820.000 €	
	Herstellkosten	11.500.000 €	
+	Verwaltungsgemeinkosten	1.035.000 €	**9 %**[3]
+	Vertriebsgemeinkosten	1.725.000 €	**15 %**[4]
+	Sondereinzelkosten des Vertriebs	240.000 €	
=	Selbstkosten	14.500.000 €	

1) $\frac{180.000\,€}{1.500.000\,€} = 12\,\%$ 2) $\frac{7.350.000\,€}{2.100.000\,€} = 350\,\%$

3) $\frac{1.035.000\,€}{11.500.000\,€} = 9\,\%$ 4) $\frac{1.725.000\,€}{11.500.000\,€} = 15\,\%$

1.3 Anpassung des Normalkostenzuschlagssatzes

Die vom Leiter der Kostenstelle Fertigung angekündigte Umstellung von manueller auf automatisierte Fertigung führt zu einem Rückgang der Fertigungslöhne und durch einen vermehrten Einsatz von Maschinen zu einem Anstieg der Fertigungsgemeinkosten. Für die Kalkulation wird es daher notwendig, den Normalkostenzuschlagssatz für die Fertigung zu erhöhen, da sonst zu wenig Gemeinkosten auf die Fertigungslöhne zugeschlagen werden und die tatsächlichen Kosten nicht gedeckt sind.

1.4 Vorwärtskalkulation

TIPP Bei Skonto und Rabatt ist auf die Rückwärtskalkulation zu achten. Die Zuschlagssätze für Material und Fertigung, Verwaltung und Vertrieb entnehmen Sie der Aufgabe 1.2.

	Fertigungsmaterial		2.250,00 €
+	Materialgemeinkosten	12 %	270 €
=	Materialkosten		2.520,00 €
	Fertigungslöhne		2.600,00 €
+	Fertigungsgemeinkosten	350 %	9.100,00 €
+	Sondereinzelkosten der Fertigung		580,00 €
=	Fertigungskosten		12.280,00 €

Herstellkosten		14.800,00 €		
+ Verwaltungsgemeinkosten	9 %	1.332,00 €		
+ Vertriebsgemeinkosten	15 %	2.220,00 €		
+ Sondereinzelkosten des Vertriebs		466,00 €		
= Selbstkosten		18.818,00 €		
+ Gewinn	28 %	5.269,04 €		
= Barverkaufspreis		24.087,04 €	97 %	
+ Skonto	3 %	744,96 €	+3 %	
= Zielverkaufspreis		24.832,00 €	= 100 %	64 %
+ Rabatt	36 %	13.968,00 €		+36 %
= Listenverkaufspreis		**38.800,00 €**		= 100 %

2.1 Berechnung der Gewinnschwelle

TIPP Berechnen Sie zunächst die Produktionsmenge für 2019. Dann können Sie mit den zwei gegebenen Gesamtkostensituationen die variablen Stückkosten k_v berechnen. Anschließend ermitteln Sie die Fixkosten K_f. Mit diesen Informationen berechnen Sie dann die Gewinnschwelle (E = K).

Produktionsmenge 2019: 80 % der Kapazität → $0{,}8 \cdot 150 = 120$ Stück

$$k_v = \frac{K_{2019} - K_{2018}}{\text{Stückzahl}_{2019} - \text{Stückzahl}_{2018}} = \frac{2.440.000\ € - 2.200.000\ €}{120\ \text{Stück} - 100\ \text{Stück}}$$

$$= 12.000\ €/\text{Stück}$$

Berechnung der fixen Kosten K_f: $K = K_f + k_v \cdot x$

$K_{100} = 2.200.000\ €$

$2.200.000\ € = K_f + 12.000\ € \cdot 100$

$K_f = 1.000.000\ €$

Berechnung der Gewinnschwelle: E = K

$24.500 \cdot x = 1.000.000 + 12.000 \cdot x$

$12.500 \cdot x = 1.000.000$

x = **80 Stück**

2.2 Umsatz- und Gewinnveränderung bei Kosten- und Absatzerhöhung

Berechnung der neuen Gesamtkosten bei Kosten- und Produktionssteigerung in 2020:

$K_{f,\,2020} = 1.000.000\ € \cdot 1{,}1 = 1.100.000\ €$

$k_{v,\,2020} = 12.000\ € \cdot 1{,}05 = 12.600\ €$

$K_{2020} = 1.100.000\ € + 12.600\ € \cdot 150\ \text{Stück} = 2.990.000\ €$

TIPP Beachten Sie, dass vollständige Auslastung eine Produktion von 150 Stück bedeutet.

Umsatzveränderung:

Umsatz 2019: 24.500 € · 120 Stück =	2.940.000 €
Umsatz 2020: 24.500 € · 150 Stück =	3.675.000 €
Veränderung:	735.000 €

$$\frac{735.000\text{ €} \cdot 100}{2.940.000\text{ €}} = \mathbf{25\ \%}\text{ Umsatzanstieg}$$

Gewinnveränderung:

Gewinn 2019: 2.940.000 € – 2.440.000 € =	500.000 €
Gewinn 2020: 3.675.000 € – 2.990.000 € =	685.000 €
Veränderung:	185.000 €

$$\frac{185.000\text{ €} \cdot 100}{500.000\text{ €}} = \mathbf{37\ \%}\text{ Gewinnanstieg}$$

Trotz der gestiegenen Kosten und des unveränderten Verkaufspreises steigt der Gewinn prozentual stärker als der Umsatz. Grund dafür ist, dass sich die Fixkosten auf eine größere Stückzahl verteilen. Dieser Degressionseffekt wirkt sich stärker auf die Ertragssituation aus als der Kostenanstieg.

3.1 Optimales Produktionsprogramm mit relativem Deckungsbeitrag

TIPP Zur Erstellung des optimalen Produktionsprogramms benötigen Sie die relativen Deckungsbeiträge pro Stunde. Dazu berechnen Sie zunächst die variablen Stückkosten. Diese ziehen Sie dann von den Stückerlösen ab, womit Sie den Stückdeckungsbeitrag erhalten. Diesen teilen Sie anschließend noch durch die benötigte Fertigungszeit.

	XR 3	XR 5	XR 7
Fertigungsmaterial pro Stück	35,00 €	45,00 €	55,00 €
+ Fertigungslöhne pro Stück1)	72,00 €	90,00 €	180,00 €
+ sonstige variable Kosten pro Stück	14,00 €	30,00 €	45,00 €
= variable Stückkosten	121,00 €	165,00 €	280,00 €
Stückerlöse	270,00 €	420,00 €	720,00 €
– variable Stückkosten	121,00 €	165,00 €	280,00 €
= Stückdeckungsbeitrag	149,00 €	255,00 €	440,00 €

	XR 3	XR 5	XR 7
benötigte Fertigungszeit je Stück	2 Stunden	2,5 Stunden	5 Stunden
rel. Stückdeckungsbeitrag je Stunde[2)]	74,50 €	102,00 €	88,00 €
Rangfolge	3.	1.	2.
geplante Stückzahl	600 Stück	400 Stück	300 Stück
benötigte Produktionszeit für geplante Stückzahl	1.200 Stunden	1.000 Stunden	1.500 Stunden
Aufteilung der Produktionszeit im Mai[3)]	500 Stunden	1.000 Stunden	1.500 Stunden
optimales Produktionsprogramm[3)]	**250 Stück**	**400 Stück**	**300 Stück**

1) Fertigungslöhne pro Stück = benötigte Fertigungszeit pro Stück · 36 € Stundenlohn

2) relativer Stückdeckungsbeitrag je Stunde = $\frac{\text{Stückdeckungsbeitrag}}{\text{benötigte Fertigungszeit pro Stück}}$

3) verfügbare Arbeitszeit im Mai 3.000 Stunden
– Produktionszeit für XR 5 (Rang 1) 400 Stück · 2,5 Stunden = 1.000 Stunden
– Produktionszeit für XR 7 (Rang 2) 300 Stück · 5 Stunden = 1.500 Stunden
= restliche Produktionszeit für XR 3 500 Stunden

$$\frac{\text{500 Stunden}}{\text{2 Stunden Fertigungszeit pro Stück}} = \text{250 Stück}$$

3.2 Veränderung des Betriebsergebnisses

TIPP Ohne die Kündigungen hätten die Kapazitäten ausgereicht, um auch die gesamte geplante Stückzahl von XR 3 zu produzieren. Zur Berechnung des Betriebsergebnisses ohne Kündigungen rechnet man folglich mit der geplanten Stückzahl von 600 Stück.

Betriebsergebnis ohne Kündigungen:

	XR 3	XR 5	XR 7	Summe
Stückdeckungsbeitrag	149,00 €	255,00 €	440,00 €	
* geplante Stückzahl	600 Stück	400 Stück	300 Stück	
= Gesamtdeckungsbeitrag	89.400 €	102.000 €	132.000 €	323.400 €
= Gesamtdeckungsbeitrag	89.400 €	102.000 €	132.000 €	323.400 €
– Fixkosten				193.025 €
= Betriebsergebnis				130.375 €

TIPP Zur Berechnung der Ertragseinbuße durch die Kündigungen errechnen Sie zunächst die Produktionsminderung und multiplizieren diese mit dem Stückdeckungsbeitrag.

Produktionsminderung (600 Stück – 250 Stück):
350 Stück · 149 € = 52.150 €

prozentualer Rückgang beim Betriebsergebnis: $\frac{52.150 \text{ €} \cdot 100}{130.375 \text{ €}} = \mathbf{40\ \%}$

Baden-Württemberg Profilfach Volks- und Betriebswirtschaftslehre
BWL mit Rechnungswesen (Teil 1) 2020
Aufgabe 2

Personengesellschaften im Vergleich (rechtliche Grundlagen); offene Selbstfinanzierung bei der KG; statische und dynamische Investitionsrechnung

Michael Huber und Cornelia Lienert haben vor einigen Jahren das Unternehmen BioFair OHG gegründet, um vom wachsenden Markt ökologisch hergestellter und fair gehandelter Lebensmittel zu profitieren. Das Unternehmen kauft Rohstoffe, die diese beiden Kriterien erfüllen. Die Rohstoffe werden in der eigenen Produktion zu hochwertigen Lebensmitteln verarbeitet. Am 01. 01. 2019 beträgt Michael Hubers Anteil am Eigenkapital 220.000 €; Cornelia Lienerts Anteil beläuft sich auf 240.000 €. Hinsichtlich Geschäftsführung und Vertretung gelten die gesetzlichen Regelungen.

Aufgabenstellung

1 Am 15. 02. 2019 schließt Michael Huber ohne vorherige Absprache mit Cornelia Lienert einen Kaufvertrag über eine Entsaftungsanlage im Wert von 29.000 € ab. Nachdem die fällige Rechnung von der OHG nicht beglichen wurde, wendet sich der Lieferant am 28. 03. 2019 direkt an Cornelia Lienert und verlangt von ihr die Bezahlung.
Beurteilen Sie unter Angabe der gesetzlichen Grundlagen, ob Cornelia Lienert die Rechnung begleichen muss. (3 NP)

2 Um ein weiteres Unternehmenswachstum finanzieren zu können, soll ein zusätzlicher Gesellschafter aufgenommen werden. Die beiden potenziellen Investoren Martin Roloff und Lutz Wagner wären bereit, sich mit jeweils 50.000 € am Unternehmen zu beteiligen. Martin Roloff möchte OHG-Gesellschafter werden; Lutz Wagner wäre bereit, die Position eines Kommanditisten in einer KG zu übernehmen.
Beschreiben Sie die Position eines OHG-Gesellschafters und eines Kommanditisten hinsichtlich der Merkmale Geschäftsführung und Kontrollrecht. (3 NP)

3 Cornelia Lienert und Michael Huber entscheiden, ihr Unternehmen zum 01. 04. 2019 in eine KG umzuwandeln. Die beiden bisherigen OHG-Gesellschafter werden Komplementäre der BioFair KG, Lutz Wagner wird als Kommanditist aufgenommen und leistet seine Kapitaleinlage in Höhe von 50.000 € vollständig. Am 03. 04. 2019 erfolgt die Handelsregistereintragung.

Zum Ende des verkürzten Geschäftsjahres 2019 liegt für die BioFair KG folgende Gewinnverteilungstabelle (Werte in €) vor:

Gesell-schafter	Kapital-anteil	Tätigkeits-vergütung	Verzin-sung	Rest-gewinn	Gesamt-gewinn
Huber	220.000	72.000	8.250	16.000	96.250
Lienert	240.000	72.000	9.000	16.000	97.000
Wagner	50.000	---	1.875	4.000	5.875
Summe	510.000	144.000	19.125	36.000	199.125

3.1 Erläutern Sie, welche Regelungen der Gesellschaftsvertrag der BioFair KG zur Gewinnverteilung enthält. (3 NP)

3.2 Lutz Wagner überlässt seinen Gewinnanteil der KG als Darlehen. Die Vollhafter entnehmen lediglich ihre Tätigkeitsvergütung.
Ermitteln Sie die Kapitalanteile der einzelnen Gesellschafter am Ende des ersten Geschäftsjahres sowie deren Beitrag zur offenen Selbstfinanzierung der BioFair KG. (3 NP)

INFO Die rechtlichen Rahmenbedingungen und Besonderheiten der Rechtsform KG sind nicht mehr prüfungsrelevant! Deshalb werden die Lösungen zu den Aufgaben 1 bis 3 im Anschluss nicht abgedruckt.

4 Das eingebrachte Kapital des Kommanditisten Lutz Wagner soll dafür verwendet werden, die Erweiterung der Produktionskapazität zu finanzieren. Michael Huber übernimmt hierfür die betriebswirtschaftliche Analyse. Es stehen zwei Maschinen mit gleicher Kapazität zur Auswahl.

Für die Maschine Typ 1 stehen folgende Informationen zur Verfügung:

Anschaffungswert	50.000 €
Nutzungsdauer	6 Jahre
Restwert	2.000 €
Kapazität pro Jahr	20.000 Stück
variable Kosten pro Stück	5,50 €
sonstige fixe Kosten pro Jahr	10.440 €

Die BioFair KG geht von einer absetzbaren Menge von 16.000 Stück pro Jahr aus. Das Unternehmen verwendet einen Kalkulationszinssatz von 6 %. Gehen Sie davon aus, dass die Maschine nach Ablauf der Nutzungsdauer zum Restwert verkauft werden kann.

4.1 Ermitteln Sie die jährlichen Gesamtkosten für die Maschine Typ 1 bei der geplanten Absatzmenge. (4 NP)

4.2 Die Kostenanalyse für die Maschine Typ 2 hat ergeben, dass sich die fixen Kosten auf 12.500 € pro Jahr belaufen; die variablen Stückkosten betragen 6,00 €.
Begründen Sie mithilfe der kritischen Produktionsmenge, für welche der beiden Maschinen sich die BioFair KG entscheiden sollte. (3 NP)

4.3 Gehen Sie davon aus, dass die BioFair KG die Maschine des Typs 1 bevorzugt. Als weitere Entscheidungshilfe für die Beurteilung der Investition wird die Kapitalwertmethode herangezogen.
Mit Ausnahme der kalkulatorischen Kosten sind alle Kosten auszahlungswirksam. Das Produkt kann zu einem Preis von 7,00 € verkauft werden. Gehen Sie davon aus, dass sich die Ein- und Auszahlungen während des betrachteten Zeitraums nicht ändern und jeweils am Jahresende erfolgen.

4.3.1 Ermitteln Sie den Kapitalwert der Investition und interpretieren Sie Ihr Ergebnis.
Alle Ergebnisse sind auf volle Euro zu runden (Anlage, S. 14–15). (5 NP)

4.3.2 Im Vorfeld der Investitionsentscheidung stand die Höhe des Kalkulationszinssatzes zur Diskussion.
- Beurteilen Sie die Auswirkung eines höheren als des gewählten Kalkulationszinssatzes auf die Entscheidung auf der Basis der Kapitalwertmethode (keine Berechnung).
- Erläutern Sie zwei Einflussfaktoren, die bei der Festlegung des Kalkulationszinssatzes relevant sein können. (4 NP)

4.4 Die BioFair KG hat die Investitionsentscheidung auf der Basis der Kostenvergleichsrechnung und der Kapitalwertmethode getroffen.
Erläutern Sie für die beiden genannten Verfahren je einen Kritikpunkt. (2 NP)

Anlage Aufzinsungs-, Abzinsungs- und Annuitätenfaktoren

für Zinssätze (p) von 5 % bis 10 % $q = 1 + p/100$
und Laufzeiten (n) von 1–10 Jahren

Aufzinsungsfaktor: q^n Annuitätenfaktor: $\frac{q^n(q-1)}{(q^n-1)}$ Abzinsungsfaktor: $\frac{1}{q^n}$

n \ 5 %	q^n	$\frac{1}{q^n}$	$\frac{q^n(q-1)}{(q^n-1)}$
1	1,050000	0,952381	1,050000
2	1,102500	0,907029	0,537805
3	1,157625	0,863838	0,367209
4	1,215506	0,822702	0,282012
5	1,276282	0,783526	0,230975
6	1,340096	0,746215	0,197017
7	1,407100	0,710681	0,172820
8	1,477455	0,676839	0,154722
9	1,551328	0,644609	0,140690
10	1,628895	0,613913	0,129505

n \ 6 %	q^n	$\frac{1}{q^n}$	$\frac{q^n(q-1)}{(q^n-1)}$
1	1,060000	0,943396	1,060000
2	1,123600	0,889996	0,545437
3	1,191016	0,839619	0,374110
4	1,262477	0,792094	0,288591
5	1,338226	0,747258	0,237396
6	1,418519	0,704961	0,203363
7	1,503630	0,665057	0,179135
8	1,593848	0,627412	0,161036
9	1,689479	0,591898	0,147022
10	1,790848	0,558395	0,135868

n \ 7 %	q^n	$\frac{1}{q^n}$	$\frac{q^n(q-1)}{(q^n-1)}$
1	1,070000	0,934579	1,070000
2	1,144900	0,873439	0,553092
3	1,225043	0,816298	0,381052
4	1,310796	0,762895	0,295228
5	1,402552	0,712986	0,243891
6	1,500730	0,666342	0,209796
7	1,605781	0,622750	0,185553
8	1,718186	0,582009	0,167468
9	1,838459	0,543934	0,153486
10	1,967151	0,508349	0,142378

n \ 8 %	q^n	$\frac{1}{q^n}$	$\frac{q^n(q-1)}{(q^n-1)}$
1	1,080000	0,925926	1,080000
2	1,166400	0,857339	0,560769
3	1,259712	0,793832	0,388034
4	1,360489	0,735030	0,301921
5	1,469328	0,680583	0,250456
6	1,586874	0,630170	0,216315
7	1,713824	0,583490	0,192072
8	1,850930	0,540269	0,174015
9	1,999005	0,500249	0,160080
10	2,158925	0,463193	0,149029

n \ 9 %	q^n	$\frac{1}{q^n}$	$\frac{q^n(q-1)}{(q^n-1)}$
1	1,090000	0,917431	1,090000
2	1,188100	0,841680	0,568469
3	1,295029	0,772183	0,395055
4	1,411582	0,708425	0,308669
5	1,538624	0,649931	0,257092
6	1,677100	0,596267	0,222920
7	1,828039	0,547034	0,198691
8	1,992563	0,501866	0,180674
9	2,171893	0,460428	0,166799
10	2,367364	0,422411	0,155820

n \ 10 %	q^n	$\frac{1}{q^n}$	$\frac{q^n(q-1)}{(q^n-1)}$
1	1,100000	0,909091	1,100000
2	1,210000	0,826446	0,576190
3	1,331000	0,751315	0,402115
4	1,464100	0,683013	0,315471
5	1,610510	0,620921	0,263797
6	1,771561	0,564474	0,229607
7	1,948717	0,513158	0,205405
8	2,143589	0,466507	0,187444
9	2,357948	0,424098	0,173641
10	2,593742	0,385543	0,162745

Lösungsvorschlag

4.1 Investitionsrechnung; Berechnung der Gesamtkosten

TIPP Die Fixkosten bestehen aus kalkulatorischen Zinsen, kalkulatorischen Abschreibungen und sonstigen fixen Kosten.

Berechnung der Kostenbestandteile zu den fixen Kosten:

$$\text{Kalkulatorische Zinsen} = \frac{\text{Anschaffungskosten} + \text{Restwert}}{2} \cdot \text{Kalkulationszinssatz}$$

$$= \frac{50.000\ € + 2.000\ €}{2} \cdot 0{,}06$$

$$= 1.560\ €$$

$$\text{Kalkulatorische Abschreibung} = \frac{\text{Anschaffungskosten} - \text{Restwert}}{\text{Nutzungsdauer}}$$

$$= \frac{50.000\ € - 2.000\ €}{6}$$

$$= 8.000\ €$$

$$\text{Fixe Kosten} = \text{Kalk. Zinsen} + \text{kalk. Abschreibung} + \text{sonstige fixe Kosten}$$

$$= 1.560\ € + 8.000\ € + 10.440\ €$$

$$= 20.000\ €$$

$$\text{Gesamtkosten} = \text{fixe Kosten} + \text{variable Kosten}$$

$$= 20.000\ € + (5{,}50\ € \cdot 16.000\ \text{Stück})$$

$$= \mathbf{108.000\ €}$$

4.2 Kritische Produktionsmenge

TIPP Um die kritische Produktionsmenge zu ermitteln, werden die Kostenfunktionen der beiden alternativen Maschinen gegenübergestellt ($K = K_f + k_v \cdot x$).

Kosten Maschine Typ 1 = Kosten Maschine Typ 2

$$20.000 + 5{,}50 \cdot x = 12.500 + 6{,}00 \cdot x$$

$$x = 15.000\ \text{Stück}$$

Bei einer absetzbaren Menge von 16.000 Stück ist Maschine Typ 1 vorzuziehen, da sie bei Produktionsmengen über 15.000 Stück kostengünstiger ist. Dies liegt an den niedrigeren variablen Kosten pro Stück.

4.3.1 Kapitalwertberechnung

TIPP Zur Berechnung der Barwerte nutzen Sie den Abzinsungsfaktor, den Sie hier mit den Einzahlungsüberschüssen multiplizieren.

Jahr	Ein-zahlungen in €*	Aus-zahlungen in €*	Einzah-lungsüber-schüsse in €	Abzinsungs-faktor $\frac{1}{q^n}$	Barwerte in €*
1	112.000	98.440	13.560	0,943396	12.792
2	112.000	98.440	13.560	0,889996	12.068
3	112.000	98.440	13.560	0,839619	11.385
4	112.000	98.440	13.560	0,792094	10.741
5	112.000	98.440	13.560	0,747258	10.133
6	112.000	98.440	13.560	0,704961	9.559
Liquidationserlös			2.000	0,704961	1.410
= Barwertsumme					68.088
– Anschaffungskosten					50.000
= Kapitalwert					**18.088**

* Berechnung der Einzahlungen:
absetzbare Menge (16.000 Stück) · Preis (7 €)

*Berechnung der Auszahlungen:
absetzbare Menge (16.000 Stück) · variable Kosten (5,50 €) + fixe Kosten (10.440 €)

*Berechnung der Barwerte:
Einzahlungsüberschüsse · Abzinsungsfaktor $1/q^n$

Der Kapitalwert ist positiv, folglich ist die Investition vorteilhaft. Der Investor erhält neben seinem eingesetzten Kapital und der erwarteten Verzinsung in Höhe von 6 % einen zusätzlichen Überschuss, dessen Barwert 18.088 € beträgt.

4.3.2 Wahl des Kalkulationszinssatzes

- Eine Erhöhung des Kalkulationszinssatzes verursacht einen stärkeren Abzinsungseffekt. Der Barwert aller zukünftigen Einzahlungen sinkt und damit der Kapitalwert. Solange der Kapitalwert noch positiv ist, bleibt die Investition vorteilhaft.
- Eine Orientierungsgröße kann der aktuelle Kapitalmarktzins zuzüglich eines Risikoaufschlags sein. Auch eine bisher erzielte Eigenkapitalrentabilität im Unternehmen kann bei der Festlegung relevant sein. Ferner beeinflusst die erwartete Mindestverzinsung des Investors den Kalkulationszinssatz.

4.4 Kritik an der Kostenvergleichsrechnung und der Kapitalwertmethode

Ein Kritikpunkt an der Kostenvergleichsrechnung ist die ausschließliche Betrachtung der Kosten. Die Erlöse und erzielbaren Gewinne aus der Investition bleiben unberücksichtigt.

Ein Kritikpunkt an der Kapitalwertmethode ist die Ungewissheit hinsichtlich der Höhe und Zurechenbarkeit zukünftiger Zahlungen.

Baden-Württemberg Profilfach Volks- und Betriebswirtschaftslehre
BWL mit Rechnungswesen (Teil 1) 2020
Aufgabe 3

AG: Jahresabschluss; Bewertung nach HGB; Gewinnverwendung; Finanzierung aus Abschreibungsgegenwerten

Seit einigen Jahren hat sich der Lebensmittelhersteller Novafood AG mit Sitz in Konstanz auf die Herstellung hochwertiger veganer Lebensmittel spezialisiert. Aufgrund der Unternehmensgröße gilt die Novafood AG als mittelgroße Kapitalgesellschaft im Sinne des § 267 HGB. Der stetig wachsende Markt sowie die hohe Qualität der Produkte bescherten dem Unternehmen in den letzten Jahren steigende Gewinne, sorgen aber auch für einen hohen Investitionsbedarf.

Aufgabenstellung

1 Um die Eigenkapitalbasis zu stärken, zieht der Vorstand einen Börsengang der Novafood AG in Erwägung.
Nennen Sie unter Angabe der rechtlichen Grundlagen die zusätzlichen Pflichten bei der Aufstellung des Jahresabschlusses, die ein Börsengang der Novafood AG mit sich bringen würde. (2 NP)

2 Für den Jahresabschluss zum 31. 12. 2019, bei dem zur Wahrung der Bilanzkontinuität ein geringer Jahresüberschuss ausgewiesen werden soll, sind noch die nachfolgenden Bewertungsfragen zu klären.

2.1 Die Entwicklungsabteilung der Novafood AG hat ein neues Verfahren entwickelt, um veganen Produkten Geschmack und Konsistenz von Fleischgerichten zu verleihen. Vor der eigentlichen Entwicklung der entsprechenden Produkte hatte das Forschungslabor die Grundlagen für die Herstellung erarbeitet, dabei fielen Kosten in Höhe von 65.000 € an. Die anschließende Entwicklung der patentierten Produkte bis zur Marktreife im September 2019 verursachte Kosten in Höhe von 150.000 €. Der Marktzyklus der Produkte wird auf fünf Jahre geschätzt.
Begründen Sie den Wertansatz des Patents in der Bilanz zum 31. 12. 2019. (2 NP)

2.2 Anfang 2019 kaufte die Novafood AG einen kleinen LKW zur Auslieferung ihrer Produkte. Bis zur Betriebsbereitschaft des LKW am 24. 04. 2019 fielen folgende Positionen an:

Listenpreis	88.000 € zzgl. 19 % USt
Rabatt	10 % auf den Listenpreis
Zulassungsgebühr	200 €
Kfz-Versicherungsprämie für 2019	1.600 €
Anhängerkupplung	2.380 € inkl. 19 % USt
erste Tankfüllung	476 € inkl. 19 % USt
Kfz-Steuer für 2019	300 €
Einbau eines Kühlaggregats	2.600 € zzgl.19 % USt

Die betriebsgewöhnliche Nutzungsdauer beträgt 9 Jahre.
Ermitteln und begründen Sie den Bilanzansatz des Fahrzeugs zum 31. 12. 2019. (5 NP)

2.3 Da sich ein größeres Investitionsvorhaben verzögert, hat der Vorstand der Novafood AG im November 2019 die freie Liquidität zur vorübergehenden spekulativen Anlage am Aktienmarkt genutzt. Es wurden 5.000 Aktien des Softwareherstellers Simtech AG zu einem Kurs von 16,50 € je Aktie gekauft. Bis zum 31. 12. 2019 ist der Kurs auf 15,30 € je Aktie gefallen. Der Vorstand der Novafood AG hält diesen Rückgang allerdings für vorübergehend.
Börsenspesen bleiben unberücksichtigt.
Ermitteln und begründen Sie den Bilanzansatz der Aktien zum 31. 12. 2019. (2 NP)

INFO Die Bewertung von Wertpapieren des Umlaufvermögens ist nicht mehr prüfungsrelevant! Deshalb wird die Lösung zur Aufgabe 2.3 im Anschluss nicht abgedruckt.

2.4 Die Novafood AG kaufte im November 2019 eine Verarbeitungsmaschine bei einem Hersteller aus der Schweiz zum Kaufpreis von 280.000 sfr. Am Tag der Rechnungsstellung lautete der Devisenkassamittelkurs an der Devisenbörse Frankfurt 1,1257 sfr/€. Zum 31. 12. 2019 betrug der Devisenkassamittelkurs 1,1488 sfr/€. Die Rechnung ist zu 80 % bis zum 01. 02. 2020 fällig, der restliche Betrag wurde vom Lieferanten als zinsfreies Darlehen mit Fälligkeit 01. 02. 2021 eingeräumt.
Ermitteln und begründen Sie den Bilanzansatz der Verbindlichkeit zum 31. 12. 2019. (4 NP)

2.5 Im Vorstand wurde diskutiert, ob abweichend von den vergangenen Geschäftsjahren für 2019 ein hoher Jahresüberschuss ausgewiesen werden sollte.

Begründen Sie ohne rechnerischen Nachweis, welchen Einfluss diese Vorgehensweise bei den vorliegenden Bewertungsfällen (Teilaufgaben 2.1 bis 2.4) auf den Jahresüberschuss 2019 gehabt hätte. (3 NP)

3 Der Vorstand der Novafood AG entscheidet sich letztendlich gegen einen Börsengang. Das Eigenkapital soll durch offene Selbstfinanzierung aus dem Jahresüberschuss 2019 erhöht werden. Der Vorstand schöpft seine gesetzlichen Möglichkeiten zur offenen Selbstfinanzierung vollständig aus. Die Aktionäre haben sich bereit erklärt, eine Dividende in Höhe von 0,20 € je Aktie zu akzeptieren. Der übersteigende Betrag ist in den Gewinnvortrag einzustellen.

Eigenkapitalpositionen der Novafood AG zum 31. 12. 2019	
Gezeichnetes Kapital	5.000.000 €
Kapitalrücklage	300.000 €
gesetzliche Rücklage	180.000 €
andere Gewinnrücklagen	2.100.000 €
Gewinnvortrag aus 2018	80.000 €
Jahresüberschuss	1.420.000 €

Die Aktien haben einen Nennwert von 5 € je Aktie.

3.1 Führen Sie eine vollständige Gewinnverwendung durch und berechnen Sie die Höhe der offenen Selbstfinanzierung. (5 NP)

3.2 Stellen Sie die Eigenkapitalpositionen nach vollständiger Gewinnverwendung dar. (2 NP)

4 Die Novafood AG möchte einen Teil ihrer künftigen Investitionen mittels einer Finanzierung aus Abschreibungen vornehmen. In der Bilanz zum 31. 12. 2019 weist die Novafood AG ein Anlagevermögen mit Anschaffungskosten in Höhe von 12.200.000 € aus. Der durchschnittliche Abschreibungssatz beträgt 15 %. Die Novafood AG rechnet in ihrer Kosten- und Leistungsrechnung pauschal mit Wiederbeschaffungszuschlägen für das Anlagevermögen in Höhe von 30 %.

4.1 Erläutern Sie, wie die Finanzierung aus Abschreibungen grundsätzlich erfolgt. (2 NP)

4.2
- Berechnen Sie die in diesem Zusammenhang bei der Novafood AG angefallenen Scheingewinne.
- Beurteilen Sie deren Höhe im Verhältnis zur vorgenommenen offenen Selbstfinanzierung des Jahres 2019 (Teilaufgabe 3.1). (3 NP)

Lösungsvorschlag

1 Bestandteile des Jahresabschlusses einer börsennotierten AG

Gemäß § 264 Abs. 1 HGB wären nach einem Börsengang eine Kapitalflussrechnung und ein Eigenkapitalspiegel als weitere Bestandteile des Jahresabschlusses zu erstellen.

2.1 Bewertung immaterieller Vermögensgegenstände

Bei selbst geschaffenen immateriellen Vermögensgegenständen des Anlagevermögens besteht ein Aktivierungswahlrecht (§ 248 Abs. 2 HGB). Da ein möglichst geringer Jahresüberschuss ausgewiesen werden soll, wird auf die Aktivierung der Entwicklungskosten verzichtet (§ 255 Abs. 2, 2a HGB). Folglich gibt es keinen Wertansatz für das Patent in der Bilanz zum 31. 12. 2019.

2.2 Bewertung des beweglichen Anlagevermögens

TIPP In den Anschaffungskosten müssen neben dem Anschaffungspreis (netto) die einmalig anfallenden Anschaffungsnebenkosten (netto) aktiviert werden, die anfallen, um den Vermögensgegenstand in einen betriebsbereiten Zustand zu versetzen. Die Tankfüllung und die Versicherungsprämie zählen nicht dazu, bei der Anhängerkupplung muss noch die Umsatzsteuer heraus gerechnet werden. Die Anschaffungspreisminderungen sind abzuziehen.

Listenpreis	88.000 €
– 10 % Rabatt	8.800 €
+ Zulassungsgebühr	200 €
+ Anhängerkupplung	2.000 €
+ Einbau Kühlaggregat	2.600 €
= Anschaffungskosten	84.000 €

Das bewegliche Anlagevermögen muss am Jahresende planmäßig abgeschrieben werden (§ 253 HGB). Die Abschreibung muss monatsgenau erfolgen. Da der LKW am 24. 04. des Jahres betriebsbereit war, wird die Abschreibung für neun Monate berechnet, also von einschließlich April bis Dezember.

Abschreibungsbetrag: $\frac{84.000\ €}{9\ \text{Jahre}} \cdot \frac{9\ \text{Monate}}{12\ \text{Monate/Jahr}} = 7.000\ €$

Bilanzansatz am 31. 12. 2019: 84.000 € – 7.000 € = **77.000** €

2.4 Bewertung von Fremdwährungsverbindlichkeiten

Da für diese Verbindlichkeit verschiedene Fälligkeiten bestehen, muss eine Unterscheidung in einen kurz- und einen langfristigen Teil erfolgen.

- Kurzfristiger Teil der Verbindlichkeiten
  (80 % von 280.000 sfr = 224.000 sfr):
  Bei einer Restlaufzeit von einem Jahr oder weniger ist die Verbindlichkeit zum Devisenkassamittelkurs am Abschlussstichtag zu bewerten (§ 256a HGB).

  Bilanzansatz am 31. 12. 2019: $\frac{224.000 \text{ sfr}}{1{,}1488 \frac{€}{\text{sfr}}} = \mathbf{194.986{,}07\ €}$

- Langfristiger Teil der Verbindlichkeiten
  (20 % von 280.000 sfr = 56.000 sfr):
  Bei einer Restlaufzeit von mehr als einem Jahr muss die Verbindlichkeit nach dem Höchstwertprinzip zum Erfüllungsbetrag bewertet werden (§ 253 Abs. 1 HGB).

  Bilanzansatz am 31. 12. 2019: $\frac{56.000 \text{ sfr}}{1{,}1257 \frac{€}{\text{sfr}}} = \mathbf{49.746{,}82\ €}$

2.5 Auswirkungen eines Bewertungswahlrechts

Beim selbst erstellten Patent (Teilaufgabe 2.1) könnten die Entwicklungskosten abzüglich der Abschreibungen aktiviert werden (§§ 248, 255 Abs. 2, 2a HGB). Die Aufwendungen für eine Grundlagenforschung dürfen hingegen nicht aktiviert werden. Der Jahresabschluss würde entsprechend höher ausfallen.
Bei den Teilaufgaben 2.2 bis 2.4 besteht kein Bewertungswahlrecht.

3.1 Offene Selbstfinanzierung bei der AG

Anzahl der Aktien: $\frac{5.000.000\ € \text{ gez. Kapital}}{5\ € \text{ Nennwert je Aktie}} = 1.000.000$ Aktien

Berechnung der Dividendensumme: 1.000.000 Aktien · 0,20 € = 200.000 €

TIPP Jährlich sind 5 % des bereinigten Jahresüberschusses in die gesetzliche Rücklage einzustellen. Dies ist so lange durchzuführen, bis die gesetzliche Rücklage zusammen mit der Kapitalrücklage 10 % des gezeichneten Kapitals betragen. Darüber hinaus dürfen keine gesetzlichen Rücklagen gebildet werden.

10 % des gezeichneten Kapitals	500.000 €
– gesetzliche Rücklage	180.000 €
– Kapitalrücklage	300.000 €
= noch einzustellender Betrag	20.000 €

TIPP Beachten Sie, dass bis zu 50 % des bereinigten Jahresüberschuss in die anderen Gewinnrücklagen eingestellt werden können.

	Jahresüberschuss	1.420.000 €
–	Verlustvortrag Vorjahr	0 €
=	bereinigter Jahresüberschuss	1.420.000 €
–	Einstellung in die gesetzliche Rücklage	20.000 €
=	Zwischensumme	1.400.000 €
–	Einstellung in die anderen Gewinnrücklagen	700.000 €
+	Gewinnvortrag	80.000 €
=	Bilanzgewinn	780.000 €
–	Dividendensumme	200.000 €
=	Gewinnvortrag ins nächste Jahr	580.000 €

TIPP Die offene Selbstfinanzierung besteht hier aus dem bereinigten Jahresüberschuss abzüglich der Dividendensumme.

Höhe der offenen Selbstfinanzierung: 1.420.000 € – 200.000 € = **1.220.000 €**

3.2 Eigenkapitalaufstellung nach Gewinnverwendung

Eigenkapitalpositionen:

gezeichnetes Kapital	5.000.000 €
Kapitalrücklage	300.000 €
gesetzliche Rücklage	200.000 €
andere Gewinnrücklagen	2.800.000 €
Gewinnvortrag 2019	580.000 €

4.1 Finanzierung aus Abschreibungsgegenwerten

In der Kosten- und Leistungsrechnung werden kalkulatorische Abschreibungen vom Wiederbeschaffungswert berechnet und als Kostenbestandteil in die Preise der Produkte einkalkuliert. Durch die Umsatzerlöse fließen auch die einkalkulierten Abschreibungen so wieder in das Unternehmen zurück. Da die Abschreibungen aber nicht zu Ausgaben führen, können die Mittel nun bis zur notwendigen Ersatzbeschaffung des abgeschriebenen Anlageguts für die Finanzierung anderer Gegenstände genutzt werden.

4.2 Berechnung der Scheingewinne

TIPP Scheingewinne entstehen, wenn die in die Preise einkalkulierten kalkulatorischen Abschreibungen höher sind als die bilanziellen Abschreibungen. Den in den Umsatzerlösen enthaltenen Abschreibungen stehen in der GuV geringere bilanzielle Abschreibungen gegenüber, was zu einem höheren Gewinn führt.

Bilanzielle Abschreibung 2019:			
Anschaffungswert · Abschreibungssatz	12.200.000 € · 0,15	=	1.830.000 €
Kalkulatorische Abschreibung 2019:			
Wiederbeschaffungswert	12.200.000 € + 30 %	=	15.860.000 €
Wiederbeschaffungswert · Abschreibungssatz	15.860.000 € · 0,15	=	2.379.000 €
Scheingewinne	2.379.000 € – 1.830.000 €	=	**549.000 €**
offene Selbstfinanzierung (siehe 3.1)			1.220.000 €

$$\frac{549.000\text{ €} \cdot 100}{1.220.000\text{ €}} = \mathbf{45\ \%}$$

Fast die Hälfte der offenen Selbstfinanzierung wird für die Wiederbeschaffung von abgeschriebenem Anlagevermögen benötigt (Substanzerhaltung) und steht daher für Neuinvestitionen nur bedingt zur Verfügung.

Binnenwert des Geldes und Geldwertmessung; Preisbildung und Verhaltensweisen bei Unternehmen mit Marktmacht (Monopol, Oligopol)

Aufgabenstellung

1 Der Verbraucherpreisindex wird in regelmäßigen Abständen einer Überarbeitung unterzogen und auf ein neues Basisjahr umgestellt. Mit dem Berichtsmonat Januar 2019 erfolgte die Umstellung vom Basisjahr 2010 auf das Basisjahr 2015.

1.1 Begründen Sie, weshalb der Verbraucherpreisindex regelmäßig überarbeitet wird. (2 NP)

1.2 Der Verbraucherpreisindex beträgt für Januar 2019 nach der Überarbeitung 103,4.
Erläutern Sie diesen Wert in Bezug auf Preisentwicklung und Kaufkraft. (2 NP)

1.3 Für die Berechnung des Verbraucherpreisindex wird ein Warenkorb zugrunde gelegt. Die nachfolgende Grafik zeigt die Gewichtung der 12 Warengruppen im Warenkorb.

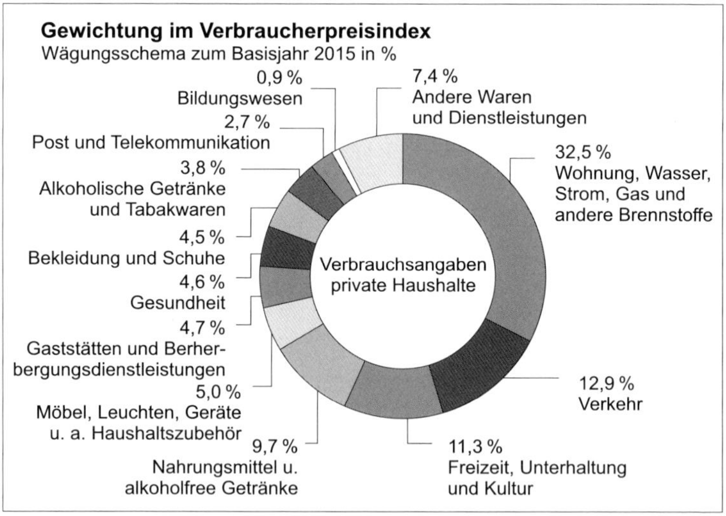

Nehmen Sie an, die Preise für „Nahrungsmittel u. alkoholfreie Getränke" würden sich im Jahr 2019 um 20 Prozent und die Preise für „Wohnung, Wasser, Strom, Gas und andere Brennstoffe" um 30 Prozent erhöhen. Die Preise in den anderen Warengruppen verändern sich nicht.
Ermitteln Sie die Inflationsrate für das Jahr 2019. (3 NP)

1.4 Ein Verbraucher hat mithilfe eines Inflationsrechners die Inflationsrate für seinen Haushalt ermittelt. Dabei stellt er fest, dass diese erheblich von der veröffentlichten Inflationsrate abweicht.
Erläutern Sie eine Ursache für diese Abweichung. (2 NP)

1.5 Beschreiben Sie drei Möglichkeiten, wie private Haushalte durch eine Inflation beeinflusst werden können. (3 NP)

1.6 Die Verbraucherpreise erhöhten sich in Deutschland im Jahr 2018 um 1,8 %. Im selben Zeitraum lagen die Nominallöhne um 3,1 % über dem Vorjahreswert.
Beurteilen Sie diese Entwicklung mit rechnerischem Nachweis aus Sicht der Arbeitnehmer (Rundung auf zwei Nachkommastellen). (3 NP)

2 Die HealthyDrinks GmbH hat ein einzigartiges Getränk entwickelt, das die Konzentrationsfähigkeit verbessern soll. Dieses Getränk wird ausschließlich über den eigenen Online-Shop vertrieben. Die monatliche Kapazität beträgt 1 Million Dosen.

2.1 Für die Einführungsphase des Getränks liegen folgende Angaben vor:
Bei der Herstellung entstehen monatlich fixe Kosten von 300.000 € und variable Stückkosten von 1,00 €. Laut einer Umfrage könnten bei einem Stückpreis von 4,00 € monatlich 200.000 Dosen und bei einem Stückpreis von 1,00 € monatlich 800.000 Dosen verkauft werden. Die Nachfragekurve verläuft linear.
Die Geschäftsleitung hat sich nicht für den gewinnmaximierenden Preis von 3,00 € entschieden, sondern für einen Preis von 2,00 €.

2.1.1 Erläutern Sie, welche Überlegungen zu der preispolitischen Entscheidung der Geschäftsleitung geführt haben könnten (zwei Aspekte). (2 NP)

2.1.2 Berechnen Sie den monatlich entgangenen Gewinn. (3 NP)

2.1.3 Ermitteln Sie mithilfe der Grafik (Anlage 1, S. 29) den in der Einführungsphase erzielten Stückgewinn. (2 NP)

2.2 Nach der Einführungsphase hat der Mitbewerber CleanFoods GmbH ein vergleichbares Getränk erfolgreich auf den Markt gebracht. Beide Anbieter überlegen, ob sie ihre Werbeaktivitäten erhöhen sollen.
Die zusätzlichen monatlichen Werbekosten würden bei beiden Anbietern jeweils 100.000 € betragen. Wenn beide Anbieter mehr werben,

verändern sich die Verkaufszahlen nicht, weil die Kunden dann ihrer Marke treu bleiben. Wenn jedoch nur ein Anbieter die Werbemaßnahmen erhöht, kann dem Mitbewerber die Hälfte seines Gewinns abgeschöpft werden.

2.2.1 Ermitteln Sie die Gewinne für die Strategiekombinationen ①, ② und ③ und tragen Sie diese in die Gewinnmatrix (Anlage 2, S. 30) ein. (2 NP)

2.2.2
- Begründen Sie, ob die HealthyDrinks GmbH die Werbeaktivitäten ausweiten sollte.
- Stellen Sie dar, weshalb es sich im vorliegenden Fall um eine Dilemmasituation handelt. (3 NP)

2.3 Zeigen Sie für die beiden Marktformen in den Aufgaben 2.1 und 2.2 jeweils auf, welche Größen die HealthyDrinks GmbH bei ihren Entscheidungen
- selbst beeinflussen kann bzw.
- berücksichtigen muss. (3 NP)

Anlage 1 zu Teilaufgabe 2.1.3

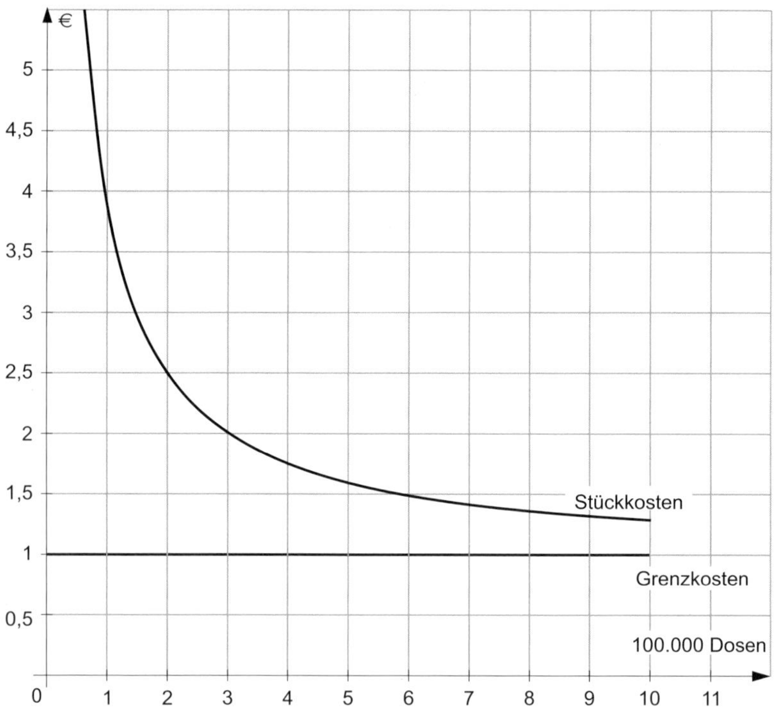

Anlage 2 **zu Teilaufgabe 2.2.1**

	monatlicher Gewinn	HealthyDrinks GmbH: Werbung erhöhen	HealthyDrinks GmbH: Werbung nicht erhöhen
CleanFoods GmbH	Werbung erhöhen	①	③
	Werbung nicht erhöhen	②	④ 800.000 € / 400.000 €

Hinweis zu Strategiekombination ④: Wenn beide Unternehmen ihre Werbeausgaben nicht erhöhen, erzielt die HealthyDrinks GmbH einen monatlichen Gewinn von 800.000 € und die CleanFoods GmbH einen Gewinn von 400.000 €.

Lösungsvorschlag

1.1 Verbraucherpreisindex

Die Verbrauchs- und Einkaufsgewohnheiten der privaten Haushalte ändern sich im Zeitablauf und neue Güter kommen auf den Markt. Dies erfordert eine Aktualisierung der Zusammensetzung des Warenkorbes und eine Anpassung des Wägungsschemas.

1.2 Preisentwicklung und Kaufkraft

Die Preise sind vom Basisjahr 2015 bis Januar 2019 um 3,4 % gestiegen. Die Kaufkraft ist dadurch gesunken, d. h. für einen bestimmten Geldbetrag kann nun eine geringere Gütermenge gekauft werden.

$$\text{Kaufkraftverlust} = \frac{100}{103{,}4} \cdot 3{,}4\ \% = \mathbf{3{,}29\ \%}$$

1.3 Ermittlung der Inflationsrate mittels Warenkorb

TIPP Den Gewichtungsfaktor entnehmen Sie dem Diagramm. Für die restlichen Gruppen müssen Sie die zwei Gewichtungsfaktoren für die veränderten Warengruppen von 100 % abziehen.

Produktgruppen	Gruppenindex 2018	Veränderung 2019 in %	Gruppen index 2019	Gewichtungsfaktor		gewichteter Gruppenindex 2019
Nahrungsmittel	100	+20	120	$\frac{9{,}7}{100}$	$\frac{120 \cdot 9{,}7}{100} =$	11,64
Wohnung / Wasser …	100	+30	130	$\frac{32{,}5}{100}$	$\frac{130 \cdot 32{,}5}{100} =$	42,25
restliche Gruppen	100	+0	100	$\frac{57{,}8}{100}$	$\frac{100 \cdot 57{,}8}{100} =$	57,80
Summe			111,69			

TIPP Die Inflationsrate ergibt sich aus der Differenz der oben berechneten Summe und dem bisherigen Index (100 %).

Index 2019	111,69
– Index 2015	100,00
=	**11,69**

Die Inflationsrate vom Basisjahr 2015 zum Jahr 2019 beträgt 11,69 %.

1.4 Gefühlte und offizielle Inflationsrate

Der Verbraucher hat andere Konsumgewohnheiten als der Durchschnittshaushalt. Er konsumiert auch Güter und Dienstleistungen, die nicht im Warenkorb enthalten oder von ihm anders gewichtet werden.

1.5 Folgen der Inflation auf private Haushalte

Der private Haushalt
- verfügt über Ersparnisse, die real an Wert verlieren,
- verfügt über ein geringeres Realeinkommen und kann daher absolut weniger konsumieren,
- verfügt über Sachvermögen (z. B. Immobilie), dessen Wert zunehmen kann.

1.6 Reallohn

Die Arbeitnehmer können sich durch die nominale Einkommenserhöhung von 3,1 % mehr Güter leisten. Allerdings wird diese Verbesserung durch die Preissteigerung von 1,8 % geschmälert.

$$\frac{103{,}1}{101{,}8} \cdot 100 = \mathbf{101{,}28}$$

Die Reallöhne haben sich somit um lediglich 1,28 % erhöht.

2.1.1 Preispolitische Entscheidungen im Angebotsmonopol

Ein geringerer Preis ermöglicht einen höheren Absatz. Die hohe Nachfrage führt zu einer stärkeren Marktdurchdringung. Dadurch steigt der Bekanntheitsgrad des Produkts.
Ein geringerer Preis könnte potenzielle Mitbewerber daran hindern, ein vergleichbares Produkt zu entwickeln.

2.1.2 Gewinnmaximum und realisierter Gewinn

TIPP Beachten Sie, dass es sich um eine lineare Preis-Absatz-Funktion handelt. So können Sie die Absatzmenge problemlos den beiden Preisen zuordnen. Im weiteren Verlauf berechnen Sie die beiden Gewinne und dann die Differenz aus den beiden.

$p_1 = 4{,}00$ € → $x_1 = 200.000$ Dosen
$p_2 = 1{,}00$ € → $x_1 = 800.000$ Dosen

$p_3 = 3{,}00$ € → $x_1 = 400.000$ Dosen → da linearer Verlauf der Preis-Absatz-Funktion
$p_4 = 2{,}00$ € → $x_1 = 600.000$ Dosen

$\text{Gewinn} = \text{Erlös} - \text{Kosten} = p \cdot x - (K_{fix} + k_v \cdot x)$
$\text{Gewinn}_{maximal} = 3{,}00 \cdot 400.000 - (300.000 + 1{,}00 \cdot 400.000) = 500.000$ €

Gewinn$_{\text{realisiert}} = 2{,}00 \cdot 600.000 - (300.000 + 1{,}00 \cdot 600.000) = 300.000$ €
entgangener Gewinn $= 500.000 - 300.000 =$ **200.000 €**

2.1.3 Stückgewinn

TIPP Da die PAF linear verläuft, zeichnen Sie sie ein, indem Sie die beiden in der Aufgabe genannten Preis-Mengen-Kombinationen (200.000 Dosen bei 4 €; 800.000 Dosen bei 1 €) verbinden. Die Differenz zwischen dem Schnittpunkt der PAF und der Preisgeraden bei 2 € und der Stückkostenkurve ergibt dann den Stückgewinn.

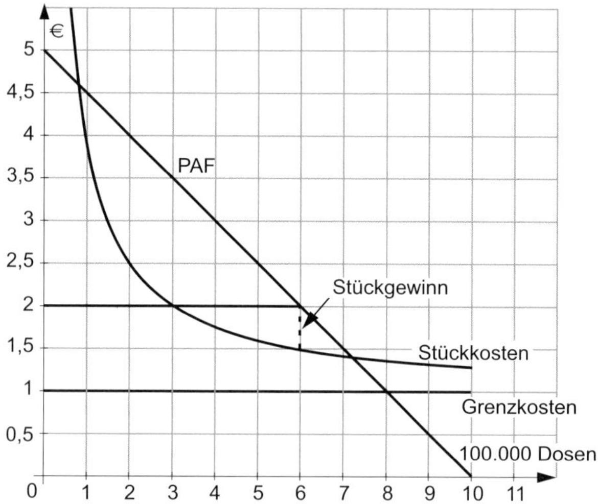

Bei dem von der Geschäftsleitung festgelegten Preis von 2 € beträgt der erzielte Stückgewinn ca. **0,50 €**.

2.2.1 Strategiekombinationen im Angebotsoligopol

monatlicher Gewinn		HealthyDrinks GmbH: Werbung erhöhen	HealthyDrinks GmbH: Werbung nicht erhöhen
CleanFoods GmbH	Werbung erhöhen	① 700.000 € / 300.000 €	③ 400.000 € / 700.000 €
CleanFoods GmbH	Werbung nicht erhöhen	② 900.000 € / 200.000 €	④ 800.000 € / 400.000 €

Wenn beide Unternehmen nicht werben, ergibt sich die Strategiekombination 4:
HealthyDrinks GmbH macht einen Gewinn von 800.000 € und die Clean-Food GmbH macht einen Gewinn von 400.000 €.

Strategiekombination 1:
HealthyDrinks GmbH und CleanFood GmbH erhöhen die Werbung

HealthyDrinks:
Gewinn = 800.000 + 0 (Gewinnzuwachs) – 100.000 (Kosten) = **700.000 €**

CleanFood:
Gewinn = 400.000 + 0 (Gewinnzuwachs) – 100.000 (Kosten) = **300.000 €**

Strategiekombination 2:
nur die HealthyDrinks GmbH erhöht die Werbung

HealthyDrinks:
Gewinn = 800.000 + 200.000 (Gewinnzuwachs = 0,5 des Gewinns von Clean-Food) – 100.000 (Kosten) = **900.000 €**

CleanFood:
Gewinn = 0,5 · 400.000 = **200.000 €**

Strategiekombination 3:
nur die CleanFood GmbH erhöht die Werbung

HealthyDrinks:
Gewinn = 0,5 · 800.000 = **400.000 €**

CleanFood:
Gewinn = 400.000 + 400.000 (Gewinnzuwachs = 0,5 des Gewinns von HealthyDrinks) – 100.000 (Kosten) = **700.000 €**

2.2.2 Dilemmasituation im Angebotsoligopol

- Die HealthyDrinks GmbH sollte die Werbemaßnahmen durchführen:
  Falls die CleanFood GmbH die Werbung unterlässt (Strategiekombination 2), steigt der monatliche Gewinn der HealthyDrinks GmbH auf 900.000 €.
  Falls die CleanFood GmbH ebenso wirbt (Strategiekombination 1), sinkt der monatliche Gewinn der HealthyDrinks GmbH nur auf 700.000 €.
  Führt die HealthyDrinks GmbH keine Werbemaßnahmen durch, besteht jedoch die Gefahr, dass der Gewinn nur noch 400.000 € beträgt (Strategiekombination 3).
- Beide Mitbewerber befinden sich in einer Dilemmasituation, da sie bei unabhängigen Entscheidungen mit Werbemaßnahmen des anderen rechnen müssen. Somit wird die Strategiekombination 1 realisiert. Demgegenüber könnten jedoch beide einen höheren Gewinn erzielen, wenn sie sich darauf verständigen würden, ihre Werbeaktivitäten nicht zu erhöhen (Strategiekombination 4).

2.3 Einflussgrößen beim Angebotsmonopol und beim Angebotsoligopol

In Aufgabe 2.1 handelt es sich um ein Angebotsmonopol.
Die HealthyDrinks GmbH kann den Preis und die Menge selbst beeinflussen. Zu berücksichtigen ist die eigene Kostenstruktur sowie das Nachfrageverhalten.

In Aufgabe 2.2 liegt ein Angebotsoligopol vor.
Die HealthyDrinks GmbH muss gegenüber der Monopolsituation zusätzlich das Verhalten des Konkurrenten berücksichtigen.

Baden-Württemberg Profilfach Volks- und Betriebswirtschaftslehre
Volkswirtschaftslehre (Teil 2) 2020
Aufgabe 5

Notwendigkeit, Ziele und Konzeptionen der Wirtschaftspolitik in Verbindung mit Wachstums- und Konjunkturpolitik; Außenwirtschaft

Aufgabenstellung

1 Die EU-Kommission hatte in ihrem blauen Brief die Haushaltsplanung der italienischen Regierung mit scharfen Worten gerügt. Die Ausweitung der Neuverschuldung stelle eine Abweichung von der Regel [des Stabilitäts- und Wachstumspaktes] dar. In dem Schreiben spricht die Kommission zudem die massive Staatsverschuldung Italiens [von über] 130 Prozent im Verhältnis zur Wirtschaftsleistung [an]. Die italienische Regierung (…) hat im Wahlkampf versprochen: Höhere Renten, Mindesteinkommen und Steuererleichterungen für Unternehmen.

Quelle: nach Stuttgarter Zeitung vom 23. 10. 2018

1.1 Beschreiben Sie, unter welchen Bedingungen die im Text angesprochenen Kriterien des Stabilitäts- und Wachstumspaktes als erfüllt gelten. (2 NP)

INFO Der Europäische Stabilitäts- und Wachstumspakt ist nicht mehr prüfungsrelevant! Deshalb wird die Lösung zur Aufgabe 1.1 im Anschluss nicht abgedruckt.

1.2 Erläutern Sie zwei Folgen, die sich aus einer hohen Staatsverschuldung für ein Land ergeben können. (2 NP)

1.3 Der ehemalige Professor für Volkswirtschaftslehre am Massachusetts Institute of Technology (MIT) und Nobelpreisträger Franco Modigliani forderte in einem Artikel für das Handelsblatt, dass angebotsorientierte- und nachfrageorientierte Wirtschaftspolitik zusammenwirken müssen.

1.3.1 Vergleichen Sie das Konzept der angebotsorientierten und nachfrageorientierten Wirtschaftspolitik hinsichtlich der Merkmale
- Funktionsweise des marktwirtschaftlichen Systems
- wirtschaftspolitische Rolle des Staates. (4 NP)

1.3.2 Überprüfen Sie, inwiefern die italienische Regierung in ihrem Wahlprogramm den Ansatz von Modigliani berücksichtigt. (5 NP)

1.4 Beurteilen Sie die Auswirkungen der im Wahlkampf versprochenen Maßnahmen „Mindesteinkommen" und „Steuererleichterungen auf Unternehmen" für
- die Konjunktur und
- die Staatsverschuldung Italiens. (4 NP)

2 Die Außenhandelspolitik der US-Regierung sorgte im Jahr 2019 weltweit für Schlagzeilen. Dazu liegen zwei Textauszüge vor:

---

① Ausländische Hersteller von Arzneimitteln müssen für den Zugang zum US-Markt ein komplexes und zeitaufwendiges Zulassungsverfahren bewältigen. Ferner haben sie Registrierungsvorschriften zu beachten und einen US-Agenten als Vertreter und Ansprechpartner bei der für die Zulassung und Prüfung von Arzneimitteln zuständigen US-Bundesbehörde FDA (Feod and Drug Administration) zu benennen.

Quelle: https://www.gtai.de/GTAI/Navigation/DE/Tradel.html, abgerufen am 08. 03. 2019

---

② Die US-Regierung hat für den 23. 08. 2018 weitere Strafzölle auf Importe aus China angekündigt. Die geplanten Zölle in Höhe von 25 Prozent betreffen 279 Güter, darunter insbesondere Industrieprodukte.

Quelle: https://www.tagesschau.de/aus/and/trump-china-145.html, abgerufen am 08. 03. 2019

2.1 Grenzen Sie bezugnehmend auf die beiden Textauszüge tarifäre und nichttarifäre Handelshemmnisse voneinander ab. (3 NP)

2.2 Beschreiben Sie aus der Sicht der USA drei wirtschaftliche Argumente, welche zu der US-Außenhandelspolitik geführt haben könnten. (3 NP)

2.3 Die Wirkungen von Importzöllen sollen anhand eines Modells untersucht werden: Ein Gut wird auf dem Weltmarkt zu einem Preis von 300 GE gehandelt.
Der Inlandsmarkt ist für dieses Gut geöffnet (Freihandel). Ausländische Anbieter bieten das Gut zum Weltmarktpreis im Inland in jeder beliebigen Menge an. Die nachfolgende Grafik stellt die Marktsituation im Inland dar.

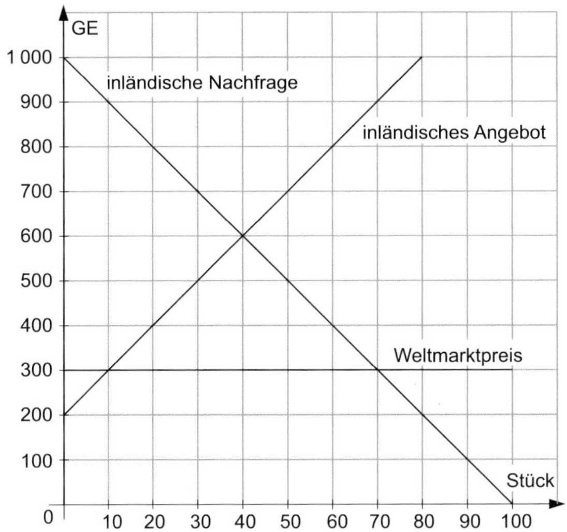

2.3.1 Die Regierung des Inlandes erhebt auf das Gut einen Importzoll von 100 GE je Stück. Die übrigen relevanten Größen verändern sich nicht. Ermitteln Sie die nachfolgenden Größen, welche sich im Inland nach Erhebung des Importzolles einstellen:

(1) Preis des Gutes im Inland
(2) Verkaufte Menge des Gutes durch inländische Anbieter
(3) Zolleinnahmen des Inlandes
(4) Konsumentenrente im Inland (3 NP)

2.3.2 Beurteilen Sie die Auswirkungen des Importzolles auf die inländischen Anbieter, die inländischen Nachfrager sowie die ausländischen Anbieter. (3 NP)

2.4 Erläutern Sie anhand von zwei Aspekten, weshalb die Erkenntnisse aus der Modellbetrachtung in Teilaufgabe 2.3.2 nicht ohne weiteres auf die Wirklichkeit übertragen werden können. (3 NP)

INFO Die Auswirkungen von Importzöllen sind nicht mehr prüfungsrelevant! Deshalb werden die Lösungen zu den Aufgaben 2.3 und 2.4 im Anschluss nicht abgedruckt.

1.2 Folgen einer hohen Staatsverschuldung

Die mit der Staatsverschuldung einhergehenden Zins- und Tilgungsleistungen begrenzen die erforderlichen Mittel für öffentliche Investitionen eines Landes.
Eine hohe Staatsverschuldung kann zu einem Vertrauensverlust an den Finanzmärkten führen, wodurch es zu einer erschwerten staatlichen Kreditaufnahme kommen kann.

1.3.1 Konzept der angebots- und nachfrageorientierten Wirtschaftspolitik

Merkmal / Konzept	Nachfrageorientierte Wirtschaftspolitik	Angebotsorientierte Wirtschaftspolitik
Funktionsweise des marktwirtschaftlichen Systems	Das marktwirtschaftliche System ist aufgrund von Marktversagen grundsätzlich instabil. Es kann daher zu einem Gleichgewicht bei Unterbeschäftigung kommen. Dies führt auf dem Arbeitsmarkt zu Arbeitslosigkeit.	Das marktwirtschaftliche System ist grundsätzlich stabil. Es kommt zum Gleichgewicht auf allen Märkten. Dies gilt auch für den Arbeitsmarkt. Erst der Staat verursacht durch sein Eingreifen Instabilität.
Wirtschaftspolitische Rolle des Staates	Der Staat soll mit geeigneten wirtschaftspolitischen Maßnahmen, z. B. antizyklische Fiskalpolitik, das Marktsystem stabilisieren (interventionistische Staatsauffassung).	Der Staat soll sich mit Eingriffen zurückhalten und lediglich für gute wirtschaftliche Rahmenbedingungen sorgen, die einen funktionierenden Wettbewerb sicherstellen (liberalistische Staatsauffassung).

1.3.2 Kombinierter Einsatz der wirtschaftspolitischen Konzepte

Höhere Renten und Mindesteinkommen können der nachfrageorientierten Wirtschaftspolitik zugeordnet werden, da durch die beiden Maßnahmen die gesamtwirtschaftliche Nachfrage steigen soll.
Steuererleichterungen für Unternehmen können der angebotsorientierten Wirtschaftspolitik zugeordnet werden, wenn dadurch die langfristigen Rahmenbedingungen für die Unternehmen verbessert werden sollen.
Die italienische Regierung erfüllt somit den Ansatz von Modigliani, der eine realpolitische Kombination aus beiden wirtschaftspolitischen Konzepten fordert.

1.4 Auswirkungen von Mindesteinkommen und Steuererleichterungen auf Konjunktur und Staatsverschuldung

Wirkung / Maßnahme	Konjunktur	Staatsverschuldung
Mindesteinkommen	Da das verfügbare Einkommen der privaten Haushalte steigt, kann dies zu einer Zunahme des Konsums führen. Dies kann eine Belebung der Konjunktur bewirken. Andererseits steigen bei den Unternehmen die Lohnkosten. Dies könnte die Konjunktur abschwächen.	Zunächst kein unmittelbarer Einfluss auf die Staatsausgaben, da die Lohnerhöhungen von den Unternehmen getragen werden. Steigende Löhne könnten sich aber positiv auf die Steuereinnahmen auswirken.
Steuererleichterungen für Unternehmen	Da die finanziellen Spielräume der Unternehmen steigen, kann dies zu einer Zunahme der Investitionen führen. Dies kann eine Belebung der Konjunktur bewirken.	Steuererleichterungen verringern die Staatseinnahmen, sodass es (kurzfristig) zu einer zunehmenden Staatsverschuldung kommen kann. Ein Konjunkturaufschwung könnte aber die Steuereinnahmen wieder steigen lassen.

2.1 Tarifäre und nichttarifäre Handelshemmnisse

Textauszug 1: Beim Zulassungsverfahren für Arzneimittel handelt es sich um nichttarifäre Handelshemmnisse, weil der Import in die USA durch bürokratische Vorgaben behindert wird.

Textauszug 2: Strafzölle für Importe stellen tarifäre Handelshemmnisse dar, weil Zölle unmittelbar Auswirkungen auf die Preisgestaltung der ausländischen Exporteure haben.

2.2 Motive der US-Außenhandelspolitik

- Die einheimischen Unternehmen sollen vor ausländischer Konkurrenz geschützt werden.
- Die Beschäftigung im Inland soll durch eine höhere inländische Produktion erhöht werden.
- Handelsbilanzdefizite der USA sollen durch Verringerung der Importe abgebaut werden.

Beliebige Unternehmensform mit Vollkostenrechnung in Form der Zuschlagskalkulation (Kostenstellenrechnung, BAB, Kostenträgerstückrechnung); Deckungsbeitragsrechnung

Die Schmieder & Mirbach KG mit Sitz in Kirchheim unter Teck ist ein Hersteller chemischer Erzeugnisse im Bereich privater Haushalte. Gesellschafter des Unternehmens sind der Komplementär Werner Schmieder mit einem Kapitalanteil von 150.000 € und die Kommanditistin Christine Mirbach mit einem Kapitalanteil von 480.000 €. Dank einer zunehmend ökologisch orientierten Produktpalette, die von vielen Haushalten verstärkt nachgefragt wird, konnte die KG in den letzten Jahren hohe Wachstumsraten erzielen. Die notwendigen Investitionen erfordern aus Sicht von Werner Schmieder eine deutliche Aufstockung des Eigenkapitals, zu seiner Entlastung soll außerdem die Geschäftsführung erweitert werden. Im Zuge der anstehenden Veränderungen beschließen die Gesellschafter die KG in eine GmbH umzuwandeln.

Für die neu zu gründende GmbH kann Petra Klein als neue Gesellschafterin gewonnen werden, außerdem wird die Betriebswirtin Anette Steimle als zweite Geschäftsführerin eingestellt.

Der Entwurf des Gesellschaftsvertrags der GmbH sieht unter anderem folgende Bestimmungen vor:

§ 1 Firma: HaChem GmbH

§ 2 Sitz der Gesellschaft: Kirchheim unter Teck

§ 3 Geschäftsbeginn: 02. 01. 2020

§ 4 Stammkapital: Das Stammkapital der Gesellschaft beträgt 900.000 €

§ 5 Nennbeträge der Geschäftsanteile:
- Christine Mirbach: 480.000 €
- Petra Klein: 270.000 €
- Werner Schmieder: 150.000 €

Die Gesellschafter Mirbach und Schmieder leisten ihre Einlage durch vollständige Übertragung ihrer Anteile an der Schmieder & Mirbach KG. Gesellschafterin Klein leistet ihre Einlage als Bareinlage, diese ist in Höhe von 50.000 € bei Gründung zu leisten, die restliche Zahlung erfolgt zum 30. 06. 2020.

§ 6 Gegenstand des Unternehmens ist die Produktion und der Vertrieb chemischer Erzeugnisse für den Einsatzbereich in privaten Haushalten.

§ 7 Geschäftsführung: Zu den Geschäftsführern der GmbH werden bestellt:
- Werner Schmieder, zuständig für Beschaffung, Produktion und Finanzen
- Anette Steimle, zuständig für Marketing und Vertrieb

Die Geschäftsführer erhalten Einzelvertretungsbefugnis, die im Handelsregister eingetragen wird. Bei Rechtsgeschäften mit einem Volumen von mehr als 100.000 € ist grundsätzlich eine Zustimmung beider Geschäftsführer notwendig.

Aufgabenstellung

1 Begründen Sie mit zwei Argumenten, warum Werner Schmieder ein besonderes Interesse an der vorgenommenen Änderung der Rechtsform hat. (2 NP)

2 Begründen Sie unter Angabe der gesetzlichen Grundlage, ob die GmbH mit dem vorliegenden Gesellschaftsvertrag am 02. 01. 2020 zur Eintragung ins Handelsregister angemeldet werden kann. (2 NP)

3 Anette Steimle besucht im November 2020 eine Messe für chemische Erzeugnisse. Dort unterbreitet man ihr ein Angebot für die Beschaffung einer neuen Produktionsanlage im Wert von 120.000 €. Da Frau Steimle vom eingeräumten Messerabatt profitieren möchte, unterschreibt sie den Kaufvertrag. Als Werner Schmieder davon erfährt, ist er gegen die Anschaffung und zweifelt die Rechtswirksamkeit des Kaufvertrags an.
Beurteilen Sie die Rechtslage. (3 NP)

4 Der Markt für Haushaltschemie ist sehr stark von Wettbewerbsdruck geprägt, der die Gewinnmargen belastet. Daher schlägt Anette Steimle vor, § 6 des Gesellschaftsvertrags zu ändern und den Gegenstand des Unternehmens um Produkte aus dem weniger umkämpften Bereich der Agrarchemie zu erweitern. Christine Mirbach und Werner Schmieder sind von der Idee zur Diversifikation begeistert, während Petra Klein den Plan aufgrund des zusätzlichen Investitionsbedarfs ablehnt.
Begründen Sie unter Angabe der gesetzlichen Grundlage, ob die Gesellschafter Werner Schmieder und Christine Mirbach das Sortiment gegen den Widerstand von Petra Klein um Produkte aus dem Bereich der Agrarchemie erweitern dürfen. (3 NP)

INFO Die rechtlichen Rahmenbedingungen und Besonderheiten der Rechtsform GmbH sind nicht mehr prüfungsrelevant! Deshalb werden die Lösungen zu den Aufgaben 1 bis 4 im Anschluss nicht abgedruckt. Die Berechnungen der folgenden Aufgaben sind von der Rechtsform unabhängig und relevant.

5 Die HaChem GmbH bringt zu Beginn des Jahres 2021 ein neues Pflegemittel für Alcantara auf den Markt, welches die Reinigungsergebnisse deutlich verbessern soll. Zur Ermittlung des Listenverkaufspreises sollen zunächst die Gemeinkostenzuschlagssätze aktualisiert werden. Hierzu ist ein Betriebsabrechnungsbogen für das Jahr 2020 zu erstellen.
Zur Verteilung der Gemeinkosten auf die Kostenstellen liegen folgende Daten vor:

	Material	Fertigung	Verwaltung	Vertrieb
Raumnutzung in qm	125	780	97	198
Energieverbrauch in kWh	10.000	350.000	20.000	50.000
sonstige Gemeinkosten in €	25.200	735.800	149.720	218.080

5.1 Vervollständigen Sie den Betriebsabrechnungsbogen 2020 (Anlage, S. 5) und ermitteln Sie die Gemeinkostensummen für die einzelnen Kostenstellen. (3 NP)

5.2 Erstellen Sie die Gesamtkalkulation der HaChem GmbH für das Jahr 2020 und ermitteln Sie den Material- und den Fertigungsgemeinkostenzuschlagssatz.
Berücksichtigen Sie dabei neben der Anlage (S. 5) die folgenden Daten:

Verbrauch von Fertigungsmaterial	270.000 €
Sondereinzelkosten der Fertigung	11.600 €
Sondereinzelkosten des Vertriebs	25.000 €
Verwaltungsgemeinkostenzuschlagssatz	10 %
Vertriebsgemeinkostenzuschlagssatz	15 %

(4 NP)

5.3 Das neue Pflegemittel wird in Verkaufseinheiten von 80 Flaschen zu je 500 ml an den Handel geliefert.

Für eine Verkaufseinheit fallen an:

Fertigungsmaterial	20,00 €
Fertigungslöhne	50,00 €
Sondereinzelkosten der Fertigung	12,00 €
Vertriebslizenz	14,50 €

Die HaChem GmbH kalkuliert grundsätzlich mit einem Gewinnzuschlagssatz in Höhe von 20 %. Dem Handel wird ein Rabatt von 40 % eingeräumt, bei Rechnungsbegleichung innerhalb von zwei Wochen werden 2 % Skontoabzug gewährt.
Ermitteln Sie den Listenverkaufspreis einer Flasche des neuen Pflegemittels.

(Hinweis: Konnten die Zuschlagssätze in Teilaufgabe 5.2 nicht ermittelt werden, so gehen Sie von folgenden Werten aus: MGKZ = 7 %, FGKZ = 202 %.) (5 NP)

6 Die HaChem GmbH stellt im Zweigwerk Weinsberg unterschiedliche Arten von Klebstoffen (Klebestifte, Flüssigkleber, Holzleim) her. Die drei Produkte müssen zwei Maschinen durchlaufen. Im Monat Mai 2021 werden die Maschinenkapazitäten durch aufwendige Wartungsmaßnahmen reduziert. Die Fertigungskapazität der Maschine I beträgt 240 Stunden, auf der Maschine II kann 280 Stunden produziert werden.

Für die drei Produkte liegen im Monat Mai folgende Zahlen vor:

	Klebestift	**Flüssigkleber**	**Holzleim**
maximale Absatzmenge (in Stück)	2.000	3.800	4.000
davon vertraglich vereinbarte Absatzmenge (in Stück)	1.200	2.000	1.600
Verkaufspreis in € pro Stück	4,12	4,80	5,29
variable Stückkosten in €	1,72	2,55	3,05
Fertigungszeit Maschine I in min	2	1,5	1
Fertigungszeit Maschine II in min	1,6	2,5	1,4

6.1 Ermitteln Sie das gewinnmaximale Produktionsprogramm, wenn zunächst die vertraglichen Liefervereinbarungen alle erfüllt werden und die dann noch vorhandene Restkapazität optimal genutzt werden soll. (5 NP)

6.2 Weisen Sie rechnerisch nach, wie hoch die Fixkosten im Monat Mai maximal ausfallen dürfen, wenn das Zweigwerk das in der Stückkalkulation verwendete Gewinnziel von 20 % der HaChem GmbH trotz der bestehenden Einschränkungen der Maschinenzeiten erreichen soll. (3 NP)

Anlage **zu Teilaufgabe 5.1: Betriebsabrechnungsbogen 2020**

		Kostenstellen			
Gemeinkostenarten	**Betrag**	**Material**	**Fertigung**	**Verwaltung**	**Vertrieb**
Raumkosten	48.000 €				
Energiekosten	94.600 €				
sonstige Gemeinkosten	1.128.800 €				
Summe der Gemeinkosten					

Lösungsvorschlag

5.1 BAB

Gemein-kostenarten	Betrag	Kostenstellen			
		Material	Fertigung	Verwaltung	Vertrieb
Raumkosten1)	48.000 €	5.000 €	31.200 €	3.880 €	7.920 €
Energiekosten2)	94.600 €	2.200 €	77.000 €	4.400 €	11.000 €
Sonstige Gemeinkosten	1.128.800 €	25.200 €	735.800 €	149.720 €	218.080 €
Summe der Gemeinkosten	1.271.400 €	32.400 €	844.000 €	158.000 €	237.000 €

1) Berechnung der Raumkosten:
Raumkosten / Summe der qm = 48.000 € / 1.200 qm = 40 €/qm
40 €/qm · Raumnutzung der einzelnen Kostenstelle
(z. B. Material: 40 €/qm · 125 qm = 5.000 €)

2) Berechnung der Energiekosten:
Energiekosten / Summe des Verbrauchs in kWh = 94.600 € / 430.000 kWh = 0,22 €/kWh
0,22 €/kWh · Energieverbrauch der einzelnen Kostenstelle
(z. B. Material: 0,22 €/kWh · 10.000 kWh = 2.200 €)

5.2 Gesamtkalkulation; Ermittlung der Gemeinkostenzuschlagssätze

	Kosten	Zuschlagssätze
Fertigungsmaterial	270.000 €	
+ Materialgemeinkosten	32.400 €	**12 %**
= Materialkosten	302.400 €	
Fertigungslöhne	422.000 €	
+ Fertigungsgemeinkosten	844.000 €	**200 %**
+ Sondereinzelkosten der Fertigung	11.600 €	
= Fertigungskosten	1.277.600 €	
Herstellkosten	1.580.000 €	
+ Verwaltungsgemeinkosten	158.000 €	10 %
+ Vertriebsgemeinkosten	237.000 €	15 %
+ Sondereinzelkosten des Vertriebs	25.000 €	
= Selbstkosten	2.000.000 €	

TIPP Die Fertigungslöhne sind durch eine Rückwärtsrechnung zu ermitteln. Dazu müssen zunächst die Herstellkosten (100 %) mithilfe der Verwaltungsgemeinkosten aus dem BAB (158.000 €) und dem Zuschlagssatz (10 %) berechnet werden.

Die Fertigungskosten ergeben sich dann als Differenz zwischen den Material- und den Herstellkosten. Anschließend werden zur Ermittlung der Fertigungslöhne die Sondereinzelkosten der Fertigung (11.600 €) und die Fertigungsgemeinkosten laut BAB (844.000 €) abgezogen.

5.3 Vorwärtskalkulation

Listenverkaufspreis pro Verkaufseinheit (80 Flaschen)

Fertigungsmaterial		20,00 €		
+ Materialgemeinkosten	12 %	2,40 €		
= Materialkosten		22,40 €		
Fertigungslöhne		50,00 €		
+ Fertigungsgemeinkosten	200 %	100,00 €		
+ Sondereinzelkosten der Fertigung		12,00 €		
= Fertigungskosten		162,00 €		
Herstellkosten		184,40 €		
+ Verwaltungsgemeinkosten	10 %	18,44 €		
+ Vertriebsgemeinkosten	15 %	27,66 €		
+ Sondereinzelkosten des Vertriebs		14,50 €		
= Selbstkosten		245,00 €		
+ Gewinn	20 %	49,00 €		
= Barverkaufspreis		294,00 €	98 %	
+ Skonto	2 %	6,00 €	+2 %	
= Zielverkaufspreis		300,00 €	= 100 %	60 %
+ Rabatt	40 %	200,00 €		+40 %
= Listenverkaufspreis		**500,00 €**		= 100 %

Listenverkaufspreis pro Flasche = 500 € / 80 Flaschen = 6,25 €
(Die Alternativzahlen führen zum selben Ergebnis.)

6.1 Optimales Produktionsprogramm mit relativem Deckungsbeitrag

Kapazitätsauslastung Maschine 1:
2.000 · 2,0 min + 3.800 · 1,5 min + 4.000 · 1,0 min = 13.700 min = 228 h, 20 min

Kapazitätsauslastung Maschine 2:
2.000 · 1,6 min + 3.800 · 2,5 min + 4.000 · 1,4 min = 18.300 min = 305 h

→ Es besteht ein Engpass bei nur 280 Stunden zur Verfügung stehender Kapazität.

→ relative Deckungsbeitragsrechnung für Maschine II

	Klebestift	Flüssigkleber	Holzleim
Stückerlöse	4,12 €	4,80 €	5,29 €
– variable Stückkosten	1,72 €	2,55 €	3,05 €
= Stückdeckungsbeitrag	2,40 €	2,25 €	2,24 €
benötigte Fertigungszeit Maschine II	1,6 min	2,5 min	1,4 min
rel. Stückdeckungsbeitrag je Stück[1)]	1,50 €	0,90 €	1,60 €
Rangfolge	2.	3.	1.
Lieferverpflichtung	1.200 Stück	2.000 Stück	1.600 Stück
weitere Produktion	800 Stück	1.200 Stück[2)]	2.400 Stück
optimales Produktionsprogramm	**2.000 Stück**	**3.200 Stück**	**4.000 Stück**

1) $\text{relativer Stückdeckungsbeitrag je Stunde} = \frac{\text{Stückdeckungsbeitrag}}{\text{benötigte Fertigungszeit pro Stück}}$

2)

verfügbare Fertigungszeit Maschine II	280 h · 60 min =	16.800 min
– Fertigungszeit für Holzleim	4.000 Stück · 1,4 min =	5.600 min
– Fertigungszeit für Klebestifte	2.000 Stück · 1,6 min =	3.200 min
– Lieferverpflichtung für Flüssigkleber	2.000 Stück · 2,5 min =	5.000 min
= restliche Fertigungszeit		3.000 min

$$\frac{3.000\text{ min}}{2{,}5\text{ min Fertigungszeit je Stück}} = 1.200\text{ Stück}$$

6.2 Berechnung maximaler Fixkosten bei gegebenem Gewinnziel

Variable Kosten der Produktion:

$$K_v = 2.000\text{ Stück} \cdot 1{,}72\ € + 3.200\text{ Stück} \cdot 2{,}55\ € + 4.000\text{ Stück} \cdot 3{,}05\ €$$
$$= 23.800{,}00\ €$$

Deckungsbeitrag der Produktion:

$$DB = 2.000\text{ Stück} \cdot 2{,}40\ € + 3.200\text{ Stück} \cdot 2{,}55\ € + 4.000\text{ Stück} \cdot 2{,}24\ €$$
$$= 20.960{,}00\ €$$

$\text{Gewinn} = DB - K_{fix}$

Gewinnziel: 20 % der Selbstkosten $(K_{fix} + K_v)$

$0{,}2 \cdot (K_{fix} + K_v) = DB - K_{fix}$

$\Rightarrow\ 0{,}2 \cdot (K_{fix} + 23.800\ €) = 20.960\ € - K_{fix}$

$K_{fix} = \mathbf{13.500\ €}$

Die Fixkosten im Monat Mai dürfen maximal 13.500 € betragen.

Alternativ kann mit den Erlösen gerechnet werden, welche die Kosten um 20 % übersteigen müssen:

$$E = 2.000\text{ Stück} \cdot 4{,}12\ € + 3.200\text{ Stück} \cdot 4{,}80\ € + 4.000\text{ Stück} \cdot 5{,}29\ €$$
$$= 44.760{,}00\ €$$

$E = (K_{fix} + K_v) \cdot 1{,}2$

$\Rightarrow\ 44.760\ € = (K_{fix} + 23.800\ €) \cdot 1{,}2$

$K_{fix} = \mathbf{13.500\ €}$

Baden-Württemberg Profilfach Volks- und Betriebswirtschaftslehre
BWL mit Rechnungswesen (Teil 1) 2021
Aufgabe 2

Vergleich Kapital- und Personengesellschaften (rechtliche Grundlagen); Selbstfinanzierung bei KG und AG

Die Brüder Ludwig und Wilhelm Böhm führen in zweiter Generation die Odenwälder Fahrradwerke Böhm OHG. Aufgrund der hohen Nachfrage nach E-Bikes drängen die Töchter Anna Schwarz und Lisa Müller darauf, dieses Geschäftsfeld stärker auszubauen. Außerdem möchten sie zukünftig mehr Verantwortung übernehmen. Da sich die beiden Brüder jedoch nicht vollständig aus dem Unternehmen zurückziehen möchten, entscheidet man sich für die Umwandlung der OHG in eine Kommanditgesellschaft.
Der folgende Entwurf für den Gesellschaftsvertrag (Auszug) wird am 22. 12. 2017 vorgelegt:

§ 1 Firma, Sitz und Gegenstand des Unternehmens

(1) Das Unternehmen wird unter der Firma Odenwälder Fahrradwerke Böhm KG geführt.
(2) Sitz der Gesellschaft ist Heidelberg.
(3) Gegenstand des Unternehmens ist der Bau und Vertrieb von Fahrrädern.

§ 2 Geschäftsbeginn, Geschäftsjahr, Gesellschafter und Einlagen

(1) Geschäftsbeginn ist der 02. 01. 2018.
(2) Das Geschäftsjahr ist das Kalenderjahr.
(3) Komplementärinnen sind Anna Schwarz und Lisa Müller.
Kommanditisten sind Ludwig Böhm und Wilhelm Böhm.
(4) Anna Schwarz und Lisa Müller beteiligen sich mit einer Bareinlage in Höhe von jeweils 100.000 €; die Hälfte wird zu Geschäftsbeginn geleistet, der Rest ist zum 31. 12. 2018 fällig.
(5) Ludwig Böhm und Wilhelm Böhm bringen das bisherige Unternehmen ein.
Ihre Kapitalanteile betragen jeweils 400.000 €.

§ 3 Geschäftsführung und Vertretung

Es gelten die gesetzlichen Bestimmungen.

§ 4 Gewinn- und Verlustverteilung

(1) Die Komplementärinnen erhalten eine monatliche Tätigkeitsvergütung von jeweils 8.000 €. Die Tätigkeitsvergütung wird zu Monatsbeginn ausgezahlt.
(2) Die Verzinsung der Kapitalanteile beträgt 5 %.
(3) Ein möglicher Restgewinn wird im Verhältnis 3 : 3 : 2 : 2 auf die Gesellschafter Anna Schwarz, Lisa Müller, Ludwig Böhm und Wilhelm Böhm verteilt, ebenso ein Verlust.

...

Aufgabenstellung

1 • Prüfen Sie unter Angabe der gesetzlichen Grundlagen, ob die geplante Firmierung zulässig ist (zwei Aspekte).
• Führen Sie ein betriebswirtschaftliches Argument an, das für die gewählte Firmierung spricht. (3 NP)

2 Der Gesellschaftsvertrag wird am 28. 12. 2017 entsprechend den Plänen der Gesellschafter abgeschlossen. Die KG wird am 02. 01. 2018 ins Handelsregister eingetragen.

2.1 Am 15. 02. 2018 wendet sich der Geschäftsführer der Michel GmbH an die Odenwälder Fahrradwerke Böhm KG und fordert die Begleichung einer fälligen Rechnung für Fahrradreifen über 28.750 € aus dem Jahr 2017. Da der Rechnungsausgleich nicht erfolgt, wendet sich die GmbH mit der Forderung an die Komplementärin Müller persönlich.
Begründen Sie, ob Lisa Müller die Rechnung begleichen muss. (2 NP)

2.2 Anna Schwarz schließt ohne Rücksprache mit den übrigen Gesellschaftern einen Kaufvertrag über den Monatsbedarf an Aluminium zur Herstellung der Fahrradrahmen ab. Ludwig Böhm ist mit dem Vertragsabschluss nicht einverstanden.
Beurteilen Sie die Rechtslage. (3 NP)

2.3 Wilhelm Böhm benötigt zur Finanzierung eines neuen Pkw für private Zwecke einen Betrag von 50.000 €. Diesen Betrag möchte er zu Lasten seines Kapitalanteils entnehmen.
Beurteilen Sie dieses Vorhaben. (2 NP)

3 Im Geschäftsjahr 2018 wird ein Gewinn in Höhe von 360.000 € erwirtschaftet. Die Verteilung des Gewinns auf die Gesellschafter ist der nachfolgenden Tabelle (Werte in €) zu entnehmen.

Gesellschafter	Kapitalanteil	Tätigkeitsvergütung	Zinsen	Restgewinnanteil	Gesamtgewinn
Anna Schwarz	100.000[1)]	96.000	3.750	36.525	136.275
Lisa Müller	100.000[1)]	96.000	2.500	36.525	135.025
Ludwig Böhm	400.000	---	20.000	24.350	44.350
Wilhelm Böhm	400.000	---	20.000	24.350	44.350
Summen	1.000.000	192.000	46.250	121.750	360.000

1) davon 50.000 € zu Geschäftsbeginn geleistet

3.1 Weisen Sie auf Basis der Kapitalverzinsung rechnerisch nach, wann Anna Schwarz und Lisa Müller ihren ausstehenden Kapitalanteil jeweils erbracht haben. (3 NP)

3.2 Ermitteln Sie, mit welchem Betrag die vier Gesellschafter jeweils zur offenen Selbstfinanzierung der KG im Jahr 2018 beitragen können. Gehen Sie davon aus, dass während des Jahres keine Privatentnahmen vorgenommen wurden. (3 NP)

INFO Die rechtlichen Rahmenbedingungen und Besonderheiten der Rechtsform KG sind nicht mehr prüfungsrelevant! Deshalb werden die Lösungen zu den Aufgaben 1 bis 3.2 im Anschluss nicht abgedruckt.

4 Der Markt für E-Bikes wächst stark; zeitgleich entwickelt sich eine zunehmende Nachfrage nach E-Rollern. Um das Unternehmen der Marktentwicklung anzupassen, erwägen die Gesellschafter die Umwandlung der KG in eine Kapitalgesellschaft.
Erläutern Sie zwei Gründe, die aus Sicht der Gesellschafter für die Umwandlung in eine AG anstelle einer GmbH ausschlaggebend sein könnten. (2 NP)

5 Die Gesellschafter der KG beschließen die Umwandlung in eine Aktiengesellschaft. Zum 02. 01. 2020 wird diese als OFB AG ins Handelsregister eingetragen. In diesem Zusammenhang wird ein größeres Aktienpaket am Kapitalmarkt platziert.

Vereinfachte Bilanz der OFB AG zum 31. 12. 2020 (Werte in €):

Aktiva		Bilanz der OFB AG			Passiva
A.	Anlagevermögen	8.500.000	A.	Eigenkapital	
B.	Umlaufvermögen	3.500.000		I. Gez. Kapital	4.000.000
				II. Kapitalrücklage	350.000
				V. Jahresüberschuss	1.330.000
			B.	Rückstellungen	100.000
			C.	Verbindlichkeiten	6.220.000
		12.000.000			**12.000.000**

Das gezeichnete Kapital ist in 320.000 Stückaktien aufgeteilt.

Um weitere Investitionen tätigen zu können, beschließen Vorstand und Aufsichtsrat im Rahmen ihrer gesetzlichen Möglichkeiten eine maximale offene Selbstfinanzierung. Die Hauptversammlung soll im März 2021 erstmals über die Verwendung des Bilanzgewinns entscheiden.

5.1 • Ermitteln Sie den Bilanzgewinn, den Vorstand und Aufsichtsrat der Hauptversammlung anbieten werden.

- Berechnen Sie die höchstmögliche Dividende, die Vorstand und Aufsichtsrat den Aktionären vorschlagen können. (4 NP)

5.2 Um die anstehenden Investitionen zu unterstützen, beschließt die Hauptversammlung, auf 25 % der vorgeschlagenen Dividende zugunsten einer weiteren Rücklagenbildung zu verzichten.

5.2.1 Stellen Sie die Eigenkapitalpositionen nach vollständiger Gewinnverwendung und Dividendenausschüttung dar. (4 NP)

5.2.2 Ermitteln Sie die Höhe der offenen Selbstfinanzierung. (2 NP)

5.3 Erläutern Sie einen Interessenkonflikt, der im Rahmen der Hauptversammlung bezüglich der Gewinnverwendung entstanden sein könnte. (2 NP)

4 Vorteile einer AG gegenüber einer GmbH

Bei einer AG ist durch die Stückelung des Grundkapitals in kleine Kapitalanteile die Beteiligung vieler Aktionäre und damit die Aufbringung großer Kapitalbeträge leichter.
Die Kapitalanteile einer AG lassen sich leichter veräußern.

5.1 Gewinnverwendung bei der AG

Jahresüberschuss		1.330.000 €
– Einstellung in die gesetzliche Rücklage[1)]		50.000 €
= Zwischensumme		1.280.000 €
– Einstellung in andere Gewinnrücklagen	50 %	640.000 €
= Bilanzgewinn		**640.000 €**

1) Berechnung der Einstellung in die gesetzliche Rücklage:
Eine Einstellung von bis zu 5 % des Jahresüberschusses ist solange vorgeschrieben, bis die gesetzliche Rücklage gemeinsam mit der Kapitalrücklage 10 % des gezeichneten Kapitals betragen. 5 % von 1.330.000 € = 66.500 € (max. Einstellung in die gesetzliche Rücklage)

benötigt:	10 % von 4.000.000 € (gez. Kapital)	= 400.000 €
vorhanden:	350.000 € (Kapitalrücklage) + 0 € (gesetzl. Rücklage)	= 350.000 €
es fehlen:		= 50.000 €

Die höchstmögliche Stückdividende beträgt **2,00 €** $\left(\frac{640.000\ €}{320.000\ \text{Aktien}}\right)$.

5.2.1 Eigenkapitalpositionen nach Gewinnverwendung

Die Stückdividende beträgt 1,50 € (2,00 € – 25 %).

Bilanzgewinn	640.000 €
– Einstellung in die anderen Gewinnrücklagen (HV-Beschluss)	160.000 €
– Dividendensumme (320.000 Aktien · 1,50 €)	480.000 €
= Gewinnvortrag	0 €

Eigenkapitalpositionen:

gezeichnetes Kapital	4.000.000 €
Kapitalrücklage	350.000 €
gesetzliche Rücklage	50.000 €
andere Gewinnrücklagen	800.000 €

5.2.2 Offene Selbstfinanzierung bei der AG

Die Stückdividende beträgt 1,50 € (2,00 € – 25 %).

Jahresüberschuss	1.330.000 €
– Dividendenausschüttung	480.000 €
= offene Selbstfinanzierung	**850.000 €**

5.3 Interessenkonflikt bezüglich der Gewinnverwendung

Manche Aktionärinnen oder Aktionäre könnten eher an einer höheren Dividendenausschüttung interessiert gewesen sein. Andere Aktionärinnen oder Aktionäre hingegen könnten angesichts einer nachhaltigen Unternehmensentwicklung für die Stärkung des Eigenkapitals und somit eine geringere Dividendenausschüttung plädiert haben.

Außenfinanzierung in Form von Darlehensaufnahme mit Kreditsicherheiten; statische und dynamische Investitionsrechnung

Die Innovative Batteries GmbH ist ein in Ulm ansässiges Unternehmen, das sich auf die Entwicklung und Produktion von Batterien für E-Bikes und E-Scooter spezialisiert hat. Das Unternehmen hat sich mit einer zukunftsorientierten Standortwahl eine gute Zusammenarbeit mit den ortsansässigen Forschungsinstitutionen ermöglicht und sich dadurch einen Wettbewerbsvorteil als Zulieferer im Elektromobilitätsbereich verschafft.

Aufgabenstellung

1 Im Jahr 2020 konnte die Innovative Batteries GmbH 20.000 E-Scooter-Batterien absetzen. Aufgrund der anhaltend hohen Nachfrage soll die bestehende Produktionsanlage durch eine neue ersetzt werden, um auch weiterhin zu den führenden Herstellern der Branche zu gehören. Dem Unternehmen liegen zwei Angebote für Anlagen mit gleicher Kapazität vor. Die geplante Produktionsmenge beträgt 30.000 Stück pro Jahr.

Für die Anlage A liegen für die geplante Produktionsmenge folgende Daten vor:

Anschaffungskosten	1.850.000 €
geplante Nutzungsdauer	6 Jahre
Restwert nach Ablauf der Nutzungsdauer	50.000 €
Fertigungslöhne pro Jahr	200.000 €
Fertigungsmaterial pro Jahr	400.000 €
Gehälter pro Jahr	144.500 €
sonstige variable Kosten pro Jahr	300.000 €
sonstige fixe Kosten pro Jahr	220.000 €
Abschreibungsmethode	linear
Kalkulationszinssatz	6 %

Die alternative Anlage B verursacht pro Jahr 651.500 € Fixkosten sowie variable Stückkosten in Höhe von 34,00 €.

Vor der Investitionsentscheidung verlangt die Geschäftsleitung eine Überprüfung der Vorteilhaftigkeit der Investition.

1.1 Vergleichen Sie für beide Anlagen die jährlichen Gesamtkosten auf Basis der geplanten Produktionsmenge und treffen Sie eine Entscheidung. (5 NP)

1.2 Ermitteln Sie die kritische Produktionsmenge und interpretieren Sie Ihr Ergebnis. (3 NP)

1.3 Erläutern Sie zwei Kritikpunkte an der Kostenvergleichsrechnung als Verfahren zur Beurteilung von Investitionsentscheidungen. (2 NP)

1.4 Die Geschäftsleitung bevorzugt die Anlage A. Sie fordert als weitere Entscheidungshilfe die Kapitalwertmethode heranzuziehen.
Ermitteln Sie für die Anlage A den Kapitalwert und interpretieren Sie Ihr Ergebnis.
Berücksichtigen Sie bei Ihren Berechnungen die nachfolgenden vereinfachenden Annahmen:

- Die geplante Produktionsmenge von 30.000 Stück pro Jahr kann vollständig zum Stückpreis von 58,60 € abgesetzt werden.
- Mit Ausnahme der kalkulatorischen Abschreibung sind alle Kosten auszahlungswirksam.
- Die Anlage kann am Ende der Nutzungsdauer zum Restwert verkauft werden.
- Die Ein- und Auszahlungen bleiben während des betrachteten Zeitraums konstant und erfolgen jeweils am Jahresende.
- Alle Ergebnisse sind auf volle Euro zu runden.
  (Anlage 1, S. 20–21) (5 NP)

1.5 Ein Mitglied der Geschäftsleitung möchte die Amortisationsrechnung als weitere Entscheidungsgrundlage heranziehen.
Erläutern Sie, welche zusätzliche Information die Amortisationsrechnung liefert. (2 NP)

2 Neben der Erneuerung der Produktionsanlage ist auch in der Forschungs- und Entwicklungsabteilung eine Investition erforderlich. Auf dem bestehenden Betriebsgelände soll das Forschungslabor erweitert und mit entsprechender Ausstattung versehen werden. Hierfür ist ein Investitionsbetrag in Höhe von 1.632.000 € vorgesehen. Die beiden Hausbanken unterbreiten die nachfolgend dargestellten Kreditangebote.

Angebot 1:	Festdarlehen	
	Nominalzins	4 %
	Laufzeit	5 Jahre
	Auszahlung	96 %

Angebot 2:	Abzahlungsdarlehen	
	Nominalzins	5 %
	Laufzeit	5 Jahre
	Auszahlung	100 %

Die Zahlungen aus beiden Darlehensalternativen erfolgen am Jahresende.

2.1 Neben der Fremdfinanzierung der geplanten Investition stand auch eine Eigenfinanzierung zur Diskussion.
Erläutern Sie zwei Argumente, die für eine Eigenfinanzierung statt einer Fremdfinanzierung sprechen würden. (2 NP)

2.2 Berechnen Sie für das Festdarlehen (Angebot 1) die notwendige Darlehenssumme sowie die Effektivverzinsung. (2 NP)

2.3
- Ermitteln Sie für beide Darlehensarten die Liquiditäts- und Aufwandsbelastung für die einzelnen Jahre und insgesamt. Ein Disagio ist gleichmäßig auf die Laufzeit des Darlehens zu verteilen (Anlage 2, S. 21).
- Die Geschäftsführung entscheidet sich für das Angebot 1.

Erläutern Sie einen Grund, der zu dieser Entscheidung geführt haben könnte. (5 NP)

2.4 Die Geschäftsführung der GmbH bietet die neu anzuschaffende Ausstattung des Forschungslabors als Kreditsicherheit an. Die Bank hingegen verlangt zusätzlich eine Bürgschaft der geschäftsführenden Gesellschafter der GmbH.
- Erläutern Sie die Art und Entstehung der von der Geschäftsführung angebotenen Kreditsicherheit.
- Begründen Sie, weshalb die Bank zusätzlich eine Bürgschaft verlangt (zwei Aspekte). (4 NP)

INFO Die Kreditsicherheiten sind nicht mehr prüfungsrelevant! Deshalb wird die Lösung zur Aufgabe 2.4 im Anschluss nicht abgedruckt.

Anlage 1 Aufzinsungs-, Abzinsungs- und Annuitätenfaktoren

für Zinssätze (p) von 5 % bis 10 % $q = 1 + p/100$
und Laufzeiten (n) von 1–10 Jahren

Aufzinsungsfaktor: q^n Annuitätenfaktor: $\frac{q^n(q-1)}{(q^n-1)}$ Abzinsungsfaktor: $\frac{1}{q^n}$

n \ 5 %	q^n	$\frac{1}{q^n}$	$\frac{q^n(q-1)}{(q^n-1)}$
1	1,050000	0,952381	1,050000
2	1,102500	0,907029	0,537805
3	1,157625	0,863838	0,367209
4	1,215506	0,822702	0,282012
5	1,276282	0,783526	0,230975
6	1,340096	0,746215	0,197017
7	1,407100	0,710681	0,172820
8	1,477455	0,676839	0,154722
9	1,551328	0,644609	0,140690
10	1,628895	0,613913	0,129505

n \ 6 %	q^n	$\frac{1}{q^n}$	$\frac{q^n(q-1)}{(q^n-1)}$
1	1,060000	0,943396	1,060000
2	1,123600	0,889996	0,545437
3	1,191016	0,839619	0,374110
4	1,262477	0,792094	0,288591
5	1,338226	0,747258	0,237396
6	1,418519	0,704961	0,203363
7	1,503630	0,665057	0,179135
8	1,593848	0,627412	0,161036
9	1,689479	0,591898	0,147022
10	1,790848	0,558395	0,135868

n \ 7 %	q^n	$\frac{1}{q^n}$	$\frac{q^n(q-1)}{(q^n-1)}$
1	1,070000	0,934579	1,070000
2	1,144900	0,873439	0,553092
3	1,225043	0,816298	0,381052
4	1,310796	0,762895	0,295228
5	1,402552	0,712986	0,243891
6	1,500730	0,666342	0,209796
7	1,605781	0,622750	0,185553
8	1,718186	0,582009	0,167468
9	1,838459	0,543934	0,153486
10	1,967151	0,508349	0,142378

n \ 8 %	q^n	$\frac{1}{q^n}$	$\frac{q^n(q-1)}{(q^n-1)}$
1	1,080000	0,925926	1,080000
2	1,166400	0,857339	0,560769
3	1,259712	0,793832	0,388034
4	1,360489	0,735030	0,301921
5	1,469328	0,680583	0,250456
6	1,586874	0,630170	0,216315
7	1,713824	0,583490	0,192072
8	1,850930	0,540269	0,174015
9	1,999005	0,500249	0,160080
10	2,158925	0,463193	0,149029

n \ 9 %	q^n	$\frac{1}{q^n}$	$\frac{q^n(q-1)}{(q^n-1)}$
1	1,090000	0,917431	1,090000
2	1,188100	0,841680	0,568469
3	1,295029	0,772183	0,395055
4	1,411582	0,708425	0,308669
5	1,538624	0,649931	0,257092
6	1,677100	0,596267	0,222920
7	1,828039	0,547034	0,198691
8	1,992563	0,501866	0,180674
9	2,171893	0,460428	0,166799
10	2,367364	0,422411	0,155820

n \ 10 %	q^n	$\frac{1}{q^n}$	$\frac{q^n(q-1)}{(q^n-1)}$
1	1,100000	0,909091	1,100000
2	1,210000	0,826446	0,576190
3	1,331000	0,751315	0,402115
4	1,464100	0,683013	0,315471
5	1,610510	0,620921	0,263797
6	1,771561	0,564474	0,229607
7	1,948717	0,513158	0,205405
8	2,143589	0,466507	0,187444
9	2,357948	0,424098	0,173641
10	2,593742	0,385543	0,162745

Anlage 2 zu Teilaufgabe 2.3

Angebot 1: Festdarlehen (in €)

Jahr	Darlehen Jahresanfang	Zinsen	Tilgung	Disagio	Liquiditätsbelastung	Gesamtaufwand
1						
2						
3						
4						
5						
Σ						

Angebot 2: Abzahlungsdarlehen (in €)

Jahr	Darlehen Jahresanfang	Zinsen	Tilgung	Liquiditätsbelastung	Gesamtaufwand
1					
2					
3					
4					
5					
Σ					

Lösungsvorschlag

1.1 Kostenvergleichsrechnung

Kalkulatorische Abschreibung	$\frac{AK - RW}{ND} = \frac{1.850.000\,€ - 50.000\,€}{6} =$	300.000 €
– Kalkulatorische Zinsen	$\frac{AK + RW}{2 \cdot \text{Kalkulationszinssatz}} = \frac{1.850.000\,€ + 50.000\,€}{2 \cdot 0{,}06} =$	57.000 €
– Gehälter		144.500 €
– Sonstige fixe Kosten		220.000 €
= Summe fixe Kosten		721.500 €

Fertigungslöhne pro Jahr	200.000 €
+ Fertigungsmaterial pro Jahr	400.000 €
+ Sonstige variable Kosten pro Jahr	300.000 €
= Summe variable Kosten	900.000 €

Gesamtkosten Anlage A = 721.500 € + 900.000 € = **1.621.500 €**
Gesamtkosten Anlage B = 651.500 € + 34 € · 30.000 Stück = **1.671.500 €**

Die Entscheidung sollte für die Anlage A ausfallen, da sie geringere Gesamtkosten verursacht.

1.2 Kritische Produktionsmenge

TIPP Um die kritische Produktionsmenge zu ermitteln, werden die Kostenfunktionen der beiden alternativen Anlagen gegenübergestellt ($K = K_{fix} + k_v \cdot x$).

variable Stückkosten Anlage A

$$= \frac{\text{Summe variable Kosten}}{\text{Produktionsmenge}} = \frac{900.000\,€}{30.000\,\text{Stück}} = 30{,}00\,€$$

Kosten Anlage A = Kosten Anlage B

$$721.500\,€ + 30 \cdot x = 651.500\,€ + 34 \cdot x$$

$$x = \mathbf{17.500\ Stück}$$

Bei einer geplanten Produktionsmenge von 30.000 Stück ist Anlage A vorzuziehen, da sie bei Produktionsmengen über 17.500 Stück kostengünstiger ist. Dies liegt an den niedrigeren variablen Kosten pro Stück.

1.3 Kritik an der Kostenvergleichsrechnung

Die Kostenvergleichsrechnung berücksichtigt keine Erlöse und erzielbaren Gewinne. Es kann daher keine Aussage über den Erfolg einer Investition getroffen werden.

Als statische Vergleichsrechnung berücksichtigt sie keine Entwicklungen über mehrere Perioden, sondern verwendet lediglich Durchschnittsgrößen. Dies kann zu Fehlentscheidungen führen.

1.4 Kapitalwertberechnung

Einzahlungen
$= e \cdot x = 58{,}50\ € \cdot 30.000\ \text{Stück} = 1.758.000\ €$

Auszahlungen
$= K - \text{kalk. Abschreibung} = 1.621.500\ € - 300.000\ € = 1.321.500\ €$

Jahr	Einzahlungen in €	Auszahlungen in €	Einzahlungsüberschüsse in €	Abzinsungsfaktor $\frac{1}{q^n}$	Barwerte in €[1)]
1	1.758.000	1.321.500	436.500	0,943396	411.792
2	1.758.000	1.321.500	436.500	0,889996	388.483
3	1.758.000	1.321.500	436.500	0,839619	366.494
4	1.758.000	1.321.500	436.500	0,792094	345.749
5	1.758.000	1.321.500	436.500	0,747258	326.178
6	1.758.000	1.321.500	436.500	0,704961	307.715
Liquidationserlös			50.000	0,704961	35.248
= Barwertsumme					2.181.659
– Anschaffungsauszahlung					1.850.000
= Kapitalwert					**331.659**

1) Berechnung der Barwerte: Einzahlungsüberschüsse · Abzinsungsfaktor $1/q^n$

Der Kapitalwert ist positiv, folglich ist die Investition vorteilhaft. Der Investor bzw. die Investorin erhält neben seinem eingesetzten Kapital und der erwarteten Verzinsung in Höhe von 6 % einen zusätzlichen Überschuss, dessen Barwert 331.659 € beträgt.

1.5 Amortisationsrechnung

Die Amortisationsrechnung liefert als zusätzliche Information, in welchem Zeitraum die ursprünglichen Investitionsausgaben durch die daraus resultierenden Einzahlungsüberschüsse wieder in das Unternehmen zurückfließen.

2.1 Vorteile der Eigenfinanzierung

Die Eigenfinanzierung verursacht keine Liquiditätsbelastung durch Zins- und Tilgungszahlungen. Darüber hinaus müssen keine Kreditsicherheiten gestellt werden.

2.2 Berechnung Darlehenssumme und Effektivverzinsung

Auszahlungsbetrag = 96 % = 1.632.000 €
Darlehenssumme = 100 % = **1.700.000 €**

$$P_{eff} = \frac{\left(\text{nominaler Zinssatz} + \frac{\text{Disagio in \%}}{\text{Laufzeit}}\right) \cdot 100}{\text{Auszahlungskurs}}$$

$$P_{eff} = \frac{\left(4 + \frac{4}{5}\right) \cdot 100}{96} = \mathbf{5\,\%}$$

2.3 Vergleich Liquiditäts-/Aufwandsbelastung verschiedener Kreditarten

Angebot 1: Festdarlehen (in €)

Jahr	Darlehen Jahresanfang	Zinsen	Tilgung	Disagio	Liquiditätsbelastung	Gesamtaufwand
1	1.700.000	68.000	–	13.600	68.000	81.600
2	1.700.000	68.000	–	13.600	68.000	81.600
3	1.700.000	68.000	–	13.600	68.000	81.600
4	1.700.000	68.000	–	13.600	68.000	81.600
5	1.700.000	68.000	1.700.000	13.600	1.768.000	81.600
Σ					**2.040.000**	**408.000**

Angebot 2: Abzahlungsdarlehen (in €)

Jahr	Darlehen Jahresanfang	Zinsen	Tilgung	Liquiditätsbelastung	Gesamtaufwand
1	1.632.000	81.600	326.400	408.000	81.600
2	1.305.600	65.280	326.400	391.680	65.280
3	979.200	48.960	326.400	375.360	48.960
4	652.800	32.640	326.400	359.040	32.640
5	326.400	16.320	326.400	342.720	16.320
Σ				**1.876.800**	**244.800**

Beim Festdarlehen aus Angebot 1 fällt die Liquiditätsbelastung in den Jahren 1 bis 4 deutlich geringer aus als beim Abzahlungsdarlehen aus Angebot 2. Dies könnte trotz größerer Gesamtbelastung den Ausschlag für Angebot 1 gegeben haben.

Baden-Württemberg Profilfach Volks- und Betriebswirtschaftslehre
Volkswirtschaftslehre (Teil 2) 2021
Aufgabe 4

Preisbildung und Verhaltensweisen auf verschiedenen Arten von Märkten; Spannungsverhältnis zwischen Ökonomie und Ökologie – Umweltpolitik in Verbindung mit staatlichen Eingriffen in die Preisbildung

Aufgabenstellung

1 Die Millermeat Ltd. aus Sydney ist weltweit das einzige Unternehmen, welches Fleisch vom Roten Riesenkänguru anbietet. Die Geschäftsführung steht vor der Frage, welcher Preis für eine Tonne (t) Fleisch verlangt werden soll.

Die variablen Stückkosten betragen 2.000 australische Dollar (AUD) je Tonne, die Fixkosten belaufen sich monatlich auf 100.000 AUD.

Die Preis-Absatz-Funktion (PAF) ist bekannt: $x(p) = 1.000 - 0{,}1p$

p = Preis für eine Tonne in australischen Dollar (AUD)
x = monatliche Menge in t

Gehen Sie von den Bedingungen des vollkommenen Marktes aus.

1.1 Erklären Sie die Bedeutung der Preisabsatzfunktion für die Festlegung des Preises. (2 NP)

1.2 Berechnen Sie den gewinnmaximierenden Preis. (3 NP)

1.3 Weisen Sie Ihr Ergebnis aus der Teilaufgabe 1.2 nach, indem Sie die gewinnmaximierende Preis-Mengen-Kombination grafisch ermitteln. (x-Achse: 11 cm; 1 cm = 100 Tonnen; y-Achse: 11 cm; 1 cm = 1.000 AUD je t) (3 NP)

1.4 Die Geschäftsführung der Millermeat Ltd. strebt einen monatlichen Gewinn von 1.800.000 AUD an. Überprüfen Sie, ob dieses Ziel erreicht werden kann. (2 NP)

1.5 Die Millermeat Ltd. plant eine Modernisierung der Produktion. Als Folge würden sich die Fixkosten erhöhen, die variablen Stückkosten dagegen sinken.

1.5.1 Begründen Sie, wie sich diese Veränderungen der Kostenstruktur auf die gewinnmaximale Menge sowie auf den gewinnmaximalen Preis auswirken.
Gehen Sie von einer unveränderten Preis-Absatz-Funktion (PAF) aus. (3 NP)

1.5.2 Erläutern Sie die Vorteilhaftigkeit der geplanten Modernisierung aus Sicht der Konsumenten und aus Sicht der Millermeat Ltd. (jeweils zwei Aspekte). (4 NP)

2 Die Bildung von Monopolen wird in marktwirtschaftlichen Systemen kritisch gesehen, da damit gesamtwirtschaftliche Nachteile verbunden sein können.
Erläutern Sie den negativen Einfluss von Monopolen auf die Preisbildung, die Marktversorgung und den technischen Fortschritt. (3 NP)

3

■ Wald- und Buschbrände

Australischer Premier lehnt strengere Klimapolitik ab

Die australische Regierung ist wegen der seit Wochen wütenden Wald- und Buschbrände in die Kritik geraten. Australien ist der weltgrößte Exporteur von Kohle. Premierminister Morrison will an der lukrativen Kohleindustrie aber nicht rütteln.

Quelle: Wald- und Buschbrände - Australischer Premier lehnt strengere Klimapolitik ab, Süddeutsche Zeitung vom 23. 12. 2019, https://www.sueddeutsche.de/politik/australien-feuer-morrison-klimapolitik-1.4734402

- Beschreiben Sie anhand des Textes das Spannungsverhältnis zwischen Ökonomie und Ökologie.
- Stellen Sie anhand eines Beispiels dar, wie zwischen ökonomischen und ökologischen Zielen auch Harmonie herrschen kann. (4 NP)

4 Experten fordern seit Jahren: „CO_2 braucht einen Preis."
In diesem Zusammenhang werden die beiden Maßnahmen „Handel mit CO_2-Emissionszertifikaten" und „CO_2-Steuer" diskutiert.

4.1 Vergleichen Sie in einer Tabelle die beiden Maßnahmen hinsichtlich ihres bürokratischen Aufwands bei der Umsetzung und ihrer Wirksamkeit bei der CO_2-Reduktion. (4 NP)

4.2 Erläutern Sie, welches Prinzip der Umweltpolitik der Bepreisung der CO_2-Emissionen zugrunde liegt. (2 NP)

Lösungsvorschlag

1.1 Preisabsatzfunktion

Die Preisabsatzfunktion gibt an, welche Mengen der Angebotsmonopolist zu unterschiedlichen Preisen bei derzeitiger Nachfrage absetzen kann. Die Kenntnis über diesen Zusammenhang wird für die Festlegung des Preises benötigt.

1.2 Gewinnmaximaler Preis beim Monopol

Kostenfunktion $= K(x) = 100.000 + 2.000 \cdot x$
Ableitung der Kostenfunktion $=$ Grenzkosten $= K'(x) = 2.000$
Erlösfunktion $= E(x) = p \cdot x$

Zunächst Umformung der Preisabsatzfunktion:
$x(p) = 1.000 - 0{,}1 \cdot p \Rightarrow 0{,}1 \cdot p = 1.000 - x \Rightarrow p = 10.000 - 10 \cdot x$
$E(x) = 10.000 \cdot x - 10 \cdot x^2$

Ableitung der Erlösfunktion $=$ Grenzerlös $= E'(x) = 10.000 - 20 \cdot x$

Das Gewinnmaximum ist bei $K'(x) = E'(x)$:
$2.000 = 10.000 - 20 \cdot x \Rightarrow 20 \cdot x = 8.000$
$\Rightarrow$ gewinnmaximale Menge $x = 400$ t

$p = 10.000 - 10 \cdot x \Rightarrow 10.000 - 10 \cdot 400$
$\Rightarrow$ gewinnmaximaler Preis p = **6.000 AUD/t**

1.3 Grafische Ermittlung der gewinnmaximalen Preis-Mengen-Kombination beim Monopol

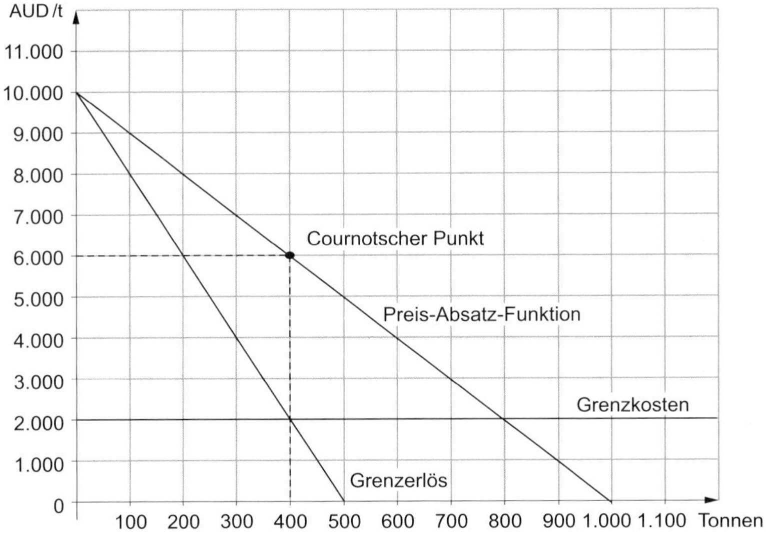

gewinnmaximale Menge x bei Schnittpunkt von Grenzkosten und Grenzerlös = 400 t
gewinnmaximaler Preis p (Preis gemäß Preis-Absatz-Funktion bei 400 t) = 6.000 AUD/t

1.4 Gewinnzielerreichung

Gewinn $= E - K = p \cdot x - (100.000 + 2.000 \cdot x)$
Gewinn (maximal) $= 6.000 \cdot 400 - (100.000 + 2.000 \cdot 400)$
$= 2.400.000 - (100.000 + 800.000) =$ **1.500.000 AUD**

Da der maximale Gewinn 1.500.000,00 AUD beträgt, kann der angestrebte Gewinn von 1.800.000,00 AUD nicht erreicht werden.

1.5.1 Auswirkungen von Kostenänderungen auf die gewinnmaximale Preis-Mengen-Kombination

Die gewinnmaximierende Bedingung lautet E' = K'.
K' entspricht den variablen Stückkosten.
Eine Erhöhung der Fixkosten ändert daher die gewinnmaximierende Preis-Mengen-Kombination nicht.
Die Verringerung der variablen Stückkosten führt zu einer Parallelverschiebung der Grenzkostenkurve nach unten. Der Cournotsche Punkte wandert auf der PAF nach rechts unten. Damit steigt die gewinnmaximierende Menge, der gewinnmaximierende Preis sinkt.

1.5.2 Vorteile der Produktionsmodernisierung für Nachfrager und Anbieter

- Durch die Erhöhung der Produktion verbessert sich die Marktversorgung der Konsumentinnen und Konsumenten.
  Zudem erhalten die Konsumentinnen und Konsumenten das Fleisch zu einem geringeren Preis.
- Da das Unternehmen einen höheren Absatz erzielt, steigt die Kapazitätsauslastung.
  Als Folge steigt der Bekanntheitsgrad des Unternehmens, sodass sich der Gewinn durch zusätzliche Nachfrage erhöhen könnte.

2 Gesamtwirtschaftliche Nachteile durch Angebotsmonopole

- Monopolisten können durch fehlenden Wettbewerb höhere Preise verlangen.
- Die Marktversorgung auf Monopolmärkten ist unzureichend, da die Monopolisten ihr Angebot verknappen, um einen höheren Preis erzielen zu können.
- Monopolisten bremsen den technischen Fortschritt, da sie aufgrund des fehlenden Wettbewerbs weniger in die eigene Forschung investieren müssen.

3 Ökonomie und Ökologie

- Spannungsverhältnis:
  Der Abbau und der Export der Kohle sichert viele Arbeitsplätze und fördert das Wirtschaftswachstum Australiens.
  Kohle als Energieträger verursacht aber auch ein massives Ansteigen der Schadstoffemissionen. Daneben führt der Kohleabbau zur Zerstörung der natürlichen Landschaft.
  Es existiert ein Spannungsverhältnis zwischen Ökonomie und Ökologie.
- Zielharmonie:
  Das Wirtschaftswachstum könnte im Gegensatz zum Kohleabbau auch durch den Bau und Einsatz von z. B. Anlagen zur regenerativen Energieerzeugung gefördert werden.
  Dadurch würde sich gleichzeitig der Ausstoß von CO_2-Emissionen verringern.
  Das ökonomische Ziel „Wirtschaftswachstum" und das ökologische Ziel „Erhalt einer lebenswerten Umwelt" lassen sich gleichzeitig verfolgen.

4.1 Emissionszertifikate und CO_2-Steuer

	Emissionszertifikate	**CO_2-Steuer**
Bürokratischer Aufwand	Hoher bürokratischer Aufwand, denn Emissionsrechte müssen vom Staat ausgegeben und von den Unternehmen nach geschätztem Bedarf erworben werden.	Geringerer bürokratischer Aufwand, da die CO_2-Steuer von den Unternehmen nach tatsächlichem Verbrauch des Energieträgers (z. B. Heizöl) abgeführt wird.
Wirksamkeit bei der CO_2-Reduktion	Der maximale Ausstoß an CO_2-Emissionen kann exakt festgelegt werden. Entsprechende Ziele werden dadurch sicher erreicht.	Eine direkte gewünschte mengenmäßige Wirkung ist nicht möglich, da keine maximalen Emissionswerte festgelegt werden. Falls durch die Verteuerung der Verbrauch sinkt, kommt es zu einer Reduktion.

4.2 Prinzip der Umweltpolitik

Bei der Bepreisung der CO_2-Emissionen wird der Emittent an den Kosten für die durch die CO_2-Emissionen verursachten Schäden beteiligt. Somit wird bei dieser Maßnahme das Verursacherprinzip angewendet.

Baden-Württemberg Profilfach Volks- und Betriebswirtschaftslehre Volkswirtschaftslehre (Teil 2) 2021

Aufgabe 5

Wirtschaftspolitische Konzeptionen zur Wachstumsförderung und Konjunkturstabilisierung; Geldpolitik der Europäischen Zentralbank

Aufgabenstellung

1

Auszug aus der Pressekonferenz der EZB vom 12. September 2019, Mario Draghi (Präsident der EZB)

Sehr geehrte Damen und Herren, der Vizepräsident und ich freuen uns sehr, Sie zu unserer Pressekonferenz begrüßen zu dürfen. Wir werden Sie nun über die Ergebnisse der heutigen Sitzung des EZB-Rats informieren.

Auf Grundlage unserer regelmäßigen wirtschaftlichen und monetären Analyse haben wir unter Berücksichtigung der jüngsten von Experten erstellten gesamtwirtschaftlichen Projektionen für das Euro-Währungsgebiet eine gründliche Beurteilung der Wirtschafts- und Inflationsaussichten vorgenommen. Auf dieser Grundlage hat der EZB-Rat mit Blick auf sein Preisstabilitätsziel die folgenden Beschlüsse gefasst:

Erstens haben wir im Hinblick auf die EZB-Leitzinsen beschlossen, den Zinssatz für die Einlagefazilität um 10 Basispunkte auf −0,50 % zu senken. Der Zinssatz für die Hauptrefinanzierungsgeschäfte und der Zinssatz für die Spitzenrefinanzierungsfazilität werden unverändert bei 0,00 % bzw. 0,25 % belassen. Wir gehen inzwischen davon aus, dass die EZB-Leitzinsen so lange auf ihrem aktuellen oder einem niedrigeren Niveau bleiben werden, bis wir feststellen, dass sich die Inflationsaussichten in unserem Projektionszeitraum deutlich einem Niveau annähern, das hinreichend nahe, aber unter 2 % liegt, und dass sich diese Annäherung in der Dynamik der Kerninflation durchgängig widerspiegelt. […]

Quelle: Mario Draghi, Präsident der EZB, Luis de Guindos, Vizepräsident der EZB, Frankfurt am Main, 12. September 2019, https://www.ecb.europa.eu/press/pressconf/2019/html/ecb.is190912~658eb51d68.de.html

1.1 Grenzen Sie die von Mario Draghi angesprochene Einlagefazilität von der Spitzenrefinanzierungsfazilität ab. (2 NP)

1.2 Der Zinssatz für die Einlagefazilität wurde auf −0,50 % gesenkt. Begründen Sie anhand einer Wirkungskette, welches Ziel die EZB laut Mario Draghi mit dieser Entscheidung verfolgt. (3 NP)

1.3 Erklären Sie, weshalb die EZB nicht sicher davon ausgehen kann, ihr angestrebtes Ziel durch die Senkung des Zinssatzes für die Einlagefazilität zu erreichen (zwei Aspekte). (3 NP)

1.4 Die Niedrigzinspolitik der EZB wird im Euroraum kontrovers diskutiert.
Erläutern Sie zwei Kritikpunkte. (2 NP)

2 Nehmen Sie an, die Zentralbank eines Landes beschließt, den Geschäftsbanken Liquidität in Höhe von 24 Mrd. Geldeinheiten (GE) zur Verfügung zu stellen.

2.1 Die Zentralbank verwendet den Zinstender nach dem amerikanischen Verfahren.

Folgende Gebote der Geschäftsbanken in Mrd. GE gehen ein:

Geschäftsbank	Gebote in Mrd. GE	gebotener Zinssatz in %
A	9,7	1,50
B	7,2	1,60
C	10,2	1,65
D	5,4	1,60
E	7,5	1,70

Geben Sie an, welcher Betrag zu welchem Zinssatz den einzelnen Geschäftsbanken zugeteilt wird. (3 NP)

2.2 Berechnen Sie, wie viele liquide Mittel jede Geschäftsbank erhält, wenn die Zentralbank stattdessen das Mengentenderverfahren einsetzt. (2 NP)

3 Im Sommer 2019 nimmt in der deutschen Politik und Wirtschaft die Debatte Fahrt auf, ob die Bundesregierung ein Konjunkturprogramm aufsetzen sollte, das unter anderem „massive staatliche Investitionen in Straßen und Schienen“ und eine „reduzierte Steuerbelastung der Privathaushalte“ beinhalten würde.

3.1 Begründen Sie, inwieweit die genannten wirtschaftspolitischen Maßnahmen der nachfrageorientierten Wirtschaftspolitik zugeordnet werden können. (3 NP)

3.2 Erläutern Sie, mit welchen Argumenten eine nachfrageorientierte Wirtschaftspolitik kritisiert werden könnte (3 Aspekte). (3 NP)

4 Der amerikanische Präsident hat am 19. Juni 2019 dem Ökonomen Arthur Laffer die Freiheitsmedaille, die höchste zivile Auszeichnung der Vereinigten Staaten, verliehen. Trump bezeichnete ihn dabei als „Vater der angebotsorientierten Wirtschaftspolitik“, der mit seiner Theorie der Laffer-Kurve „beispiellose Reformen“ angestoßen habe.

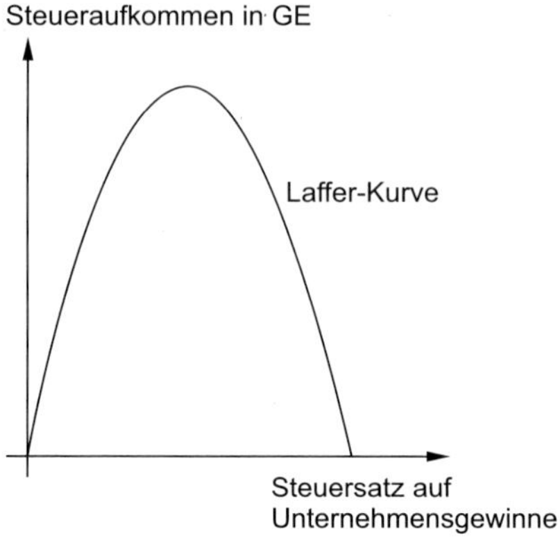

4.1 Beschreiben Sie den in der Grafik dargestellten Zusammenhang. (2 NP)

4.2 Begründen Sie, weshalb die Laffer-Kurve für die angebotsorientierte Wirtschaftspolitik von Bedeutung ist. (3 NP)

4.3 Stellen Sie zwei weitere Grundannahmen der angebotsorientierten Wirtschaftspolitik dar. (2 NP)

4.4 Erläutern Sie zwei Kritikpunkte, welche die Gegner der angebotsorientierten Wirtschaftspolitik vorbringen. (2 NP)

Lösungsvorschlag

1.1 Einlage- und Spitzenrefinanzierungsfazilität

Einlagefazilität: Geschäftsbanken können bei der EZB überschüssige Liquidität zum Einlagesatz für einen Tag anlegen.

Spitzenrefinanzierungsfazilität: Geschäftsbanken können bei der EZB kurzfristige Kredite zum Spitzenrefinanzierungssatz für einen Tag aufnehmen (Übernachtkredit).

1.2 Gesamtwirtschaftliche Wirkungskette einer Zinssenkung

Durch die Zinssenkung müssen die Geschäftsbanken einen noch höheren Negativzins bezahlen, wenn sie überschüssige Liquidität kurzfristig bei der EZB halten.
Die Geschäftsbanken sollen dadurch angeregt werden, die Liquidität in Form von günstigeren Krediten an Unternehmen und private Haushalte zu vergeben, anstatt bei der EZB zu halten.
Dadurch sollen vermehrt Kredite nachgefragt werden, welche für Investitionen und Konsum verwendet werden.
Durch die höhere Gesamtnachfrage soll sich das niedrige Preisniveau erhöhen.
Somit soll die Zielsetzung der EZB erreicht werden, die Inflationsrate an das Niveau nahe, aber unter 2 % zu führen.

1.3 Wirkungshemmnisse der EZB-Zinspolitik

Die beabsichtigte Erhöhung des Preisniveaus auf ein Niveau nahe, aber unter 2 % könnte nicht erreicht werden.

Gründe:

- Die Geschäftsbanken geben die von der EZB bereitgestellte überschüssige Liquidität nicht in Form von Krediten an den Nichtbankensektor weiter, da sie alternative Anlageformen wählen.
- Die Kreditnachfrage des Nichtbankensektors erhöht sich trotz gesunkener Kreditzinsen nicht, z. B. aufgrund pessimistischer Zukunftserwartungen.

1.4 Kritik an der Niedrigzinspolitik

Die niedrigen Zinsen im Euroraum benachteiligen die Sparer*innen, welche für ihre Guthaben keine Zinsen mehr bekommen.
Da sich die Eurostaaten äußerst günstig finanzieren können, sinkt der Druck auf die nationalen Regierungen, ausgeglichene Staatshaushalte anzustreben. Dies könnte zu einer neuen europäischen Staatsschuldenkrise führen.

2.1 Zinstender

Zuteilung in der Reihenfolge der höchsten Zinsgebote der Geschäftsbanken:

Geschäftsbank	Zinssatz in %	Zuteilung in Mrd. GE	kumuliert in Mrd. GE
E	1,70	7,5	7,5
C	1,65	10,2	7,5 + 10,2 = 17,7
B	1,60	3,6	17,7 + 3,6 = 21,3
D	1,60	2,7	21,3 + 2,7 = 24,0

Zuteilung für Bank B und Bank D, die beide den marginalen Zinssatz von 1,60 % geboten haben:

Da Bank E und C aufgrund ihrer höchsten Zinsgebote 17,7 Mrd. € erhalten, bleiben nur noch 24,0 Mrd. € – 17,7 Mrd. € = 6,3 Mrd. € für Bank B und D übrig.
Sie haben jedoch 7,2 Mrd. € + 5,4 Mrd. € = 12,6 Mrd. € beantragt.

Somit beträgt die Zuteilungsquote für Bank B und D: 6,3 · 100 / 12,6 = 50 %
Zuteilung an Bank B = 50 % von 7,2 = 3,6 Mrd. €
Zuteilung an Bank D = 50 % von 5,4 = 2,7 Mrd. €
Da die Bank A nur 1,50 % geboten hat, geht sie leer aus.

2.2 Mengentender
Summe der Geschäftsbankengebote
= 9,7 + 7,2 + 10,2 + 5,4 + 7,5 = 40 Mrd. € = 100 %

Von der Zentralbank zur Verfügung gestellte Liquidität
= 24 Mrd. € = x %

Zuteilungsquote
= 24 · 100 / 40 = 60 % ⇒ Jede Bank erhält 60 % ihrer Gebote.

Bank	A	B	C	D	E
Gebote in Mrd. GE	9,7	7,2	10,2	5,4	7,5
Zugeteilter Betrag in Mrd. GE (60 % der Gebote)	5,82	4,32	6,12	3,24	4,5

3.1 Nachfrageorientierte Wirtschaftspolitik
Durch die staatlichen Investitionen in Straßen und Schienen tritt der Staat selbst als Nachfrager auf.
Durch die reduzierte Steuerbelastung der Privathaushalte kann die Konsumgüternachfrage steigen, wenn die Haushalte die zusätzlichen Mittel auch ausgeben.
Die Maßnahmen können die gesamtwirtschaftliche Nachfrage erhöhen und sind daher der nachfrageorientierten Wirtschaftspolitik zuzuordnen.

3.2 Kritik an der nachfrageorientierten Wirtschaftspolitik
Ein wichtiger Kritikpunkt sind die sog. time-lags, also die Verzögerungen, die die Maßnahmen nach sich ziehen. So besteht die Gefahr, dass die Maßnah-

men erst dann wirken, wenn die Konjunktur schon wieder im Aufschwung ist, und diesen damit unnötig verstärkt.
Oft wird der Punkt genannt, dass die nachfrageorientierte Wirtschaftspolitik zu steigenden Staatsschulden führt, die vom Staat nicht mehr bezahlt werden können.
Ganz allgemein wird darauf verwiesen, dass nachfrageorientierte Wirtschaftspolitik nichts an strukturellen Problemen der Volkswirtschaft ändern kann.

4.1 Laffer-Kurve

Die Grafik stellt den Zusammenhang zwischen Steuersatz und Steueraufkommen dar. Es lassen sich zwei Bereiche unterscheiden. Von einem Steuersatz von 0 ausgehend führt eine Steuererhöhung zunächst zu steigendem Steueraufkommen. Es gibt einen Steuersatz, für den das Steueraufkommen maximiert werden kann. Wird der Steuersatz über diesen Punkt hinaus erhöht, verringert sich das Steueraufkommen wieder. Als Grund gilt die abnehmende Leistungsbereitschaft der Steuerpflichtigen bei hohen Steuersätzen.

4.2 Laffer-Kurve und angebotsorientierte Wirtschaftspolitik

Für die angebotsorientierte Wirtschaftspolitik ist die Angebotsseite die entscheidende Größe für Wachstum und Beschäftigung. Daher ist es notwendig, günstige Rahmenbedingungen für die Unternehmen zu gewährleisten.
Diese beinhalten auch niedrige Unternehmenssteuersätze. Aus der Theorie der Laffer-Kurve lässt sich ableiten, dass ein bestimmtes Steueraufkommen auch mit niedrigen Steuersätzen erreicht werden kann. Niedrige Unternehmenssteuern verbessern die Rahmenbedingungen für die Unternehmen und damit der Angebotsseite.

4.3 Grundannahmen der angebotsorientierten Wirtschaftspolitik

Die angebotsorientierte Wirtschaftspolitik geht von der Annahme aus, dass das marktwirtschaftliche System grundsätzlich stabil ist. Staatliche Eingriffe gefährden diese Stabilität und sollen möglichst unterbleiben.
Jedes Angebot schafft sich seine Nachfrage selbst, indem die Einkommen durch die gestiegene Produktion zunehmen und wiederum für den Konsum verwendet werden können. Jedes Angebot sucht sich seine Nachfrage (Saysches Theorem).

4.4 Kritik an der angebotsorientierten Wirtschaftspolitik

Eine einseitige Ausrichtung auf die Angebotsseite führt zu einer nicht gewünschten Ungleichheit der Einkommens- und Vermögensverteilung. Die Märkte tendieren dazu, auf ihrem Weg zum Gleichgewicht das Ziel der Vollbeschäftigung zu verfehlen. So kann es auf dem Arbeitsmarkt zu Arbeitslosigkeit kommen.

Baden-Württemberg Profilfach Volks- und Betriebswirtschaftslehre
BWL mit Rechnungswesen (Teil 1) 2022
Aufgabe 1

Vollkostenrechnung in Form der Zuschlagskalkulation (Kostenstellenrechnung, BAB, Kostenträgerstückrechnung); Kosten- und Erlösfunktionen; Deckungsbeitragsrechnung

Die Pumpy GmbH ist ein mittelständisches Unternehmen mit Hauptsitz in Sinsheim. Hier werden seit mehr als zwei Jahrzehnten Bewässerungspumpen für den Außeneinsatz im gewerblichen und privaten Bereich produziert. Die zunehmende Trockenheit in Süddeutschland hat bei der Pumpy GmbH in den letzten Jahren für eine steigende Nachfrage gesorgt, die zu Investitionen und dem Aufbau weiterer Zweigwerke geführt hat.

Aufgabenstellung

1 Im internen Rechnungswesen der Pumpy GmbH sollen die Wachstumsprozesse und deren Auswirkungen auf die Kostensituation der Unternehmung analysiert werden.

1.1 Vervollständigen Sie dazu den Betriebsabrechnungsbogen für das Geschäftsjahr 2021 (Anlage, S. 5) und berücksichtigen Sie dabei folgende Angaben:

Die kalkulatorischen Abschreibungen werden entsprechend der Anschaffungskosten des in der jeweiligen Kostenstelle vorhandenen Anlagevermögens verteilt. Die sonstigen Gemeinkosten sind nach dem angegebenen Schlüssel zu verteilen. (2 NP)

	Material	Fertigung	Verwaltung	Vertrieb
Anschaffungskosten des Anlagevermögens	60.000 €	1.300.000 €	120.000 €	145.000 €
sonstige Gemeinkosten	1	31	3	16

1.2 Ermitteln Sie im Rahmen einer Gesamtkalkulation die Istgemeinkostenzuschlagssätze für das Geschäftsjahr 2021. Dazu sind folgende Werte anzusetzen:

Fertigungsmaterial	1.600.000 €
Fertigungslöhne	1.360.000 €
Sondereinzelkosten der Fertigung	88.000 €
Sondereinzelkosten des Vertriebs	70.000 €

(4 NP)

1.3 Die Regenwassernutzung in Privatgärten gewinnt zunehmend an Bedeutung. Daher steigt die Pumpy GmbH Anfang des Geschäftsjahres 2022 als Zulieferer in diesen Markt ein. Unter der Bezeichnung Zi-300 wird eine leistungsstarke Förderpumpe für Regenwasserzisternen produziert. Der Vertrieb sieht einen Listenverkaufspreis in Höhe von 320 € als realisierbar an.

Für die Kalkulation sind neben den Istgemeinkostenzuschlagssätzen aus dem Geschäftsjahr 2021 folgende Daten zu verwenden:

Fertigungslöhne pro Stück	34,00 €
Sondereinzelkosten der Fertigung pro Stück	2,20 €
Sondereinzelkosten des Vertriebs pro Stück	4,30 €
Kundenskonto	2,5 %
Kundenrabatt	35 %

Ermitteln Sie den maximalen Bezugspreis für das Fertigungsmaterial, wenn bei der Förderpumpe Zi-300 ein Gewinn in Höhe von 20 % erzielt werden soll. (4 NP)

1.4 Im Geschäftsjahr 2022 möchte die Geschäftsleitung strukturelle Maßnahmen zur Senkung der Herstellkosten auf den Weg bringen. So sollen Teile der manuellen Fertigung automatisiert werden. Außerdem ist geplant, das Materiallager durch Just-in-Time-Lieferung deutlich zu verkleinern.
Begründen Sie für die Kostenstellen Material und Fertigung, welche Anpassungen bei den Gemeinkostenzuschlagssätzen vorzunehmen sind, damit es nicht zu Kostenabweichungen kommt. (3 NP)

2 Im Zweigwerk Eppingen wird seit 2018 eine elektronische Bewässerungspumpe für den Einsatz in Pflanzkübelsystemen hergestellt.
Im 1. Quartal 2020 konnten 2.200 Stück dieser Bewässerungspumpe produziert und zu einem Verkaufspreis in Höhe von 260 € abgesetzt werden. Es fielen dabei Kosten in Höhe von insgesamt 444.000 € an.
Im 1. Quartal 2021 wurden Produktions- und Absatzmenge gegenüber dem Vorjahresquartal um 200 Stück erhöht. Dabei beliefen sich die Kosten auf 468.000 €, der Verkaufspreis wurde nicht geändert.
Im betrachteten Zeitraum veränderten sich die variablen Stückkosten und die Fixkosten im Zweigwerk Eppingen nicht.

2.1 Ermitteln Sie die variablen Stückkosten und die vierteljährlichen Fixkosten im Zweigwerk Eppingen. (3 NP)

2.2 Im 1. Quartal 2022 kommt es zu einem Absatzrückgang bei den Bewässerungspumpen. Die verkaufte Menge sinkt im Vergleich zum 1. Quartal 2021 um 25 %, obwohl der Vertrieb den Verkaufspreis auf 246 € reduziert hat.
Ermitteln Sie den prozentualen Gewinnrückgang, den die Pumpy GmbH im Zweigwerk Eppingen im 1. Quartal 2022 gegenüber dem Vorjahresquartal zu verzeichnen hat. Die variablen Stückkosten und die Fixkosten bleiben unverändert. (3 NP)

3 Im Zweigwerk Walldorf werden ausschließlich die Teichpumpentypen T-100, T-200 und T-300 mit unterschiedlichen Fördermengen produziert. Für das monatliche Produktionsprogramm liegen die folgenden Daten vor, die Kapazitäten sind dabei voll ausgelastet:

	T-100	**T-200**	**T-300**
geplante Stückzahl	300	400	360
Fertigungsmaterial in € pro Stück	40	50	60
Fertigungslöhne in € pro Stück	35	40	48
sonstige variable Stückkosten in €	20	30	32
Verkaufspreis in € pro Stück	220	300	400
Fertigungszeit in Minuten	20	30	40

Die monatlichen Fixkosten im Zweigwerk Walldorf betragen 174.300 €.

3.1 Der Vertriebsleiter befürchtet, dass man beim Modell mit dem höchsten Verkaufspreis durch ein Produkt eines Wettbewerbers unter Druck geraten könnte und stellt Überlegungen hinsichtlich einer maximal möglichen Preissenkung an, ohne dabei mit dem Zweigwerk Walldorf in die Verlustzone zu geraten.
Ermitteln Sie den Preis für das Modell T-300, der nicht unterschritten werden darf. Alle anderen Daten des monatlichen Produktionsprogramms bleiben unverändert. (3 NP)

3.2 Die Preissenkung beim Modell T-300 erweist sich als nicht notwendig und wird deshalb nicht durchgeführt. Allerdings kommt es im Monat April 2022 zu einem teilweisen Ausfall in der Fertigung, sodass lediglich eine Produktionszeit von 450 Stunden zur Verfügung steht.
Stellen Sie mithilfe des optimalen Produktionsprogramms fest, ob das Zweigwerk Walldorf im Monat April 2022 einen positiven Beitrag zum gesamten Ergebnis der Pumpy GmbH leisten kann. (4 NP)

3.3 Das Zweigwerk Walldorf erhält dank einer entsprechenden Anfrage die Möglichkeit, ab Mai 2022 in den Markt für Schwimmbadpumpen einzusteigen. Ein spanischer Händler ist bereit, monatlich 200 Pumpen zum Preis von 580 € abzunehmen. Um die Kapazitäten dafür bereitstellen zu können, müsste die Pumpy GmbH vollständig auf die Produktion der Teichpumpe T-200 verzichten.

Bei der neuen Schwimmbadpumpe wäre mit variablen Stückkosten in Höhe von 250 € zu rechnen. Die im April ausgefallene Fertigungskapazität steht wieder zur Verfügung.

- Überprüfen Sie anhand der vorliegenden Zahlen, ob es aus kostenrechnerischer Sicht sinnvoll wäre, das Angebot des spanischen Händlers anzunehmen.
- Erläutern Sie je ein betriebswirtschaftliches Argument für und gegen den Einstieg in den Markt für Schwimmbadpumpen. (4 NP)

Anlage zu Teilaufgabe 1.1: Betriebsabrechnungsbogen 2021

		Kostenstellen			
Gemeinkostenarten	**Betrag**	**Material**	**Fertigung**	**Verwaltung**	**Vertrieb**
Hilfs- und Betriebsstoffe	347.400 €	9.800 €	316.000 €	10.000 €	11.600 €
Gehälter	1.180.000 €	90.000 €	484.000 €	276.000 €	330.000 €
Wartung und Reparatur	193.600 €	10.000 €	170.000 €	5.800 €	7.800 €
Raumkosten	212.600 €	22.000 €	142.600 €	30.400 €	17.600 €
Versicherungen	60.000 €	6.000 €	36.000 €	12.000 €	6.000 €
kalk. Abschreibungen	455.000 €				
sonstige Gemeinkosten	1.091.400 €				
Summe der Gemeinkosten	**3.540.000 €**				

Lösungsvorschlag

1.1 BAB

TIPP Zur Aufteilung der kalkulatorischen Abschreibungen muss zunächst die Summe der Anschaffungskosten berechnet werden, zur Berechnung der sonstigen Gemeinkosten die Summe der Anteile.

Gemeinkostenarten	Betrag	Kostenstellen			
		Material	Fertigung	Verwaltung	Vertrieb
Hilfs- und Betriebsstoffe	347.400 €	9.800 €	316.000 €	10.000 €	11.600 €
Gehälter	1.180.000 €	90.000 €	484.000 €	276.000 €	330.000 €
Wartung und Reparatur	193.600 €	10.000 €	170.000 €	5.800 €	7.800 €
Raumkosten	212.600 €	22.000 €	142.600 €	30.400 €	17.600 €
Versicherungen	60.000 €	6.000 €	36.000 €	12.000 €	6.000 €
kalk. Abschreibungen[1)]	455.000 €	16.800 €	364.000 €	33.600 €	40.600 €
sonst. Gemeinkosten[2)]	1.091.400 €	21.400 €	663.400 €	64.200 €	342.400 €
Summe der Gemeinkosten	3.540.000 €	176.000 €	2.176.000 €	432.000 €	756.000 €

1) Summe der Anschaffungskosten des Anlagevermögens = 1.625.000 €
Anteilige kalk. Abschreibung der Kostenstellen:
455.000 € / 1.625.000 € · Anschaffungskosten in der jeweiligen Kostenstelle

2) Summe der Anteile = 51
Anteilige sonstige Gemeinkosten der Kostenstelle:
1.091.400 € / 51 · Anteil der jeweiligen Kostenstelle

1.2 Ermittlung der Gemeinkostenzuschlagssätze

TIPP Zur Berechnung der Zuschlagssätze bei Material- und Fertigungsgemeinkosten ist die Berechnungsgrundlage schon gegeben (Fertigungsmaterial und Fertigungslöhne). Zur Berechnung der Zuschlagssätze bei Verwaltungs- und Vertriebsgemeinkosten muss die Berechnungsgrundlage (Herstellungskosten) noch berechnet werden (Summe aus Material- und Fertigungskosten).

	Kosten	Zuschlagssätze
Fertigungsmaterial	1.600.000 €	
Materialgemeinkosten lt. BAB	176.000 €	**11 %**
Materialkosten	1.776.000 €	
Fertigungslöhne	1.360.000 €	
Fertigungsgemeinkosten lt. BAB	2.176.000 €	**160 %**
Sondereinzelkosten der Fertigung	88.000 €	
Fertigungskosten	3.624.000 €	
Herstellkosten	5.400.000 €	
Verwaltungsgemeinkosten lt. BAB	432.000 €	**8 %**
Vertriebsgemeinkosten lt. BAB	756.000 €	**14 %**
Sondereinzelkosten des Vertriebs	70.000 €	
Selbstkosten	6.658.000 €	

1.3 Rückwärtskalkulation

TIPP Beim Gewinn sind die Selbstkosten 100 Prozent, hier wird vorwärts kalkuliert (Selbstkosten plus 20 Prozent Gewinn gleich 120 Prozent). Bei Skonto und Rabatt sind Zielverkaufspreis bzw. Listenverkaufspreis 100 Prozent, hier wird also rückwärts kalkuliert.

Fertigungsmaterial[2]		**40,00 €**		
+ Materialgemeinkosten	11 %	4,40 €		
= Materialkosten		44,40 €		
Fertigungslöhne		34,00 €		
+ Fertigungsgemeinkosten	160 %	54,40 €		
+ Sondereinzelkosten der Fertigung		2,20 €		
= Fertigungskosten		90,60 €		
Herstellkosten[1]		135,00 €		
+ Verwaltungsgemeinkosten	8 %	10,80 €		
+ Vertriebsgemeinkosten	14 %	18,90 €		
+ Sondereinzelkosten des Vertriebs		4,30 €		
= Selbstkosten		169,00 €		100 %
+ Gewinn	20 %	33,80 €		+20 %
= Barverkaufspreis		202,80 €	97,5 %	=120 %
+ Skonto	2,5 %	5,20 €	+2,5 %	
= Zielverkaufspreis		208,00 €	=100 %	65 %

	Zielverkaufspreis		208,00 €	= 100 %	65 %
+	Rabatt	35 %	112,00 €		+ 35 %
=	Listenverkaufspreis		320,00 €		= 100 %

1) Von den Selbstkosten müssen zunächst die Sondereinzelkosten des Vertriebs abgezogen werden (169,00 – 4,30 = 164,70). Die 164,70 entsprechen 122 %, die Herstellkosten 100 % (164,70 · 100 / 122 = 135).

2) Von den Herstellkosten müssen zunächst die Fertigungskosten abgezogen werden (135,00 – 90,60 = 44,40). Die 44,40 entsprechen 111 %, die Kosten für das Fertigungsmaterial 100 % (44,40 · 100 / 111 = 40).

Der Bezugspreis für das Fertigungsmaterial darf bei max. 40,00 € liegen.

1.4 Anpassung der Gemeinkostenzuschlagssätze

Kostenstelle Material:
Die Just-in-Time-Lieferungen senken die Lagerkosten als Teil der Materialgemeinkosten. Daher sollte der Materialgemeinkostenzuschlagssatz gesenkt werden, um in Zukunft dieser Kostenstelle nicht zu hohe Gemeinkosten zuzurechnen (Kostenüberdeckung).

Kostenstelle Fertigung:
Die teilweise Automatisierung der Fertigung führt zu einem Anstieg der Fertigungsgemeinkosten (Abschreibungen, Wartung). Gleichzeitig gehen die Fertigungslöhne als Zuschlagsbasis für die Gemeinkosten zurück. Um nicht zu geringe Gemeinkosten zuzurechnen (Kostenunterdeckung), sollte der Gemeinkostenzuschlagssatz daher erhöht werden.

2.1 Kostenauflösung, Berechnung der variablen und fixen Kosten

TIPP Ziehen Sie von den Gesamtkosten von 2021 die Gesamtkosten von 2020 ab, sind die Fixkosten im Resultat nicht mehr enthalten, sodass Sie dann die variablen Stückkosten berechnen können. Die Fixkosten berechnen Sie dann, indem Sie von den Gesamtkosten die entsprechenden variablen Kosten abziehen.

$$k_v = \frac{468.000\ € - 444.000\ €}{2.400\ \text{Stück} - 2.200\ \text{Stück}} = 120\ €/\text{Stück}$$

$$K_f = K - k_v \cdot x$$

$$K_f = 468.000\ € - 120\ € \cdot 2.400\ \text{Stück} = 468.000\ € - 288.000 = \mathbf{180.000\ €}$$

2.2 Ermittlung des Gewinnrückgangs in Prozent

TIPP Hier muss zuerst der jeweilige Erlös (Achtung: verschiedene Preise und Stückanzahl) berechnet werden, bevor dann die Kosten (entsprechende variable Kosten plus Fixkosten) abgezogen werden.

	1. Quartal 2021	1. Quartal 2022
Produktionsmenge	2.400 Stück	1.800 Stück
Verkaufspreis	260 €	246 €
Erlös	624.000 €	442.800 €
– variable Kosten	288.000 €	216.000 €
– Fixkosten	180.000 €	180.000 €
= Gewinn	156.000 €	46.800 €

(46.800 – 156.000) · 100 / 156.000 = **–70 %**

Das Betriebsergebnis geht um 70 % zurück.

3.1 Berechnung der Preisuntergrenze mithilfe der DB-Rechnung

TIPP Zunächst muss anhand der DB-Rechnung das aktuelle Betriebsergebnis berechnet werden, um zu ermitteln, wie groß der Spielraum für Preissenkungen ist. Dieser Spielraum kann dann zur Preissenkung eingesetzt werden.

Der Spielraum der Preissenkung für das Modell T-300 ist das aktuelle Betriebsergebnis.

	T-100	T-200	T-300
Verkaufspreis in € pro Stück	220	300	400
– Fertigungsmaterial in € pro Stück	40	50	60
– Fertigungslöhne in € pro Stück	35	40	48
– sonst. variable Stückkosten	20	30	32
= Stückdeckungsbeitrag in €	125	180	260
Menge in Stück	300	400	360
Gesamtdeckungsbeitrag in €	37.500	72.000	93.600
Fixkosten in €	174.300		
Betriebsergebnis in €	28.800		

maximale Preissenkung = 28.800 € / 360 Stück = 80 €/Stück
minimaler Verkaufspreis = 400 € – 80 € = **320 €/Stück**

3.2 optimales Produktionsprogramm mit relativem Deckungsbeitrag

TIPP Aufgrund des Ausfalls kann nicht das gesamte Produktionsprogramm produziert werden. Anhand des relativen DB kann aber immerhin eine sinnvolle Reihenfolge ermittelt werden, um den Verlust so gering wie möglich zu halten.

	T-100	T-200	T-300
Verkaufspreis in € pro Stück	220	300	400
Fertigungsmaterial in € pro Stück	40	50	60
– Fertigungslöhne in € pro Stück	35	40	48
– sonst. variable Stückkosten	20	30	32
= Stückdeckungsbeitrag in €	125	180	260
Fertigungszeit in Minuten	20	30	40
relativer DB in €/Minute	6,25	6,00	6,50
Rangfolge	2	3	1
optimales Produktionsprogramm[1]	**300 Stück**	**220 Stück**	**360 Stück**
Gesamtdeckungsbeitrag in €	37.500	39.600	93.600
Fixkosten in €		174.300	
Betriebsergebnis in €		**–3.600**	

1) Zunächst werden die Pumpen T-300 und T-100 in der geplanten Stückzahl produziert. In der restlichen zur Verfügung stehende Produktionszeit wird die Pumpe T-200 hergestellt.

	verfügbare Produktionszeit	450 Stunden · 60 min	=	27.000 min
–	Produktionszeit für T-300	360 Stück · 40 min	=	14.400 min
–	Produktionszeit für T-100	300 Stück · 20 min	=	6.000 min
=	restliche Fertigungszeit			6.600 min

6.600 min / 30 min Fertigungszeit je Stück T-200 = 220 Stück

Die Programmoptimierung aufgrund der Kapazitätsbeschränkung führt zu einem negativen Beitrag in Höhe von 3.600 € zum gesamten Ergebnis der Pumpy GmbH.

3.3 Entscheidung über einen Zusatzauftrag

TIPP Hier müssen Sie sowohl aus kostenrechnerischer Sicht (DB-Rechnung) als auch aus betriebswirtschaftlicher Perspektive analysieren, ob der Auftrag angenommen werden soll oder nicht.

Kostenrechnerisches Argument:
Wegfall von 400 Stück T-200:
DB = 400 · 180 € = 72.000 € (Verzicht)

Zusätzlicher Auftrag von 200 Stück Schwimmbadpumpen:
DB = 200 · 330 € = 66.000 €

Differenz der Deckungsbeiträge = 66.000 € – 72.000 € = –6.000 €

Der Zusatzauftrag lohnt sich nicht, da sich dadurch das Betriebsergebnis um 6.000 € verschlechtert.

Betriebswirtschaftliche Argumente:

- Vorteil:
  Ein neues Produkt im Sortiment verspricht die Erschließung eines neuen Marktes und damit Unternehmenswachstum.
- Nachteil:
  Die Pumpy GmbH verfügt derzeit noch nicht über die notwendige Vertriebsstruktur für die neue Produktart.

Baden-Württemberg Profilfach Volks- und Betriebswirtschaftslehre
BWL mit Rechnungswesen (Teil 1) 2022
Aufgabe 2

Personengesellschaften im Vergleich (rechtliche Grundlagen); offene Selbstfinanzierung bei der KG; statische und dynamische Investitionsrechnung

Max Kaiser und Friedrich Härter wollen nach ihrer Ausbildung zum IT- und Systemelektroniker ein Unternehmen gründen, welches personalisierte Dienstleistungen im Bereich „Arbeiten im Home-Office“ anbieten soll. Die Gründer haben sich für die Rechtsform der OHG entschieden. Der Unternehmenssitz wird in Stuttgart sein.

Aufgabenstellung

1 Das Unternehmen soll unter der Firma Home-Office Solutions ins Handelsregister eingetragen werden.
Prüfen Sie unter Angabe der gesetzlichen Grundlage die Zulässigkeit der gewählten Firmierung. (2 NP)

2 Inzwischen wurde die OHG gegründet und ins Handelsregister eingetragen. Im Gesellschaftsvertrag der OHG befinden sich bezüglich Geschäftsführung und Vertretung keine vom Gesetz abweichenden Regelungen. Friedrich Härter schließt im Namen der OHG einen Kaufvertrag über einen Geschäftswagen zum Preis von 35.000 € ab, obwohl sich Max Kaiser gegen den Kauf ausgesprochen hat.
Beurteilen Sie die Rechtslage. (3 NP)

3 Zur Stärkung der Eigenkapitalbasis wird die Rechtsanwältin Tanja Feist als neue Gesellschafterin aufgenommen und das Unternehmen in eine Kommanditgesellschaft umgewandelt. Die Gesellschafter vereinbaren den nachfolgend auszugsweise dargestellten Gesellschaftsvertrag.

Gesellschaftsvertrag

§ 1 Gesellschafter und Einlagen

1. Max Kaiser, Friedrich Härter und Tanja Feist errichten zum 01. 01. 2020 eine Kommanditgesellschaft unter der Firma Home-Office Solutions KG.
2. Persönlich haftende Gesellschafter sind Max Kaiser und Friedrich Härter. Ihre Kapitalanteile werden wie folgt bewertet:

	Max Kaiser	150.000 €
	Friedrich Härter	300.000 €
3.	Kommanditistin ist Tanja Feist mit einer Einlage von 200.000 €. Ihre Bareinlage ist zur Hälfte sofort, der Rest zum 31. 12. 2022 zur Zahlung fällig.	

...

Die Eintragung ins Handelsregister erfolgt am 02. 01. 2020.

Am Ende des Geschäftsjahres 2020 wird ein Gewinn in Höhe von 238.000 € festgestellt. Die Tätigkeitsvergütung der Komplementäre wird monatlich ausgezahlt. Die Privatentnahme von Max Kaiser erfolgt zum Schluss des Geschäftsjahres 2020. Die Verteilung des Gewinns auf die Gesellschafter ist der nachfolgenden Tabelle (Werte in €) zu entnehmen:

Gesellschafter	Anfangskapital	Tätigkeitsvergütung	Zinsen	Restgewinn	Gesamtgewinn	Privatentnahme
Max Kaiser	150.000	84.000	7.500	17.000	108.500	10.000
Friedrich Härter	300.000	84.000	15.000	17.000	116.000	
Tanja Feist	100.000		5.000	8.500	13.500	
Summe	550.000	168.000	27.500	42.500	238.000	10.000

3.1 Weisen Sie rechnerisch nach, welche Bestimmungen der Gesellschaftsvertrag hinsichtlich der Gewinnverteilung enthält. (3 NP)

3.2
- Berechnen Sie, mit welchem maximalen Betrag Max Kaiser zur offenen Selbstfinanzierung der KG im Jahr 2020 beitragen kann.
- Ermitteln Sie für jeden Gesellschafter das Endkapital zum 31. 12. 2020. Gehen Sie davon aus, dass neben der Tätigkeitsvergütung sowie der Privatentnahme keine weiteren Beträge entnommen bzw. eingezahlt wurden. (3 NP)

3.3 Im Februar 2021 mahnt der Partyservice Karl Fein e. K. die Zahlung einer offenen Rechnung vom 15. 12. 2020 in Höhe von 5.500 € an. Da die Home-Office Solutions KG nicht reagiert, wendet er sich mit der Forderung an Tanja Feist, welche die Zahlung verweigert.
Prüfen Sie die Rechtslage. (2 NP)

3.4 Einhergehend mit dem zunehmenden Trend zum Home-Office hat auch das Kochen zu Hause einen Aufschwung erfahren. Im November 2021 plant Friedrich Härter, 30.000 € zu Lasten seines Kapitalanteils zu entnehmen, um sich als persönlich haftender Gesellschafter an

der Cook Fresh KG zu beteiligen. Das Unternehmen liefert seinen Kunden Kochboxen mit portionierten Zutaten und Zubereitungshinweisen nach Hause.
Begründen Sie, ob Friedrich Härter seine Pläne ohne Zustimmung der beiden anderen Gesellschafter durchführen kann. (3 NP)

INFO Die rechtlichen Rahmenbedingungen und Besonderheiten der Rechtsformen OHG und KG sind nicht mehr prüfungsrelevant! Deshalb werden die Lösungen zu den Aufgaben 1 bis 3.4 im Anschluss nicht abgedruckt.

4 Um den wachsenden Kundenstamm im Zusammenhang mit den Home-Office-Lösungen betreuen zu können, soll für den Außendienst ein weiteres Fahrzeug erworben werden. Zwei alternative Fahrzeuge stehen zur Auswahl. Die für die Investitionsentscheidung notwendigen Daten sind nachfolgend dargestellt.

	Angebot A	Angebot B
Antriebsart	Benziner	Elektro
Anschaffungskosten	29.000 €	39.000 €
geplante Nutzungsdauer	6 Jahre	6 Jahre
Restwert am Ende der Nutzungsdauer	2.000 €	3.000 €
Instandhaltung/Wartung pro Jahr	700 €	600 €
sonstige Fixkosten pro Jahr (ohne Abschreibungen und Zinsen)	600 €	500 €
variable Kosten je km	0,18 €	0,09 €
Kalkulationszinssatz	5 %	5 %
Abschreibungsmethode	linear	linear

4.1 Im ersten Nutzungsjahr erwartet die Home-Office Solutions KG eine Fahrleistung von 15.000 km.
Entscheiden Sie sich auf Basis einer Kostenvergleichsrechnung für eines der beiden Angebote. (4 NP)

4.2 Ermitteln Sie die jährliche Kilometerleistung, bei der die Kosten für beide Fahrzeuge identisch sind. (2 NP)

4.3 Erläutern Sie zwei weitere Aspekte, die bei der Entscheidungsfindung berücksichtigt werden könnten. (2 NP)

4.4 Die Gesellschafter tendieren zu Angebot B. Im Zusammenhang mit der Investition werden die nachfolgend dargestellten Einzahlungsüberschüsse (Werte in €, jeweils am Jahresende) erwartet:

	Jahr 1	Jahr 2	Jahr 3	Jahr 4	Jahr 5	Jahr 6
Einzahlungsüberschuss	8.000	9.000	9.500	10.000	10.000	10.000

Gehen Sie davon aus, dass das Fahrzeug nach Ablauf der Nutzungsdauer zum Restwert verkauft werden kann.
Ermitteln Sie unter Verwendung eines Kalkulationszinssatzes von 5 % den Kapitalwert der Investition und interpretieren Sie Ihr Ergebnis. Alle Werte sind auf volle Euro zu runden (Anlage, S. 16–17). (4 NP)

4.5 Max Kaiser kritisiert die Höhe des verwendeten Kalkulationszinssatzes.
Begründen Sie, welchen Einfluss ein niedrigerer Kalkulationszinssatz auf den Kapitalwert und die damit verbundene Investitionsentscheidung hat. (2 NP)

Anlage **zu Teilaufgabe 4.4: Aufzinsungs-, Abzinsungs- und Annuitätenfaktoren**

für Zinssätze (p) von 5 % bis 10 % $q = 1 + p/100$
und Laufzeiten (n) von 1–10 Jahren

Aufzinsungsfaktor: q^n Annuitätenfaktor: $\frac{q^n (q-1)}{(q^n - 1)}$ Abzinsungsfaktor: $\frac{1}{q^n}$

n \ 5 %	q^n	$\frac{1}{q^n}$	$\frac{q^n(q-1)}{(q^n-1)}$
1	1,050000	0,952381	1,050000
2	1,102500	0,907029	0,537805
3	1,157625	0,863838	0,367209
4	1,215506	0,822702	0,282012
5	1,276282	0,783526	0,230975
6	1,340096	0,746215	0,197017
7	1,407100	0,710681	0,172820
8	1,477455	0,676839	0,154722
9	1,551328	0,644609	0,140690
10	1,628895	0,613913	0,129505

n \ 6 %	q^n	$\frac{1}{q^n}$	$\frac{q^n(q-1)}{(q^n-1)}$
1	1,060000	0,943396	1,060000
2	1,123600	0,889996	0,545437
3	1,191016	0,839619	0,374110
4	1,262477	0,792094	0,288591
5	1,338226	0,747258	0,237396
6	1,418519	0,704961	0,203363
7	1,503630	0,665057	0,179135
8	1,593848	0,627412	0,161036
9	1,689479	0,591898	0,147022
10	1,790848	0,558395	0,135868

n \ 7 %	q^n	$\frac{1}{q^n}$	$\frac{q^n(q-1)}{(q^n-1)}$
1	1,070000	0,934579	1,070000
2	1,144900	0,873439	0,553092
3	1,225043	0,816298	0,381052
4	1,310796	0,762895	0,295228
5	1,402552	0,712986	0,243891
6	1,500730	0,666342	0,209796
7	1,605781	0,622750	0,185553
8	1,718186	0,582009	0,167468
9	1,838459	0,543934	0,153486
10	1,967151	0,508349	0,142378

n \ 8 %	q^n	$\frac{1}{q^n}$	$\frac{q^n(q-1)}{(q^n-1)}$
1	1,080000	0,925926	1,080000
2	1,166400	0,857339	0,560769
3	1,259712	0,793832	0,388034
4	1,360489	0,735030	0,301921
5	1,469328	0,680583	0,250456
6	1,586874	0,630170	0,216315
7	1,713824	0,583490	0,192072
8	1,850930	0,540269	0,174015
9	1,999005	0,500249	0,160080
10	2,158925	0,463193	0,149029

n \ 9 %	q^n	$\frac{1}{q^n}$	$\frac{q^n(q-1)}{(q^n-1)}$
1	1,090000	0,917431	1,090000
2	1,188100	0,841680	0,568469
3	1,295029	0,772183	0,395055
4	1,411582	0,708425	0,308669
5	1,538624	0,649931	0,257092
6	1,677100	0,596267	0,222920
7	1,828039	0,547034	0,198691
8	1,992563	0,501866	0,180674
9	2,171893	0,460428	0,166799
10	2,367364	0,422411	0,155820

n \ 10 %	q^n	$\frac{1}{q^n}$	$\frac{q^n(q-1)}{(q^n-1)}$
1	1,100000	0,909091	1,100000
2	1,210000	0,826446	0,576190
3	1,331000	0,751315	0,402115
4	1,464100	0,683013	0,315471
5	1,610510	0,620921	0,263797
6	1,771561	0,564474	0,229607
7	1,948717	0,513158	0,205405
8	2,143589	0,466507	0,187444
9	2,357948	0,424098	0,173641
10	2,593742	0,385543	0,162745

Lösungsvorschlag

4.1 Kostenvergleichsrechnung

TIPP Beachten Sie hier, dass Sie keine relevanten Kosten übersehen und die variablen Kosten mit 15.000 km berechnen.

Werte in €	Angebot A	Angebot B
kalkulatorische Abschreibung (AK – RW) / ND	4.500	6.000
+ kalkulatorische Zinsen (AK + RW) / 2 · Kalkulationszinssatz	775	1.050
+ Instandhaltung / Wartung	700	600
+ sonstige Fixkosten	600	500
= gesamte Fixkosten pro Jahr	6.575	8.150
+ variable Kosten pro Jahr	2.700	1.350
= Gesamtkosten pro Jahr	**9.275**	**9.500**

Bei einer Fahrleistung von 15.000 km pro Jahr ist das Angebot A vorteilhaft.

4.2 Berechnung der kritischen Menge

TIPP Da das Elektroauto höhere Fix- aber geringere variable Kosten hat als der Benziner, ist der Benziner bei wenig Fahrleistung und das Elektroauto bei einer hohen Fahrleistung lukrativer. Diesen Punkt sollen Sie hier berechnen.

Kosten Angebot A = Kosten Angebot B

$$6.575 + 0{,}18x = 8.150 + 0{,}09x$$

$$x = \mathbf{17.500\ km}$$

4.3 Weitergehende Aspekte bei der Investitionsentscheidung

TIPP Im Folgenden werden zwei Aspekte genannt, die aber nicht die einzig möglichen sind. Denken Sie z. B. auch an mögliche Imagegewinne bei Verwendung eines Elektroautos oder andere ökologische Gründe.

Die Bestimmung der variablen Kosten ist problematisch, da die Preisentwicklung für Benzin und Strom schwer vorhersehbar ist.
Die vor allem im ländlichen Raum noch nicht flächendeckend vorhandene Ladeinfrastruktur sollte bei der Entscheidung berücksichtigt werden.

4.4 Kapitalwertberechnung

TIPP Beachten Sie, dass Sie sich für den korrekten Abzinsungsfaktor entscheiden und die Tabelle mit der richtigen Prozentzahl verwenden.

Jahr	Einzahlungs-überschüsse in €	Abzinsungs-faktor $1/q^n$	Barwerte in €[1)]
1	8.000	0,952381	7.619
2	9.000	0,907029	8.163
3	9.500	0,863838	8.206
4	10.000	0,822702	8.227
5	10.000	0,783526	7.835
6	10.000	0,746215	7.462
Liquidationserlös	3.000	0,746215	2.239
= Barwertsumme			49.751
– Anschaffungsauszahlung			39.000
= Kapitalwert			**10.751**

1) Berechnung der Barwerte: Einzahlungsüberschüsse · Abzinsungsfaktor $1/q^n$

Die Investition hat einen positiven Kapitalwert und ist somit vorteilhaft. Der Investor erhält sein eingesetztes Kapital zurück, eine Verzinsung in Höhe von 5 % sowie einen zusätzlichen Überschuss, dessen Barwert 10.571 € beträgt.

4.5 Einfluss des Kalkulationszinssatzes

Bei Verwendung eines niedrigeren Kalkulationszinssatzes reduziert sich der Abzinsungseffekt, wodurch die Barwertsumme und somit der Kapitalwert steigt. Dadurch wird die Entscheidung für das Investitionsobjekt bestärkt.

Personen- und Kapitalgesellschaften im Vergleich (rechtliche Grundlagen); Außenfinanzierung in Form von Darlehensaufnahme mit Kreditsicherheiten; Finanzierung aus Abschreibungsgegenwerten

Samuel Hofer führt seit 10 Jahren erfolgreich die Schreinerei Hofer e. K. in Pforzheim. Gemeinsam mit Betriebswirtin Maja Schmieder möchte er die Goldstadt-Möbel OHG gründen. Zweck des Unternehmens ist die Herstellung von hochwertigen Holzmöbeln für den Wohnbereich. Hofer bringt sein bisheriges Unternehmen ein. Dieses umfasst neben einem Grundstück mit Werkstatt weitere Bilanzpositionen. Seine Kapitaleinlage wird im Gesellschaftsvertrag mit 350.000 € festgelegt. Schmieder beteiligt sich mit einer Bareinlage in Höhe von 350.000 €. Der Gesellschaftsvertrag enthält keine von den gesetzlichen Bestimmungen abweichenden Regelungen.

Aufgabenstellung

1 Erläutern Sie unter Angabe der gesetzlichen Grundlage, welcher Form der Gesellschaftsvertrag bedarf. (2 NP)

2 Die Axel Baum GmbH, Lieferant von Spezialhölzern, wendet sich mit einer noch offenen Rechnung gegenüber der Schreinerei Hofer e. K. im Gegenwert von 12.000 € an Maja Schmieder persönlich. Maja Schmieder verweigert die Zahlung.
Beurteilen Sie die Rechtslage. (2 NP)

3 Um den steigenden Kapitalbedarf infolge der zunehmenden Nachfrage nach Holzmöbeln decken zu können, planen die beiden Gesellschafter, die OHG in eine GmbH umzuwandeln. Die kaufmännische Angestellte Lisa Stock wird als weitere Gesellschafterin aufgenommen.

Die Gesellschafter entwerfen am 15. 02. 2022 folgende Satzung (Auszug):

§ 1 Das Unternehmen wird unter der Firma Goldstadt-Möbel GmbH geführt. Sitz der Gesellschaft ist Pforzheim.

§ 2 Gegenstand des Unternehmens ist die Herstellung von hochwertigen Holzmöbeln für den Wohnbereich.

§ 3 Stammkapital und Geschäftsanteile:

Stammkapital	1.300.000 €	
Nennbeträge der Geschäftsanteile:		
Samuel Hofer	500.000 €	(Sacheinlage)
Maja Schmieder	500.000 €	(Sacheinlage)
Lisa Stock	300.000 €	(Bareinlage)

§ 4 Geschäftsführung und Vertretung:
Alle Gesellschafter werden zu Geschäftsführern bestellt. Es besteht Einzelgeschäftsführungs- und Einzelvertretungsbefugnis. Die Einzelgeschäftsführungsbefugnis ist auf Geschäfte bis zur Höhe von 30.000 € beschränkt.

...

3.1 Erläutern Sie zwei grundsätzliche Vorteile der GmbH gegenüber einer Personengesellschaft. (2 NP)

3.2 Bis zum 22. 02. 2022 hat Lisa Stock 80.000 € auf ihren Geschäftsanteil eingezahlt. Samuel Hofer und Maja Schmieder haben ihre Sacheinlagen vollständig geleistet; das Eigentum an den Vermögensgegenständen wurde auf die GmbH übertragen.
Prüfen Sie, ob am 22. 02. 2022 alle rechtlichen Voraussetzungen für die Anmeldung zur Handelsregistereintragung erfüllt sind. (3 NP)

3.3 Lisa Stock und Maja Schmieder sind mit dem bisherigen Geschäftsfeld der GmbH unzufrieden und möchten zusätzlich Kinderspielzeuge aus Bio-Holz herstellen und verkaufen.
Begründen Sie unter Angabe der gesetzlichen Grundlage, ob sie diesen Wunsch durchsetzen können. (3 NP)

3.4 Während des Besuchs einer internationalen Messe für Holzhandwerk schließt Samuel Hofer einen Kaufvertrag über einen größeren Posten Edelhölzer im Wert von 45.000 € ab.
Beurteilen Sie die Rechtslage. (3 NP)

INFO Die Personengesellschaften und die GmbH sind nicht mehr prüfungsrelevant! Deshalb werden die Lösungen zu den Aufgaben 1 bis 3.4 im Anschluss nicht abgedruckt.

4 Aufgrund der gestiegenen Nachfrage und der Ausweitung der Produktion soll eine neue Lagerhalle auf einem noch unbebauten Grundstücksteil gebaut werden. Der Kapitalbedarf beträgt 790.000 €. Die 300.000 € von Lisa Stock stehen dem Unternehmen inzwischen zur Verfügung und sollen vollständig für die Lagerhalle verwendet werden. Der Restbetrag soll durch eine Darlehensaufnahme finanziert werden.
Nach Rücksprache mit der Bank liegen folgende Finanzierungsalternativen vor:
Festdarlehen: Darlehenslaufzeit 4 Jahre, Auszahlung 98 %, Nominalzinssatz 5 %, Zins- und Tilgungsverrechnung jeweils am Jahresende
Annuitätendarlehen: Darlehenslaufzeit 4 Jahre, Auszahlung 100 %, Nominalzinssatz 5 %, Zins- und Tilgungsverrechnung jeweils am Jahresende

4.1 Erläutern Sie je einen Vorteil der beiden Darlehensformen für die Goldstadt-Möbel GmbH. (2 NP)

4.2
- Ermitteln Sie, in welcher Höhe das Festdarlehen bei der Bank beantragt werden muss, um die Herstellung der Lagerhalle zu finanzieren.
- Berechnen Sie den effektiven Jahreszinssatz für das Festdarlehen (Rundung auf zwei Nachkommastellen). (3 NP)

4.3 Berechnen Sie für beide Finanzierungsalternativen die Aufwands- und Liquiditätsbelastung für die gesamte Darlehenslaufzeit (Anlagen 1 und 2, Seiten 24 – 25). Entscheiden Sie sich auf der Grundlage der Berechnungen für eines der beiden Darlehensangebote.
Hinweise: Das Disagio wird gleichmäßig auf die Kreditlaufzeit verteilt. Berechnungen sind auf volle Euro zu runden. (6 NP)

4.4 Für die Darlehensgewährung fordert die Bank ausreichend Kreditsicherheiten.
Erläutern Sie für dieses Finanzierungsvorhaben eine geeignete Kreditsicherheit. (2 NP)

INFO Die Kreditsicherheiten sind nicht mehr prüfungsrelevant! Deshalb wird die Lösung zur Aufgabe 4.4 im Anschluss nicht abgedruckt.

5 Gesellschafter Hofer schlägt vor, für zukünftige kleinere Investitionen die Finanzierung aus Abschreibungsgegenwerten zu nutzen.
Erklären Sie, wie im Zusammenhang mit Abschreibungen ein Finanzierungseffekt entsteht. (2 NP)

Anlage 1 **zu Teilaufgabe 4.3: Aufzinsungs-, Abzinsungs- und Annuitätenfaktoren**

für Zinssätze (p) von 5 % bis 10 % $q = 1 + p/100$
und Laufzeiten (n) von 1–10 Jahren

Aufzinsungsfaktor: q^n Annuitätenfaktor: $\frac{q^n(q-1)}{(q^n-1)}$ Abzinsungsfaktor: $\frac{1}{q^n}$

n \ 5 %	q^n	$\frac{1}{q^n}$	$\frac{q^n(q-1)}{(q^n-1)}$
1	1,050000	0,952381	1,050000
2	1,102500	0,907029	0,537805
3	1,157625	0,863838	0,367209
4	1,215506	0,822702	0,282012
5	1,276282	0,783526	0,230975
6	1,340096	0,746215	0,197017
7	1,407100	0,710681	0,172820
8	1,477455	0,676839	0,154722
9	1,551328	0,644609	0,140690
10	1,628895	0,613913	0,129505

n \ 6 %	q^n	$\frac{1}{q^n}$	$\frac{q^n(q-1)}{(q^n-1)}$
1	1,060000	0,943396	1,060000
2	1,123600	0,889996	0,545437
3	1,191016	0,839619	0,374110
4	1,262477	0,792094	0,288591
5	1,338226	0,747258	0,237396
6	1,418519	0,704961	0,203363
7	1,503630	0,665057	0,179135
8	1,593848	0,627412	0,161036
9	1,689479	0,591898	0,147022
10	1,790848	0,558395	0,135868

n \ 7 %	q^n	$\frac{1}{q^n}$	$\frac{q^n(q-1)}{(q^n-1)}$
1	1,070000	0,934579	1,070000
2	1,144900	0,873439	0,553092
3	1,225043	0,816298	0,381052
4	1,310796	0,762895	0,295228
5	1,402552	0,712986	0,243891
6	1,500730	0,666342	0,209796
7	1,605781	0,622750	0,185553
8	1,718186	0,582009	0,167468
9	1,838459	0,543934	0,153486
10	1,967151	0,508349	0,142378

n \ 8 %	q^n	$\frac{1}{q^n}$	$\frac{q^n(q-1)}{(q^n-1)}$
1	1,080000	0,925926	1,080000
2	1,166400	0,857339	0,560769
3	1,259712	0,793832	0,388034
4	1,360489	0,735030	0,301921
5	1,469328	0,680583	0,250456
6	1,586874	0,630170	0,216315
7	1,713824	0,583490	0,192072
8	1,850930	0,540269	0,174015
9	1,999005	0,500249	0,160080
10	2,158925	0,463193	0,149029

n \ 9 %	q^n	$\frac{1}{q^n}$	$\frac{q^n(q-1)}{(q^n-1)}$
1	1,090000	0,917431	1,090000
2	1,188100	0,841680	0,568469
3	1,295029	0,772183	0,395055
4	1,411582	0,708425	0,308669
5	1,538624	0,649931	0,257092
6	1,677100	0,596267	0,222920
7	1,828039	0,547034	0,198691
8	1,992563	0,501866	0,180674
9	2,171893	0,460428	0,166799
10	2,367364	0,422411	0,155820

n \ 10 %	q^n	$\frac{1}{q^n}$	$\frac{q^n(q-1)}{(q^n-1)}$
1	1,100000	0,909091	1,100000
2	1,210000	0,826446	0,576190
3	1,331000	0,751315	0,402115
4	1,464100	0,683013	0,315471
5	1,610510	0,620921	0,263797
6	1,771561	0,564474	0,229607
7	1,948717	0,513158	0,205405
8	2,143589	0,466507	0,187444
9	2,357948	0,424098	0,173641
10	2,593742	0,385543	0,162745

Anlage 2 zu Teilaufgabe 4.3

Festdarlehen (in €)

Jahr	Darlehen am Jahresanfang	Zinsen	Tilgung	Disagio	Aufwands-belastung	Liquiditäts-belastung
1						
2						
3						
4						
				Summe:		

Annuitätendarlehen (in €)

Jahr	Darlehen am Jahresanfang	Zinsen	Tilgung	Aufwands-belastung	Liquiditäts-belastung
1					
2					
3					
4					
			Summe:		

Lösungsvorschlag

4.1 Vorteile verschiedener Darlehensformen

Festdarlehen:
Geringe Liquiditätsbelastung während der Laufzeit, da die Tilgung erst am Laufzeitende erfolgt. Während der Laufzeit müssen nur Zinsen gezahlt werden.

Annuitätendarlehen:
Während der gesamten Laufzeit besteht eine konstante Liquiditätsbelastung. Die Finanzplanung wird somit erleichtert.

4.2 Darlehenshöhe und Effektivverzinsung

TIPP Beachten Sie bei der ersten Teilaufgabe, dass nur 98 Prozent ausgezahlt werden. Sie müssen also ein höheres Darlehen beantragen, damit die übrigbleibenden 98 Prozent dem Kapitalbedarf entsprechen.
Dasselbe Disagio und den Auszahlungskurs müssen Sie auch bei der Berechnung des effektiven Jahreszinses beachten.

$790.000\ € - 300.000\ € = 490.000\ €$ Kapitalbedarf

Die Auszahlung des Festdarlehens beträgt 98 % der Darlehenssumme.

$$490.000\ € = 98\ \%$$
$$x = 100\ \%$$
$$x = 500.000\ € \text{ Darlehenssumme}$$

$$P_{eff} = \frac{\left(\text{nominaler Zinssatz} + \frac{\text{Disagio in \%}}{\text{Laufzeit}}\right) \cdot 100}{\text{Auszahlungskurs}}$$

$$P_{eff} = \frac{\left(5 + \frac{2}{4}\right) \cdot 100}{98} = \mathbf{5{,}61\ \%}$$

4.3 Vergleich von Liquiditäts- und Aufwandsbelastung bei verschiedenen Kreditarten

TIPP Beachten Sie, dass Tilgungen keinen Aufwand darstellen, sondern nur eine Liquiditätsbelastung.

Festdarlehen (in €)

Jahr	Darlehen Jahresanfang	Zinsen	Tilgung	Disagio	Aufwands-belastung	Liquiditäts-belastung
1	500.000	25.000	0	2.500	27.500	25.000
2	500.000	25.000	0	2.500	27.500	25.000
3	500.000	25.000	0	2.500	27.500	25.000
4	500.000	25.000	500.000	2.500	27.500	525.000
				Summe:	**110.000**	**600.000**

Annuitätendarlehen (in €)

Jahr	Darlehen Jahresanfang	Zinsen	Tilgung	Aufwands-belastung	Liquiditäts-belastung
1	490.000	24.500	113.686	24.500	[1)]138.186
2	376.314	18.816	119.370	18.816	138.186
3	256.944	12.847	125.339	12.847	138.186
4	131.605	6.580	131.605	6.580	138.185
			Summe:	**62.743**	**552.743**

1) Annuität = Darlehenssumme · Annuitätenfaktor (5 % bei 4 Jahren Laufzeit)
Annuität = 490.000 € · 0,282012 = 138.186 €

Entscheidung für das Annuitätendarlehen. Die Aufwands- und Liquiditätsbelastung sind insgesamt geringer als beim Festdarlehen.

5 **Finanzierung aus Abschreibungsgegenwerten**

Die Abschreibungsbeträge werden als Anteile der Gemeinkosten in die Preiskalkulation einberechnet. Durch den Verkauf der Produkte und die damit erzielten Umsatzerlöse fließen diese Beträge wieder ins Unternehmen zurück. Da die einberechneten Kosten aber nicht unmittelbar zu Ausgaben führen, können die Mittel nun bis zur notwendigen Ersatzbeschaffung des abgeschriebenen Anlagevermögens für die Finanzierung anderer Gegenstände genutzt werden.

Baden-Württemberg Profilfach Volks- und Betriebswirtschaftslehre
Volkswirtschaftslehre (Teil 2) 2022
Aufgabe 4

Preisbildung und Verhaltensweisen bei Unternehmen mit Marktmacht (Polypol auf dem unvollkommenen Markt) in Verbindung mit Verhaltensweisen der Nachfrager am Gütermarkt; Spannungsverhältnis zwischen Ökonomie und Ökologie – Umweltpolitik

Aufgabenstellung

1 Die Sportshirt GmbH stellt Funktionskleidung für den Fahrradbereich her.
Eine in Auftrag gegebene Marktanalyse ergibt folgenden Zusammenhang zwischen dem Preis (p) je Fahrradshirt und der absetzbaren Menge (x) pro Jahr:

$p(x) = 80$ für $0 \leqq x \leqq 20.000$
$p(x) = -0{,}001\,x + 100$ für $20.000 \leqq x \leqq 70.000$
$p(x) = 30$ für $x \geqq 70.000$

Die jährliche Kapazitätsgrenze liegt bei 100.000 Stück. Die Gesamtkostenkurve verläuft linear. Die jährlichen Fixkosten betragen 1,2 Mio. Euro, die variablen Stückkosten 20 Euro.

1.1
- Stellen Sie die Preis-Absatz-Funktion für Fahrradshirts in einem Koordinatensystem dar. (x-Achse: Menge, 1 cm = 10.000 Stück; y-Achse: Preis, 1 cm = 10 Euro)
- Erklären Sie den Verlauf der Preis-Absatz-Funktion. (4 NP)

1.2 Ermitteln Sie rechnerisch die gewinnmaximale Preis-Mengen-Kombination. (3 NP)

1.3 Belegen Sie Ihr Ergebnis aus Teilaufgabe 1.2, indem Sie die gewinnmaximale Preis-Mengen-Kombination grafisch ermitteln. (2 NP)

1.4 Angenommen, die Sportshirt GmbH möchte nach der Einführungsphase des Fahrradshirts den Preis ausgehend vom gewinnmaximalen Preis um 10 Euro senken.
- Berechnen Sie die Preiselastizität der Nachfrage.
- Begründen Sie, welcher Zusammenhang zwischen der geplanten Preissenkung, der Erlösveränderung und der Preiselastizität der Nachfrage besteht. (4 NP)

1.5 Die Sportshirt GmbH möchte ihren monopolistischen Preisspielraum vergrößern.
Nennen Sie zwei Maßnahmen, um dieses Ziel zu erreichen. (2 NP)

2 Die seit 1999 in Deutschland erhobene Stromsteuer (Ökosteuer) soll den Energieverbrauch zugunsten des Umweltschutzes beeinflussen.

Zur Stromsteuer (Ökosteuer) liegen folgende Informationen vor:

- Der Regelsteuersatz für die Stromsteuer liegt seit 2003 unverändert bei 2,05 Cent pro verbrauchter Kilowattstunde (kWh) Strom.
- Die Stromsteuer wird beim Stromversorger als Steuerschuldner erhoben, der diese dann in den Strompreis einberechnet und so an den Verbraucher weitergibt.
- Die Stromsteuer betrifft mit einem Anteil von etwa sieben Prozent am Strompreis nahezu jeden Verbraucher in Deutschland.
- Steuerpflichtige, die einen Bezug von Strom aus erneuerbarer Energie (z. B. Windenergie, Wasserkraft, Sonnenenergie) nachweisen, erhalten teilweise eine Rückerstattung der Stromsteuer.
- Spitzenausgleich: Unternehmen, die mindestens 1.000 Euro Stromsteuer pro Jahr zahlen oder mehr als 48.700 kWh jährlich verbrauchen, zahlen einen ermäßigten Stromsteuersatz.
- Die Stromsteuer bringt dem Bund etwa sieben Milliarden Euro pro Jahr ein. Der größte Teil dieses Steueraufkommens kommt dem zusätzlichen Bundeszuschuss zur gesetzlichen Rentenversicherung zugute.

2.1 Begründen Sie, um welche Art von Staatseingriff es sich bei der Stromsteuer handelt. (2 NP)

2.2 Die Folgen der Stromsteuer sollen modellhaft untersucht werden. In der Anlage (S. 33) ist der Strommarkt vor und nach Einführung der Stromsteuer dargestellt.

2.2.1 Kennzeichnen Sie in der Grafik (Anlage, S. 33) jeweils unter Angabe einer Begründung:
- den Gleichgewichtspreis und die Gleichgewichtsmenge vor und nach Einführung der Stromsteuer, sowie
- die Fläche, welche die Veränderung der Konsumentenrente abbildet. (4 NP)

2.2.2 Strom stellt für die Nachfrager in Deutschland ein lebenswichtiges Gut dar.
Begründen Sie bezugnehmend auf die Anlage (S. 33), wie die Nachfrager auf die Stromsteuer reagieren. (3 NP)

2.3 Beurteilen Sie, inwieweit die Stromsteuer das wirtschaftspolitische Ziel „Erhalt einer lebenswerten Umwelt“ positiv beeinflussen kann (zwei Aspekte). (3 NP)

2.4 Stellen Sie dar, welche Auswirkungen die Stromsteuer auf folgende wirtschaftspolitische Messgrößen haben könnte:
(1) Verbraucherpreisindex;
(2) Zahl der Erwerbstätigen;
(3) Außenbeitrag (3 NP)

Anlage **zu Teilaufgabe 2.2**

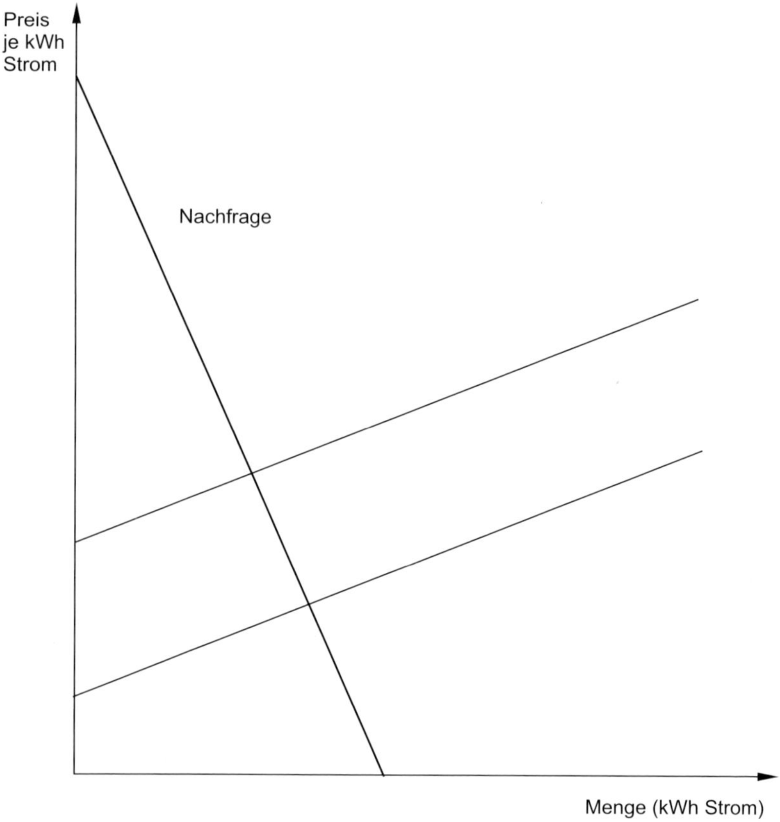

Lösungsvorschlag

1.1 Doppelt-geknickte Preisabsatzfunktion (auch Lösung zu 1.3)

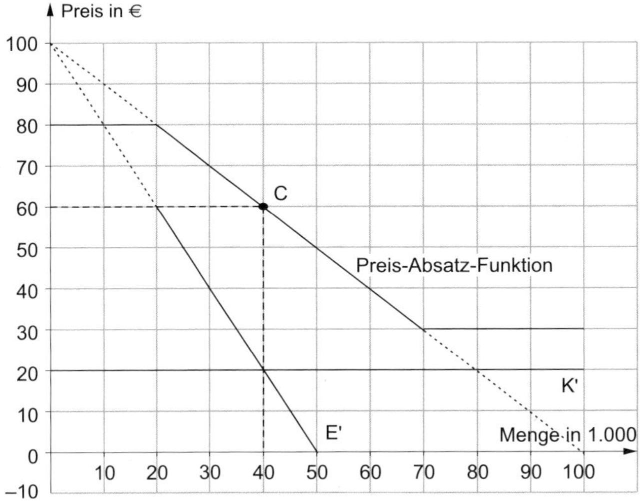

$\Rightarrow p_{Gmax} = 60$ Euro; $x_{Gmax} =$ **40.000 Stück**

Die Preis-Absatz-Funktion weist zwei Knickstellen auf.

Erhöht die Sportshirt GmbH den Preis über 80 Euro (obere Preisgrenze), führt dies zu einer vollständigen Abwanderung der Kundinnen und Kunden.

Senkt die Sportshirt GmbH den Preis unter 30 Euro (untere Preisgrenze), führt dies zu einer vollständigen Zuwanderung von Kundinnen und Kunden.

Innerhalb dieser Preisspanne besitzt die Sportshirt GmbH einen monopolistischen Preisspielraum.

1.2 Gewinnmaximale Preis-Mengen-Kombination beim Polypol auf dem unvollkommenen Markt

Das Gewinnmaximum liegt im monopolistischen Bereich.

Die Bedingung für die gewinnmaximale Preis-Mengen-Kombination ist:
Grenzerlös = Grenzkosten.

Erlösfunktion ermitteln:

$\Rightarrow E(x) = p \cdot x$

$\Rightarrow$ Einsetzen von $p(x)$

$\Rightarrow E(x) = (-0{,}001x + 100) \cdot x$

$\Rightarrow E(x) = -0{,}001x^2 + 100x$

Erlösfunktion ableiten:
$\Rightarrow E'(x) = -0{,}002x + 100$
$\Rightarrow$ Grenzerlös

Kostenfunktion laut Aufgabenstellung:
$\Rightarrow K(x) = 1.200.000 + 20x$

Kostenfunktion ableiten:
$\Rightarrow K'(x) = 20$
$\Rightarrow$ Grenzkosten

Gleichsetzen von Grenzerlösen und Grenzkosten:
$\Rightarrow \quad E'(x) = K'$
$\Rightarrow \quad -0{,}002x + 100 = 20$
$\Rightarrow \quad 80 = 0{,}002x$
$\Rightarrow \quad x_{G\,max} = \mathbf{40.000\ Stück}$
$\Rightarrow \quad x_{G\,max}$ in p(x) einsetzen
$\Rightarrow \quad p_{G\,max} = 100 - 0{,}001 \cdot 40.000 = \mathbf{60\ Euro}$

1.3 Siehe Lösung bei Teilaufgabe 1.1

1.4 Direkte Preiselastizität der Nachfrage

TIPP Die benötigten Werte für die Berechnung der Elastizität können Sie direkt der Grafik oben entnehmen. Beachten Sie weiterhin, dass die Elastizität immer als positive Zahl dargestellt wird.

$$El_{dir} = \left| \frac{\Delta x}{\Delta p} \cdot \frac{p_{(\text{vor Preissenkung})}}{x_{(\text{vor Preissenkung})}} \right|$$

$$El_{dir} = \left| \frac{10.000}{-10} \cdot \frac{60}{40.000} \right| = \mathbf{1{,}5 > 1}$$

Alternative Berechnung (Rundung auf zwei Nachkommastellen)

$$El_{dir} = \left| \frac{\%\text{-tuale Mengenänderung eines Gutes}}{\%\text{-tuale Preisänderung eines Gutes}} \right| = \left| \frac{\left(\frac{\Delta x}{x_{(\text{vor Preissenkung})}} \cdot 100 \right)}{\left(\frac{\Delta p}{p_{(\text{vor Preissenkung})}} \cdot 100 \right)} \right|$$

$$El_{dir} = \left| \frac{\left(\frac{10.000}{40.000}\right) \cdot 100}{\left(\frac{-10}{60}\right) \cdot 100} \right| = \left| \frac{25\ \%}{-16.67\ \%} \right| = 1{,}5 > 1$$

Die Nachfrager reagieren bei einer Preissenkung elastisch. Die prozentuale Mengenänderung ist größer als die prozentuale Preissenkung. Folglich steigt der Erlös.

1.5 Ausweitung des monopolistischen Preisspielraums

- Serviceleistungen: z. B. Shirts können individuell bedruckt werden
- Produktpolitische Maßnahmen: z. B. Shirts mit Handytasche, Lüftungsschlitzen, Kurz- und Langarmversion

2.1 Marktkonformer Staatseingriff - Erhebung einer Ökosteuer

Es handelt sich um einen marktkonformen Staatseingriff, da der Preismechanismus nicht außer Kraft gesetzt wird.

2.2.1 Veränderung der Konsumentenrente

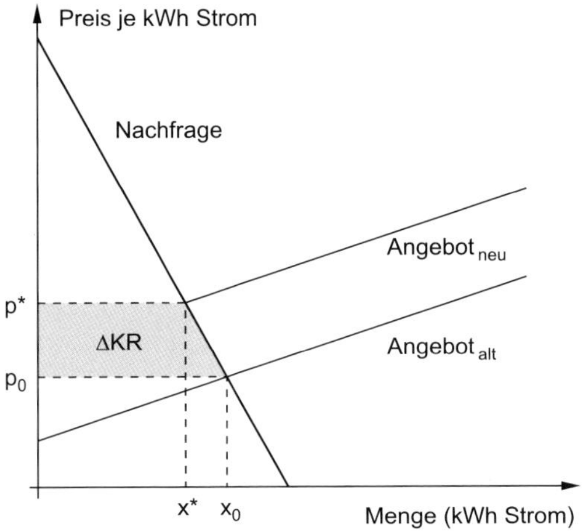

- Die Stromversorger (Anbieter) müssen dic Stromsteuer an den Staat abführen.
  Diese Kostenerhöhung führt zu einer Verschiebung der Angebotskurve nach links bzw. oben.
  Der Schnittpunkt der unveränderten Nachfragekurve mit der neuen Angebotskurve stellt das ncuc Marktgleichgewicht $\left(\frac{x^*}{p^*}\right)$ dar.
- Alle Nachfrager, die bereit gewesen wären, einen höheren Preis als den Gleichgewichtspreis zu bezahlen, erzielen eine Konsumentenrente. Dies entspricht der Dreiecksfläche unterhalb der Nachfragekurve bis zum Marktgleichgewicht. Durch die Linksverschiebung der Angebotskurve verringert sich diese Fläche um ΔKR.

2.2.2 Preiselastizität der Nachfrage

TIPP Eine Preiserhöhung führt im Normalfall zu einem Rückgang der Nachfrage. Hier sollten Sie darauf achten, ob der Rückgang der Nachfrage für eine elastische oder eine unelastische Nachfrage spricht.

Die Nachfrager reagieren auf die Preiserhöhung mit einem Rückgang der nachgefragten Menge (Preisgesetz der Nachfrage).
In der Grafik lässt sich ablesen, dass sich die Ausgangsmenge x_0 „rechts vom Halbierungspunkt“ der Nachfragekurve befindet, d. h., die Nachfrager reagieren in diesem Bereich auf die Stromsteuer unelastisch. Es kommt bei Preiserhöhung zu einem relativ geringen Mengenrückgang.

2.3 Wirtschaftspolitisches Ziel „Erhalt einer lebenswerten Umwelt“

- Nach Einführung der Stromsteuer wird weniger Strom abgesetzt ($x^* < x_0$). Da der Energieverbrauch sinkt, wird das umweltpolitische Ziel positiv beeinflusst.
- Einige Stromanbieter werden den Bezug von Strom auf erneuerbare Energien umstellen, da sie dadurch eine Rückerstattung der Stromsteuer erhalten. Dies fördert auch den Umweltschutz.

2.4 Auswirkungen der Ökosteuer auf Verbraucherpreisindex, Zahl der Erwerbstätigen und Außenbeitrag

(1) Verbraucherpreisindex
Die Unternehmen berücksichtigen die Stromsteuer in ihrer Preiskalkulation. Da sich Strom und andere davon betroffene Güter im Warenkorb befinden, kommt es zu einer Erhöhung des Verbraucherpreisindex.

(2) Zahl der Erwerbstätigen
Die Einnahmen der Stromsteuer fließen in die Rentenversicherung. Ein Ansteigen der Lohnnebenkosten kann verringert werden. Arbeit wird relativ günstiger, sodass die Zahl der Erwerbstätigen ansteigen kann.

(3) Außenbeitrag
Die Stromsteuer führt zu einer Kostenerhöhung. Dies könnte für exportorientierte Unternehmen im Vergleich zu international konkurrierenden Unternehmen einen Wettbewerbsnachteil darstellen. Die Exporte könnten zurückgehen und der Außenbeitrag verringert sich.

Wirtschaftspolitische Konzeptionen zur Wachstumsförderung und Konjunkturstabilisierung; Geldpolitik der Europäischen Zentralbank

Aufgabenstellung

1

Mit 130 Milliarden Euro will die Bundesregierung die Wirtschaft anschieben. [...] Das Bundeswirtschaftsministerium [...] arbeitet „mit Hochdruck" am Förderprogramm für Zukunftsinvestitionen der Fahrzeughersteller und der Zulieferindustrie für den Zeitraum von 2020 bis 2024, das ein Volumen von bis zu zwei Milliarden Euro haben soll. [...] Wesentliche Teile des Konjunkturpakets seien bereits umgesetzt, betont ein Sprecher des Bundesfinanzministeriums. Dazu gehörten die Überbrückungshilfen für Unternehmen, die mit 25 Milliarden Euro der größte Einzelposten sind. Auch die Senkung der Umsatzsteuer oder der Kinderbonus sind auf den Weg gebracht.
Solange [...] noch an den Förderprogrammen geschrieben wird und kein Geld fließt, lässt folglich auch der erhoffte Konjunkturimpuls auf sich warten. Ökonomen stellen an solche Maßnahmen stets drei Grundbedingungen: Sie sollen zielgerichtet sein, befristet – und eben schnell wirken.

Quelle: Heike Anger, Martin Greive, Daniel Delhaes, Jan Hildebrand, Klaus Stratmann: Warten auf den Wumms: Viele Förderprogramme hängen fest, Handelsblatt vom 12. 08. 2020, https://www.handelsblatt.com/politik/deutschland/corona-konjunkturpaket-warten-auf-den-wumms-viele-foerderprogramme-haengen-fest/26086518.html

1.1 Der britischen Ökonom John Maynard Keynes war der Auffassung, dass staatliche Maßnahmen zur Nachfragebeeinflussung wirksamer sind als angebotsorientierte Maßnahmen.

1.1.1 Untersuchen Sie anhand von zwei Aspekten, inwiefern das oben beschriebene Konjunkturpaket einer nachfrageorientierten Wirtschaftspolitik entspricht. (3 NP)

1.1.2 Ein Eckpfeiler der nachfrageorientierten Wirtschaftspolitik ist die antizyklische Fiskalpolitik.
Erklären Sie den Einsatz der antizyklischen Fiskalpolitik im Falle einer Rezession. (2 NP)

1.1.3 Die nachfrageorientierte Wirtschaftspolitik sieht sich auch starker Kritik ausgesetzt.
Erklären Sie jeweils eine mögliche negative Auswirkung dieser Wirtschaftspolitik auf die Staatsverschuldung sowie auf die Stabilität des Preisniveaus. (3 NP)

1.2 Die Vertreter der angebotsorientierten Wirtschaftspolitik sind unter anderem der Ansicht, dass die Geldmenge eine zentrale Steuerungsgröße für eine positive Entwicklung der Gesamtwirtschaft darstellt.

1.2.1 Erläutern Sie zwei weitere Annahmen der angebotsorientierten Wirtschaftspolitik. (3 NP)

1.2.2 Beurteilen Sie, inwiefern sich das im obigen Artikel genannte Förderprogramm für Zukunftsinvestitionen mit einer angebotsorientierten Wirtschaftspolitik vereinbaren lässt. (2 NP)

1.2.3 Auch aus ordnungspolitischer Sicht haben Vertreter der angebotsorientierten Wirtschaftspolitik bestimmte Vorstellungen.
Beschreiben Sie jeweils das Ziel im Bereich der Wettbewerbs- sowie der Bildungspolitik und nennen Sie jeweils zwei Handlungsempfehlungen. (4 NP)

2

Die jüngsten Konjunkturindikatoren und Umfrageergebnisse für den Zeitraum seit der Ausbreitung des Coronavirus auf das Eurogebiet zeigen einen noch nie dagewesenen Rückgang, der auf einen Konjunktureinbruch im Euroraum und eine sich rapide verschlechternde Lage an den Arbeitsmärkten hindeutet. Die Coronavirus-Pandemie und die damit verbundenen Eindämmungsmaßnahmen haben das verarbeitende Gewerbe und den Dienstleistungssektor massiv beeinträchtigt und die Produktionskapazität der Wirtschaft im Euroraum sowie die Binnennachfrage in Mitleidenschaft gezogen. Im ersten Quartal 2020, das nur teilweise von der Ausbreitung des Coronavirus betroffen war, verringerte sich das reale BIP des Eurogebiets im Quartalsvergleich um 3,8 %. Der Rückgang ist auf die Auswirkungen der Lockdown-Maßnahmen in den letzten Quartalswochen zurückzuführen. Der starke Konjunkturabschwung im April lässt darauf schließen, dass die Auswirkungen im zweiten Quartal noch gravierender sein dürften.

Quelle: EZB, Wirtschaftsbericht, Ausgabe 3 /2020 - Aktuelle wirtschaftliche und monetäre Entwicklungen, S. 3, https://www.bundesbank.de/resource/blob/833004/8bd4c6ff9e0f407715e7eb36114d76ff/mL/2020-03-ezb-wb-data.pdf

2.1 Der EZB-Rat trifft seine geldpolitischen Entscheidungen auf Basis seiner geldpolitischen Strategie.
- Beschreiben Sie, auf welche beiden Säulen sich die geldpolitische Strategie der EZB stützt.
- Ordnen Sie die Analyse im obigen Text begründet einer Säule der geldpolitischen Strategie der EZB zu. (3 NP)

2.2 Die West-Bank erhält von der EZB über die Deutsche Bundesbank folgendes Schreiben:

Zuteilung
Liquiditätsbereitstellung über Offenmarktkredite (Beträge in Mio. Euro)
Längerfristiges Refinanzierungsgeschäft, Tender-ID: 20200244
Durchführung: Standardtender (Mengentender)
Gebotsfrist: 02. 12. 20, 10:30 Uhr, Zuteilungstag: 02. 12. 20
Valutierungstag: 03. 12. 20, Verfalltag: 29. 07. 21, Laufzeit: 238 Tage

Festzinssatz:	−0,25 %	Mindestzuteilungsbetrag:	–
Mindestbietungsbetrag:	0,01	Höchstbietungsbetrag:	–
Mindestzuteilungsquote:	–		
Gesamtes Bietungsvolumen:	1.881	Anzahl der Bieter:	14
Gesamter Zuteilungsbetrag:	1.881	Repartierungsquote:	100,00 %

Quelle: Inhalte geändert und gekürzt, übernommen aus: https://www.bundesbank.de/de/aufgaben/geldpolitik/offenmarktgeschaefte/pandemic-emergency-longer-term-refinancing-operation-peltro-; Zugriff am 02. 01. 2021

2.2.1 Die West-Bank hat ein Gebot in Höhe von 100 Mio. Euro abgegeben.
- Begründen Sie, welcher Betrag der West-Bank zugeteilt wurde.
- Ermitteln Sie den Rückzahlungsbetrag.

Die Zins- und Tilgungszahlung ist am Ende der Laufzeit fällig.
Die EZB legt für die Zinsberechnung das Jahr mit 365 Tagen zugrunde. (3 NP)

2.2.2 Begründen Sie, weshalb die EZB dieses Verfahren in der dargestellten Wirtschaftslage anwendet. (2 NP)

INFO Längerfristige Refinanzierungsgeschäfte sind nicht mehr prüfungsrelevant, Tenderverfahren bei Hauptrefinanzierungsgeschäften jedoch weiterhin.

2.3 Nehmen Sie an, den Geschäftsbanken entsteht durch das Offenmarktgeschäft eine zusätzliche Überschussreserve von 1,8 Mrd. Euro. Die maximal mögliche Geldschöpfung des Geschäftsbankensystems beträgt 60 Mrd. Euro. Die Geldmenge steigt jedoch tatsächlich nur um 40 Mrd. Euro.

2.3.1 Berechnen Sie den Reservesatz (Bar- und Mindestreserve). (2 NP)

2.3.2 Erläutern Sie, weshalb die maximal mögliche Geldschöpfung im vorliegenden Fall nicht erreicht wurde (zwei Aspekte). (3 NP)

INFO Der Geldschöpfungsmultiplikator ist nicht mehr prüfungsrelevant! Deshalb werden die Lösungen zur Aufgabe 2.3 nicht abgedruckt.

Lösungsvorschlag

1.1.1 Nachfrageorientierte Wirtschaftspolitik

Die nachfrageorientierte Wirtschaftspolitik fordert das aktive Eingreifen des Staates. Im Rahmen der Fiskalpolitik werden dabei Staatseinnahmen und Staatsausgaben zur Abmilderung von Konjunkturschwankungen eingesetzt.
Im vorliegenden Fall wird auf Steuereinnahmen durch die Senkung der Umsatzsteuer verzichtet, was der Konsumgüternachfrage zugutekommt.
Gleichzeitig werden die Staatsausgaben durch den Kinderbonus erhöht, wodurch die Nachfrage nach Konsumgütern zusätzlich gestärkt wird.

1.1.2 Antizyklische Fiskalpolitik

Bei der antizyklischen Fiskalpolitik sollen die Staatsausgaben und Staatseinnahmen entgegen dem Konjunkturverlauf eingesetzt werden, um konjunkturelle Schwankungen auszugleichen.
In einer Rezession erhöht der Staat seine Ausgaben und senkt seine Einnahmen, um insgesamt die gesamtwirtschaftliche Nachfrage zu erhöhen.

1.1.3 Auswirkungen nachfrageorientierter Wirtschaftspolitik auf Staatsverschuldung und Stabilität des Preisniveaus

Staatsverschuldung:
Konjunkturprogramme können zu staatlichen Haushaltsdefiziten führen, wenn die zusätzlichen Staatsausgaben über staatliche Kreditaufnahmen finanziert werden müssen *(deficit spending)*. Werden diese Defizite in einer Hochkonjunktur nicht wieder abgebaut, erhöht sich die Staatsverschuldung.

Stabilität des Preisniveaus:
Der Einsatz der expansiven Fiskalpolitik führt zu einer gestiegenen gesamtwirtschaftlichen Nachfrage. Wenn das Angebot nicht in gleichem Maße ansteigt, ist die Preisniveaustabilität in Gefahr.

1.2.1 Angebotsorientierte Wirtschaftspolitik – Annahmen

Stabilitätshypothese: Ein marktwirtschaftliches System ist grundsätzlich stabil, wenn der Wettbewerb auf den Märkten funktioniert. Instabilität ist die Folge von staatlichen Eingriffen in den Wirtschaftsprozess.
Liberalistische Staatsauffassung: Der Staat soll nicht aktiv in das Wirtschaftsgeschehen eingreifen, sondern sich auf die Schaffung von günstigen Rahmenbedingungen für die Angebots- bzw. Unternehmensseite beschränken.

1.2.2 Angebotsorientierte Wirtschaftspolitik und Förderprogramme

Förderprogramme für Zukunftsinvestitionen sollen langfristig technologische Entwicklungen in den Unternehmen der Kfz-Branche begünstigen und sind daher mit einer angebotsorientierten Wirtschaftspolitik vereinbar.

1.2.3 Angebotsorientierte Wirtschaftspolitik – Ziele im Bereich der Wettbewerbs- und Bildungspolitik

Wettbewerbspolitik: Ziel ist es, einen funktionierenden Wettbewerb zu gewährleisten. Vertreter der angebotsorientierten Wettbewerbspolitik empfehlen daher den Abbau von wettbewerbshemmenden bürokratischen Hürden (Deregulierung) und Fusionskontrolle.

Bildungspolitik: Ziel ist es, der Wirtschaft Arbeitskräfte mit den benötigten Qualifikationen zur Verfügung zu stellen. Angebotstheoretiker*innen empfehlen für die Ausbildung mehr Praxisnähe und eine stärkere Orientierung am Bedarf der Wirtschaft.

2.1 Geldpolitische Strategie der EZB

- Die geldpolitische Strategie der EZB beruht auf der wirtschaftlichen und monetären Analyse.
  Die wirtschaftliche Analyse beobachtet z. B. die Entwicklung der Konjunktur, der Lohnkosten und der Wechselkurse.
  Die monetäre Analyse befasst sich mit der Entwicklung der Geldmenge und deren Auswirkungen auf das Preisniveau.
- Der Text kann der wirtschaftlichen Analyse zugeordnet werden, da er sich mit der konjunkturellen Entwicklung (BIP) befasst.

2.2.1 Mengentender

TIPP Beachten Sie bei dieser Aufgabe, dass es sich um einen negativen Zinssatz handelt. Der Rückzahlungsbetrag ist also geringer als der zugeteilte Betrag.

Die West-Bank erhält 100 Mio. Euro zugewiesen, da die Repartierungsquote 100 % beträgt.

Berechnung der Zinsen:

$$\text{Zinsen} = \frac{\text{Kapital} \cdot \text{Zinssatz} \cdot \text{Tage}}{100 \cdot 365}$$

$$= \frac{100.000.000 \cdot (-0,25) \cdot 238}{100 \cdot 365} = -163.013,70 \text{ Euro}$$

Berechnung des Rückzahlungsbetrages:

$$\text{Rückzahlungsbetrag} = \text{Zuteilungsbetrag} + \text{Zinsen}$$

$$= 100.000.000 + (-163.013,70) = \mathbf{99.836.986,30\ Euro}$$

2.2.2 Durch den negativen Zinssatz, die lange Laufzeit und die Vollzuteilung stellt die EZB eine ausreichend hohe Liquidität der Geschäftsbanken sicher. Die Geschäftsbanken sollen den Unternehmen und Haushalten dadurch günstige Kredite anbieten können. Damit unterstützt die EZB die allgemeine Wirtschaftspolitik der Euro-Länder.

Baden-Württemberg Profilfach Volks- und Betriebswirtschaftslehre
BWL mit Rechnungswesen (Teil 1)
Musteraufgabe 1 im Stil des Abiturs

Beschaffung (ABC-Analyse, Verfahren zur Materialbereitstellung, Beschaffungsziele, Sourcing-Strategien)

Die Fietsen GmbH ist ein mittelständischer Hersteller von Fahrrädern. Diese werden in verschiedenen Typen und Größen auf dem Markt angeboten. Die Produktpalette umfasst Trekkingräder, Citybikes, Mountainbikes und E-Bikes. In den letzten Jahren ist mit dem zunehmenden ökologischen Bewusstsein und Handeln die Nachfrage nach Fahrrädern immer weiter gestiegen. So möchte sich auch die Fietsen GmbH als nachhaltiges und sozial faires Unternehmen präsentieren. Um im internationalen Wettbewerb weiterhin profitabel zu agieren, soll das Kosteneinsparpotenzial in der Beschaffung überprüft werden.

Aufgabenstellung

1.1 Aus Kostengründen werden für die Produktion bestimmte Teile des Trekkingrads Typ Prärie fremdbezogen. Diese werden bedarfsorientiert beschafft. Mittels einer ABC-Analyse soll das Beschaffungsverfahren überprüft werden.
- Ermitteln Sie, in welche ABC-Kategorie die Fremdbauteile einzuteilen sind. Verwenden Sie hierzu die Daten aus der Anlage (S. 5). Runden Sie auf zwei Nachkommastellen.
- Begründen Sie, ob die Vorratshaltung für die Fremdbauteile „Bremseinrichtung" und „Schläuche" geeignet ist.
- Beschreiben Sie eine mögliche Gestaltung der Beschaffungsaktivitäten für beide Fremdbauteile. (8 NP)

1.2 Ein Lieferant bietet der Fietsen GmbH an, das Fremdbauteil „Schrauben" nur noch mittels des Kanban-Konzepts zu liefern. Die Schrauben werden in Boxen zugesandt, die mit einem Barcode versehen sind. In einer Box sind 500 Stück Schrauben. Durch eine integrierte Software kann der Lieferant den Bedarf der Fietsen GmbH erkennen und leere Boxen durch volle austauschen.

1.2.1 Erläutern Sie zwei Voraussetzungen, welche bei der Umsetzung des Kanban-Konzepts für das Fremdbauteil „Schrauben" erfüllt sein müssen. (4 NP)

1.2.2 Durch die Einführung des Kanban-Konzepts würde sich die GmbH vertraglich auf einen Lieferanten festlegen.
Stellen Sie drei Probleme dar, die sich für die Fietsen GmbH daraus ergeben könnten. (3 NP)

1.3 Die Akkus aller E-Bikes werden zukünftig von einem neuen kostengünstigen Lieferanten Danche Ltd. aus China bezogen. Zur Ermittlung der optimalen Bestellmenge liegen folgende Daten vor.
In der Vergangenheit wurde ermittelt, dass monatlich 600 Stück an E-Bike-Akkus benötigt werden. Pro Lieferung fallen 1.250 EUR Bestellkosten an. Die E-Bike-Akkus können aufgrund der Vorgaben des Lieferanten nur in einer Verpackungseinheit von je 100 Stück bestellt werden. Der Einstandspreis liegt bei 240 EUR pro Stück. Der Lagerkostensatz beträgt 20 %.

1.3.1 Ermitteln Sie mithilfe einer selbst erstellten Tabelle die optimale Bestellmenge für die E-Bike-Akkus. (6 NP)

1.3.2 Bei einem Unglück im Suezkanal ist ein Schiff auf Grund gelaufen. Der Wasserweg zwischen dem Roten Meer und dem Mittelmeer kommt zum Erliegen. Durch die anhaltend angespannte Situation im Frachtverkehr mit entsprechenden Transportumwegen erhöhen sich die zukünftigen Transportkosten der Fietsen GmbH.
Beurteilen Sie die Auswirkungen der steigenden Transportkosten auf die optimale Bestellmenge für E-Bike-Akkus. (3 NP)

1.3.3 Die Mengenplanung wurde mittels der optimalen Bestellmenge festgelegt und für die E-Bike-Akkus umgesetzt. Nun soll die Zeitplanung überprüft werden. Es wird das Bestellpunktverfahren angewandt. Einen Monat nach dem Lieferantenwechsel zu Danche Ltd. zeichnet sich folgender Verlauf des Lagerbestands ab (Skizze):

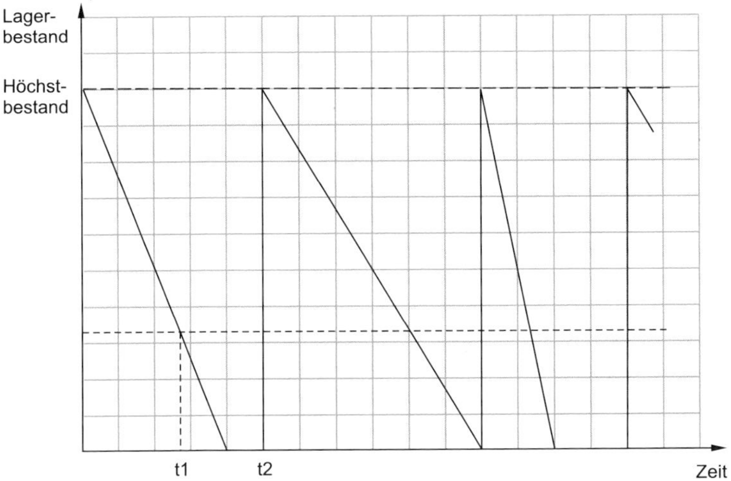

t1 Meldebestand
t2 Lieferzeitpunkt zum Höchstbestand

- Analysieren Sie die Situation hinsichtlich des Servicegrades.
- Entwickeln Sie zwei Lösungsvorschläge zur Steigerung des Servicegrades. (5 NP)

1.4 Das Fremdbauteil „Fahrradfelge“ wird in unterschiedlichen Varianten für mehrere Fahrradtypen in unterschiedlichen Größen benötigt. Die Beschaffungsabteilung prüft für dieses Fremdbauteil die nachfolgenden Beschaffungsstrategien auf wirtschaftliche, soziale und ökologische Aspekte:

Wirtschaftliche Ziele

Die Geschäftsleitung verfolgt bei ihren Lieferanten einen Servicegrad bezüglich der Bestellungen von 90 %, um Produktionsstillstände und hohe Lagerbestände zu vermeiden. Sie legt auf ein kundenorientiertes Distributionsverfahren ihrer Lieferanten Wert, sodass eine schnelle bedarfsorientierte Anlieferung ermöglicht wird. Um eine hohe Qualität zu sichern, soll die Quote der Fehllieferungen unter 1 % liegen. Die Beschaffungskosten sollen ohne Qualitätseinbußen niedrig gehalten werden.

Ökologische und soziale Ziele

Die Marktforschung hat als wesentliches Verkaufsargument ein nachhaltig produziertes E-Bike ermittelt. Das Unternehmen möchte sich daher als nachhaltiges und sozial faires Unternehmen präsentieren und die Geschäftsleitung strebt in diesen Bereichen einige Zertifizierungsverfahren an. Daher sollen Zulieferer bevorzugt werden, die auf faire Löhne, gute Arbeitsbedingungen sowie auf ökologische Aspekte, wie die Anlieferung und Abfallvermeidung, Wert legen.

Folgende Daten zu den Bestellungen für die Fahrradfelgen liegen vor:

Quartal	Anzahl der Bestellungen	Anzahl der mängelfreien Lieferungen
1. Quartal	375	345
2. Quartal	350	310
3. Quartal	250	215
4. Quartal	245	200

Die Fahrradfelgen werden nach der Sourcing-Strategie „Global multiple Sourcing“ auf direktem Wege an die Fietsen GmbH geliefert. Eine Zertifizierung der Lieferanten im Bereich Nachhaltigkeit oder Soziales liegt nicht vor. Es ist nur bekannt, dass die Zulieferer den Rohstoff Aluminium aus Aluminiumhütten beziehen. Die Auswahlkriterien der Fietsen GmbH hinsichtlich der Zulieferer sind die Qualität und der Einkaufspreis der Fahrradfelgen.

- Analysieren Sie die Erfüllung der wirtschaftlichen, sozialen und ökologischen Beschaffungsziele der Fietsen GmbH.
- Entwickeln Sie insgesamt sechs Handlungsempfehlungen zur Erreichung der drei Beschaffungsziele. (11 NP)

Anlage zu Teilaufgabe 1.1

Fremdbauteil	Verbrauch pro Jahr in Stück	Bezugspreis in EUR je Einheit	Verbrauchswert in EUR	Rang
Gangschaltung	2.000	50,00		
Schlauch	4.000	7,00		
Reifen	4.000	35,00		
Fahrradfelgen	4.000	140,00		
Schrauben	100.000	0,35		
Sattel	2.000	28,00		
Scheinwerfer	2.000	40,00		
Fahrradkette	2.000	22,00		
Bremseinrichtung	2.000	190,00		

Fremdbauteil	wertmäßiger Anteil in %	kumulierter Wertanteil in %	ABC-Güter

Es gilt folgende Einteilung:
A-Gut ca. 75 %
B-Gut ca. 20 %
C-Gut ca. 5 %

Lösungsvorschlag

1.1 ABC-Analyse

TIPP Eine ABC-Analyse erfolgt immer nach folgenden Schritten:
Schritt 1: Berechnung der Verbrauchswerte (Verbrauch in Stk. · Wert pro Stück)
Schritt 2: Sortierung der Materialien nach Verbrauchswerten
Schritt 3: Berechnung des wert- und mengenmäßigen Gesamtverbrauchs aller Güter
Schritt 4: Berechnung der prozentualen Anteile der einzelnen Güter und anschließende Aufsummierung
Schritt 5: Bestimmung der A-, B- und C-Güter
Durch die beiliegende Anlage ist diese Struktur bereits vorgegeben. Ebenfalls festgelegt sind die Prozentzahlen für die Einteilung der Güter in die Kategorien A, B und C. Generell können diese Prozentzahlen je nach Branche, benötigten Gütern usw. variieren. Wundern Sie sich also nicht, wenn die Prozentzahlen in einer anderen Aufgabe von den hier gegebenen abweichen.

Fremdbauteil	Verbrauch pro Jahr in Stück	Bezugspreis in EUR je Einheit	Verbrauchs-wert in EUR	Rang
Gangschaltung	2.000	50,00	100.000	4
Schlauch	4.000	7,00	28.000	9
Reifen	4.000	35,00	140.000	3
Fahrradfelgen	4.000	140,00	560.000	1
Schrauben	100.000	0,35	35.000	8
Sattel	2.000	28,00	56.000	6
Scheinwerfer	2.000	40,00	80.000	5
Fahrradkette	2.000	22,00	44.000	7
Bremseinrichtung	2.000	190,00	380.000	2
Gesamter Verbrauchswert			1.423.000	

Fremdbauteil	wertmäßiger Anteil in %*	kumulierter Wertanteil in %	ABC-Güter
Fahrradfelgen	39,35	39,35	A
Bremseinrichtungen	26,70	66,05	A
Reifen	9,84	75,89	A
Gangschaltung	7,03	82,92	B
Scheinwerfer	5,62	88,54	B
Sattel	3,94	92,48	B
Fahrradkette	3,09	95,57	B
Schrauben	2,46	98,03	C
Schlauch	1,97	100,00	C

* wertmäßiger Anteil des Fremdbauteils am gesamten Verbrauchswert von 1.423.000 €

Vorratshaltung und Gestaltung der Beschaffungsaktivitäten:

TIPP Anhand der Einteilung der Güter nach dem ABC-Schema kann auf das geeignete Beschaffungsprinzip geschlossen werden. A-Güter sollten bedarfsorientiert (just in time) beschafft werden, C-Güter verbrauchsorientiert. Bei B-Gütern muss eine Einzelfallentscheidung getroffen werden. Um in der Aufgabe eine eindeutige Unterscheidung vornehmen zu können, wird hier nur nach einem A- und nach einem C-Gut gefragt.

- **Bremseinrichtung:**
  Die „Bremseinrichtungen" sind durch ihren hohen Anteil am Jahresverbrauchswert eindeutig A-Güter. Um eine unnötige Kapitalbindung zu vermeiden, sollte der Lagerbestand gering gehalten werden. Eine große Vorratshaltung im Lager wäre kontraproduktiv. In diesem Fall ist es also ratsam, die Beschaffungsaktivitäten weiterhin bedarfsorientiert zu gestalten. Eine gute Möglichkeit ist die sogenannte Just-in-time-Beschaffung, bei der das benötigte Material genau zu dem Zeitpunkt und in der Menge geliefert wird, wie es benötigt wird.
- **Schläuche:**
  Die „Schläuche" hingegen sind mit ihrem geringen Anteil am Jahresverbrauchswert C-Güter. Da eine Lagerhaltung von solchen Gütern wenig Kapital bindet, ergibt es Sinn, einen großzügigeren Vorrat anzulegen. Die Beschaffungsaktivitäten sollten dagegen gering gehalten werden, um die Kosten, die beispielsweise durch Personal entstehen, niedrig zu halten. Ein mögliches Beschaffungsprinzip wäre das Bestellrhythmusverfahren. Sobald bei der Überprüfung des Lagerbestands eine festgelegte Grenze unterschritten wird, wird die passende Menge bestellt, um den Höchstbestand zu erreichen.

1.2.1 Voraussetzungen für Kanban-Konzept

- Die Schrauben sollten ein standardisiertes Produkt sein. Nur so ist eine Beschaffung in Kisten/Chargen sinnvoll. Eine große Variantenvielfalt oder häufige Produktänderungen sind beim Kanban-Konzept problematisch.
- Eine hohe Qualität der Schrauben ist notwendig. Besonders, wenn die Schrauben in kleineren Boxen geliefert werden und somit nur minimale Lagerbestände vorhanden sind, kann jedes fehlerhafte Teil zu Produktionsverzögerungen führen.

1.2.2 Probleme bei der Abhängigkeit von einem Lieferanten

- Falls es zu Lieferausfällen kommt, ist es schwer, Ersatz zu finden. Mit der Festlegung auf genau einen Lieferanten wird die Produktion auch genau auf diese Schrauben hin ausgelegt. Plötzlich andere Schrauben in anderer Qualität zu verwenden, kann zu Problemen führen.
- Mit der Festlegung auf das Kanban-Verfahren des einen Lieferanten ist die Abnahme auf die Chargengröße von je 500 Stück Schrauben festgelegt. Eine flexible Bestellmenge ist nicht mehr möglich.
- Der Anreiz für den Lieferanten, fortlaufend an Verbesserungen zu arbeiten, könnte sinken. Somit könnte es im Laufe der Zeit zu Einbußen bei der Qualität kommen.

1.3.1 Optimale Bestellmenge

TIPP Die optimale Bestellmenge liegt dann vor, wenn die Gesamtkosten, die sich aus Bestellkosten und Lagerkosten zusammensetzen, minimal sind.

Monatlicher Verbrauch in Stück: 600

Bestellmenge in Stück	Anzahl der Bestellungen	Bestellkosten in EUR[1]	Durchschnittlicher Lagerwert in EUR[2]	Lagerkosten in EUR[3]	Gesamtkosten in EUR
100	6	7.500	12.000	2.400	9.900
200	3	3.750	24.000	4.800	8.550
300	2	2.500	36.000	7.200	9.700

1 Bestellkosten = Anzahl der Bestellungen · 1.250 €
2 durchschnittlicher Lagerwert = Wert der Bestellmenge / 2
3 Lagerkosten = durchschnittlicher Lagerwert · Lagerkostensatz (20 %)

Optimale Bestellmenge, da niedrigste gesamte Kosten: **200 Stück**

1.3.2 Auswirkung steigender Transportkosten

Gestiegene Transportkosten erhöhen den Einstandspreis. Da der Einstandspreis in die Formel zur Berechnung des Lagerwertes eingeht und dieser wiederum in die Berechnung der Lagerkosten, erhöhen sich beide Werte. In der Folge kommt es zu erhöhten Gesamtkosten. Die optimale Bestellmenge kann dadurch gegebenenfalls sinken, denn bei geringeren Lagerbeständen sind die Lagerkosten niedriger.

1.3.3 Verbesserung des Servicegrades

Analyse des Servicegrades:
Im dargestellten Monat hat das Unternehmen zu zwei Zeitpunkten keinen Lagerbestand mehr. Zu erkennen ist dies an den zwei Stellen, an denen die Geraden die X-Achse kreuzen und danach nicht gleich ein Anstieg erfolgt. Dies ist zwischen t1 und t2 der Fall und am Ende des Monats. Bis zum Eintreffen der neuen Akkus können demnach keine E-Bikes produziert werden. Die Produktions- und anschließenden Lieferengpässe senken den Servicegrad.

Vorschläge zur Steigerung des Servicegrades:

- Eine Möglichkeit, die komplett leeren Lager zu vermeiden und damit den Servicegrad zu steigern, ist ein höherer Sicherheitsbestand, um Lieferschwierigkeiten zu verhindern oder außerordentliche Nachfragesteigerungen abzufangen.
- Eine weitere Möglichkeit ist die Erhöhung des Meldebestands. Man sollte diesen so festlegen, dass der Bestand im Lager bis zum Eintreffen der neuen Lieferung nur bis zum Sicherheitsbestand abgebaut wird. Somit wäre ein dauerhafter Vorrat an Akkus gesichert und damit der Servicegrad erhöht.

1.4 Wirtschaftliche, soziale und ökologische Beschaffungsziele

Analyse der Erfüllung der angestrebten Beschaffungsziele:

- **Wirtschaftliches Beschaffungsziel:** Servicegrad von 90 %

Quartal	Anzahl der Bestellungen	Anzahl der mängelfreien Lieferungen	Erreichter Servicegrad
1. Quartal	375	345	92,00 %
2. Quartal	350	310	88,57 %
3. Quartal	250	315	86,00 %
4. Quartal	245	200	81,63 %

Bei der Betrachtung des erreichten Servicegrades fällt auf, dass nur im ersten Quartal die geforderten 90 % erreicht bzw. übertroffen wurden. In den kommenden Quartalen gelang dies nicht und der Trend ist sogar negativ. Der nötige Bedarf an Felgen steht im angegebenen Zeitraum also nicht immer zur Verfügung. Die bedarfsorientierte Anlieferung kann von den Lieferanten nicht vollständig erfüllt werden

- **Soziale Beschaffungsziele:** faire Löhne und gute Arbeitsbedingungen
  Laut Beschreibung nutzt das Unternehmen Global Sourcing und legt bei der Auswahl der Lieferanten vor allem Wert auf die Qualität und den Einkaufspreis der Felgen. Bei einer solchen Strategie ist es schwierig zu überprüfen, ob faire Löhne gezahlt werden und die Arbeitsbedingungen gut sind. Es ist möglich, dass das Unternehmen mit Lieferanten zusammenarbeitet, welche die an sie gestellten Anforderungen nicht erfüllen.
- **Ökologische Beschaffungsziele:** ökologische Anlieferung, Abfallvermeidung
  Beim beschriebenen Global Sourcing wird die Ware auch von weit entfernten Produzenten bezogen, deren direkte Lieferung zu einem erhöhten CO_2-Ausstoß beim Transport führt. Die vom Unternehmen eigentlich geforderte nachhaltige Anlieferung wird demnach nicht erfüllt; die ökologischen Aspekte werden vernachlässigt.

Handlungsempfehlungen zur Erreichung der Beschaffungsziele

- **Wirtschaftliches Beschaffungsziel:**
  Um den Servicegrad in Zukunft generell erreichen zu können, sollte die Lieferantenauswahl überprüft werden. Dabei sollte ein besonderes Augenmerk auf die Lieferfähigkeit gelegt werden.
  Eine andere Möglichkeit, bei der weiterhin mit den bestehenden Lieferanten zusammengearbeitet werden könnte, wäre die Einführung von Vertragsstrafen bei Nichterfüllung des Servicegrads. Entstandene Mehrkosten könnten somit ausgeglichen werden.
- **Soziale Beschaffungsziele:**
  Um ihre gesetzten Ziele zu erreichen, sollte die Fietsen GmbH Lieferanten auswählen, die über eine Zertifizierung im Bereich Nachhaltigkeit und Soziales verfügen und diese nachweisen können.
  Eine weitere Maßnahme wäre der Aufkauf von vorgelagerten Produktionsstufen. Damit könnte die GmbH direkt Einfluss auf faire Löhne und Arbeitsbedingungen nehmen.
- **Ökologische Beschaffungsziele:**
  Cross Docking könnte eine Alternative sein, um den CO_2-Ausstoß zu reduzieren. Es ermöglicht, dass in einem Verteilzentrum die Bestellung an Fahrradfelgen mit weiteren Fremdbauteilen kombiniert werden kann. Es kommt zu einer Bündelung der Bestellungen, die zu Kosteneinsparung und Reduktion des CO_2-Ausstoßes führt.
  Außerdem könnte das Unternehmen versuchen, auf Lieferanten umzusteigen, die recyceltes Altaluminium in der Produktion verwenden.

Baden-Württemberg Profilfach Volks- und Betriebswirtschaftslehre
BWL mit Rechnungswesen (Teil 1)
Musteraufgabe 2 im Stil des Abiturs

Vollkostenrechnung (Kostenstellungsrechnung, Kostenträgerstückrechnung, Kalkulation mit Maschinenstundensätzen, kalkulatorische Kosten)

Die mittelständische TÜFE Schmid OHG mit Unternehmenssitz in Heidenheim stellt hochwertige Türen und Fenster für verschiedene Fertighausanbieter her. Seit einem Jahr hat sich die TÜFE Schmid OHG darauf spezialisiert, neben dem vorhandenen Grundsortiment auch Einzelfertigungen nach Kundenwünschen herzustellen. Die umrüstbaren Fertigungsanlagen lassen eine flexible Produktion zu. Aktuell wird im Ein-Schicht-Betrieb gefertigt.

Aufgabenstellung

2.1 Um dem zunehmenden Kostendruck begegnen zu können, soll eine Analyse der Kostensituation durchgeführt werden. Für das erste Quartal des laufenden Jahres liegen verschiedene Informationen aus dem internen Rechnungswesen vor (Anlage 1, S. 13).
Ermitteln Sie mithilfe der Anlage 2 (S. 14) die Istgemeinkostenzuschlagssätze. (6 NP)

2.2 Begründen Sie, weshalb für den Verwaltungs- und Vertriebsgemeinkostenzuschlagssatz unterschiedliche Zuschlagsgrundlagen verwendet werden. (3 NP)

2.3 Für die Kalkulation von Kundenaufträgen verwendet die TÜFE Schmid OHG Normalgemeinkostenzuschlagssätze (NGKZ) (Anlage 3, S. 14).

2.3.1 Berechnen Sie unter Berücksichtigung der Ergebnisse aus Aufgabe 2.1 mithilfe einer Gesamtkalkulation nach dem folgenden Schema die Kostenabweichungen in den einzelnen Kostenstellen für das erste Quartal des Geschäftsjahres.

Kalkulations-schema	Istkosten (EUR)	NGKZ in %	Normalkosten (EUR)	Kostenüber-/ -unterdeckung (EUR)

(6 NP)

2.3.2 Erklären Sie in diesem Zusammenhang die unterschiedliche Bedeutung von Ist- und Normalgemeinkosten.
Analysieren Sie für die Kostenstellen „Material“ und „Fertigung“ die Abweichungen anhand von jeweils einer Ursache. (5 NP)

2.4 Zur Verbesserung der Kostenkontrolle überlegt die Geschäftsleitung der TÜFE Schmid OHG, ihre Produkte in Zukunft mithilfe der Maschinenstundensatzrechnung zu kalkulieren. Eingesetzt wird die Maschine des Typs Türtron 5200.

2.4.1
- Berechnen Sie die Abweichung in den Selbstkosten einer Türe des Modells Klima40plus mit und ohne Maschinenstundensatzkalkulation unter Berücksichtigung der Daten aus den Anlagen 3 und 4 (S. 14–15).
- Begründen Sie in diesem Zusammenhang, weshalb die Maschinenstundensatzrechnung zu einer Verbesserung der Kostenkontrolle führt. (12 NP)

2.4.2 Die Produktionskapazität der TÜFE Schmid OHG ist nahezu ausgelastet. Aufgrund der stark gestiegenen Auftragseingänge schlägt der Controller deshalb vor, bei der Türenproduktion vom Ein-Schicht-Betrieb in einen Zwei-Schicht-Betrieb überzugehen. Dies wäre aus kostenrechnerischen Gründen sinnvoll.
Beurteilen Sie diesen Vorschlag. (3 NP)

2.4.3 Zur Ermittlung des Maschinenstundensatzes verrechnet die TÜFE Schmid OHG unter anderem kalkulatorische Zinsen.
- Vergleichen Sie anhand von zwei Merkmalen die kalkulatorischen Zinsen mit den Zinsaufwendungen lt. Finanzbuchhaltung.
- Beurteilen Sie die Notwendigkeit des unterschiedlichen Ansatzes. (5 NP)

Anlage 1 Angaben aus dem internen Rechnungswesen zum 1. Quartal

		Kostenstellen			
Gemein-kostenarten	**Betrag**	**Material**	**Fertigung**	**Verwaltung**	**Vertrieb**
Energie	29.000 EUR	12.000 kWh	72.000 kWh	20.000 kWh	12.000 kWh
Miete	11.700 EUR	300 qm	500 qm	420 qm	280 qm
Hilfslöhne	49.500 EUR	12.500 EUR	37.000 EUR	–	–
Gehälter	155.000 EUR	15.000 EUR	32.000 EUR	48.000 EUR	60.000 EUR
Instand-haltung	36.000 EUR	3	6	1	2
kalkulatori-sche Ab-schreibungen	33.800 EUR	3.500 EUR	16.000 EUR	8.300 EUR	6.000 EUR
kalkulato-rische Zinsen	21.900 EUR	2.500 EUR	10.200 EUR	5.400 EUR	3.800 EUR
sonstige Ge-meinkosten	189.560 EUR	15.160 EUR	134.900 EUR	13.324 EUR	26.176 EUR
Zuschlags-grundlagen		350.000 EUR	180.000 EUR	Herstell-kosten der Produktion	Herstell-kosten des Umsatzes

Weitere Informationen aus dem internen Rechnungswesen:

Bestände	**Unfertige Erzeugnisse**	**Fertige Erzeugnisse**
Quartalsanfangsbestand	240.000 EUR	110.000 EUR
Quartalsendbestand	250.000 EUR	70.000 EUR

Anlage 2 zu Aufgabe 2.1: Betriebsabrechnungsbogen für das 1. Quartal

		Kostenstellen			
Gemeinkostenarten	**Betrag**	**Material**	**Fertigung**	**Verwaltung**	**Vertrieb**
Energie	29.000 EUR				
Miete	11.700 EUR				
Hilfslöhne	49.500 EUR	12.500 EUR	37.000 EUR	–	–
Gehälter	155.000 EUR	15.000 EUR	32.000 EUR	48.000 EUR	60.000 EUR
Instandhaltung	36.000 EUR				
kalkulatorische Abschreibungen	33.800 EUR	3.500 EUR	16.000 EUR	8.300 EUR	6.000 EUR
kalkulatorische Zinsen	21.900 EUR	2.500 EUR	10.200 EUR	5.400 EUR	3.800 EUR
sonstige Gemeinkosten	189.560 EUR	15.160 EUR	134.900 EUR	13.324 EUR	26.176 EUR
Summe	526.460 EUR				
Zuschlagsgrundlagen					
Istgemeinkostenzuschlagssätze in %					

Anlage 3 Daten aus dem internen Rechnungswesen

Materialgemeinkostenzuschlagssatz	12 %
Fertigungsgemeinkostenzuschlagssatz	160 %
Verwaltungsgemeinkostenzuschlagssatz	10 %
Vertriebsgemeinkostenzuschlagssatz	15 %
Restfertigungsgemeinkostenzuschlagssatz	70 %
Maschinenbelegung für eine Türe Klima40plus	1 Stunde
Fertigungsmaterial pro Türe Klima40plus	200,00 EUR
Fertigungslöhne pro Türe Klima40plus	80,00 EUR

Alle Zuschlagssätze sind auf Normalkostenbasis angegeben.

Anlage 4 Datenblatt Türtron 5200

Laufzeit der Maschine im Jahr:	46 Wochen zu je 40 Stunden pro Schicht
Wiederbeschaffungskosten:	360.000,00 EUR
kalkulatorische Zinsen:	8 % p. a.
tatsächliche Nutzungsdauer:	10 Jahre
Abschreibungsverfahren:	linear
Reparatur- und Wartungskosten pro Laufstunde:	12,00 EUR
Raumkosten pro Monat:	6,00 EUR/m^2
Raumbedarf der Maschine:	40 m^2
Energiekosten:	durchschnittlicher Stromverbrauch: 52 kWh kWh-Preis: 0,25 EUR jährlicher Anteil an Zählermiete: 80,00 EUR

Lösungsvorschlag

2.1 BAB, Istgemeinkostenzuschlagssätze

TIPP Sie müssen zunächst mithilfe des vorgegebenen Verteilungsschlüssels die Gemeinkosten auf die Kostenstellen umlegen. Dazu verteilen Sie die vorgegebene Summe nach den Zuschlagsgrundlagen. Bei der Energie sind beispielsweise die Kilowattstunden je Kostenstelle gegeben. Für die Kostenstelle Material ergeben sich:

$$\frac{12.000\text{ kWh}}{116.000\text{ kWh}} \cdot 29.000\text{ €} = 3.000\text{ €}$$

Die 116.000 kWh entsprechen der Summe aller verbrauchten kWh.

Bei der Miete dienen die Quadratmeterzahlen der Verteilung. In der Summe sind es 1.500 qm. Für die Kostenstelle Material ergeben sich beispielsweise:

$$\frac{300\text{ qm}}{1.500\text{ qm}} \cdot 11.700\text{ €} = 2.340\text{ €}$$

Die Verteilung der Instandhaltungskosten erfolgt zu 3/12 (Material), 6/12 (Fertigung), 1/12 (Verwaltung) und 2/12 (Vertrieb). Am Beispiel des Materials:

$$\frac{3}{12} \cdot 36.000\text{ €} = 9.000\text{ €}$$

		Kostenstellen			
Gemeinkostenarten	**Betrag**	**Material**	**Fertigung**	**Verwaltung**	**Vertrieb**
Energie in EUR	29.000	3.000	18.000	5.000	3.000
Miete in EUR	11.700	2.340	3.900	3.276	2.184
Hilfslöhne in EUR	49.500	12.500	37.000	–	–
Gehälter in EUR	155.000	15.000	32.000	48.000	60.000
Instandhaltung in EUR	36.000	9.000	18.000	3.000	6.000
kalkulatorische Abschreibungen in EUR	33.800	3.500	16.000	8.300	6.000
kalkulatorische Zinsen in EUR	21.900	2.500	10.200	5.400	3.800
sonstige Gemeinkosten in EUR	189.560	15.160	134.900	13.324	26.176
Summe in EUR	526.460	63.000	270.000	86.300	107.160
Zuschlagsgrundlagen in EUR		350.000	180.000	863.000	893.000
Istgemeinkostenzuschlagssätze in %		**18**	**150**	**10**	**12**

TIPP Durch Aufsummierung erhalten Sie die gesamten Gemeinkosten je Kostenstelle. Beim Material und der Fertigung sind Ihnen die Zuschlagsgrundlagen gegeben und Sie können die Istzuschlagssätze sofort ermitteln:

Material: $\frac{63.000\text{ €}}{350.000\text{ €}} \cdot 100\ \% = 18\ \%$

Fertigung: $\frac{270.000\text{ €}}{180.000\text{ €}} \cdot 100\ \% = 150\ \%$

Zur Berechnung der Istzuschlagssätze der Kostenstellen Verwaltung und Fertigung müssen Sie zunächst die Herstellkosten der Produktion bzw. die Herstellkosten des Umsatzes ermitteln.

Achten Sie darauf, dass Bestandsmehrungen subtrahiert und Bestandsminderungen addiert werden.

			Istkosten (EUR)
	Fertigungsmaterial		350.000
+	Materialgemeinkosten	18 %	63.000
=	Materialkosten		413.000
	Fertigungslöhne		180.000
+	Fertigungsgemeinkosten	150 %	270.000
=	Fertigungskosten		450.000
	Herstellkosten der Produktion		**863.000**
–	Bestandsmehrung (UE)		10.000
+	Bestandsminderung (FE)		40.000
=	Herstellkosten des Umsatzes		**893.000**

$$\text{Verwaltungsgemeinkostenzuschlagssatz} = \frac{86.300 \cdot 100}{863.000} = 10\ \%$$

$$\text{Vertriebsgemeinkostenzuschlagssatz} = \frac{107.160 \cdot 100}{893.000} = 12\ \%$$

2.2 Herstellkosten der Produktion und des Umsatzes

Wenn man die Herstellkosten der Produktion um die Bestandsveränderungen „korrigiert“, dann erhält man die Herstellkosten des Umsatzes, also die Herstellkosten für die tatsächlich verkauften Produkte. Da im Allgemeinen Vertriebskosten nur für abgesetzte Produkte anfallen, werden diese Kosten als Grundlage zur Berechnung des Vertriebsgemeinkostenzuschlagssatzes herangezogen. Verwaltungstätigkeiten hingegen beziehen sich i. d. R. auf alle Geschäftsprozesse im Produktions- und Verwaltungsbereich. Die Verwaltungsgemeinkosten haben daher als Grundlage die Herstellkosten der Produktion.

2.3.1 Ermittlung der Kostenabweichungen

TIPP Um die Kostenabweichungen zu ermitteln, müssen Sie die Istkosten, die Sie aus der Aufgabe 2.1 übernehmen können, den Normalkosten gegenüberstellen. Die Berechnung der Normalkosten erfolgt mithilfe der gegebenen Normalkostenzuschlagssätze (vgl. Anlage 3).

	Ist-kosten (EUR)	NGKZ %	Normal-kosten (EUR)	(+) Kostenüberdeckung (–) Kostenunterdeckung (EUR)
Fertigungsmaterial	350.000		350.000	
+ Materialgemein-kosten	63.000	12	42.000	–21.000
= Materialkosten	413.000		392.000	
Fertigungslöhne	180.000		180.000	
+ Fertigungsgemein-kosten	270.000	160	288.000	+18.000
= Fertigungskosten	450.000		468.000	
Herstellkosten der Produktion	863.000		860.000	
– Bestandsmehrung (UE)	10.000		10.000	
+ Bestandsminderung (FE)	40.000		40.000	
= Herstellkosten des Umsatzes	893.000		890.000	
+ Verwaltungsgemein-kosten	86.300	10	86.000	–300
+ Vertriebsgemein-kosten	107.160	15	133.500	+26.340
= Selbstkosten	1.086.460		1.109.500	

2.3.2 Ursachen der Kostenabweichung

Bei der Gegenüberstellung von Ist- und Normalgemeinkosten können Kostenabweichungen zwischen der Vorkalkulation und den tatsächlich entstandenen Gemeinkosten ermittelt werden. Die Normalgemeinkosten werden vorab ermittelt und dienen als Grundlage der Kalkulation. Die Istgemeinkosten können erst im Nachhinein ermittelt werden.

- **Analyse und mögliche Ursache der Kostenabweichung „Material":**

  Kostenunterdeckung 21.000 EUR

  Bei der Vorkalkulation wurden 21.000 EUR weniger Kosten eingeplant, als tatsächlich angefallen sind. Eine mögliche Ursache könnten gestiegene Energiekosten sein, die beispielsweise durch eine Verbrauchsabweichung (unwirtschaftliches Verhalten) oder durch eine unvorhersehbare Preiserhöhung zustande kommen können.

- **Analyse und mögliche Ursache der Kostenabweichung „Fertigung":**

  Kostenüberdeckung 18.000 EUR

  Im Bereich der Fertigung wurden in der Vorkalkulation höhere Kosten angesetzt, als dann tatsächlich entstanden sind. Die Ursache könnte eine Preisabweichung sein, z. B. niedrigere Einkaufspreise als angenommen.

2.4.1 Maschinenstundensatzrechnung

TIPP Am besten starten Sie mit der Berechnung des Maschinenstundensatzes. Alle nötigen Daten sind Ihnen in Anlage 4 gegeben. Achten Sie darauf, dass Sie Kosten wie beispielsweise die Raum- und die Reparaturkosten auf das Jahr hochrechnen müssen.

Abweichung der Selbstkosten mit und ohne Maschinenstundensatzrechnung

Maschinenabhängige Gemeinkosten:

Kalk. Abschreibung	360.000 : 10 Jahre =	36.000 EUR
+ Kalk. Zinsen	360.000 : 2 · 0,08 =	14.400 EUR
+ Reparaturkosten	12 · 1.840 =	22.080 EUR
+ Raumkosten	6 · 40 · 12 =	2.880 EUR
+ Energiekosten	(52 · 0,25 · 1.840) + 80 =	24.000 EUR
= maschinenabhängige Kosten/Jahr		99.360 EUR

Maschinenlaufzeit = 46 Wochen · 40 Stunden/Schicht = 1.840 Stunden

$$\text{Maschinenstundensatz} = \frac{99.360\ \text{EUR}}{1.840\ \text{Stunden}} = 54\ \text{EUR/h}$$

Traditionelle Zuschlagskalkulation einer Türe Klima40plus:

TIPP Um die Selbstkosten nach traditionellem Schema zu berechnen, nehmen Sie die Normalkostenzuschlagssätze aus Anlage 3. Auch das Fertigungsmaterial und die Fertigungslöhne pro Türe sind Ihnen dort gegeben.
Bestandsveränderungen spielen bei der Berechnung pro Stück naturgemäß keine Rolle. Die Herstellkosten der Produktion dienen als Basis für die Verwaltungs- und die Vertriebsgemeinkosten.

		(EUR)
Fertigungsmaterial		200,00
+ Materialgemeinkosten	12 %	24,00
= Materialkosten		224,00
Fertigungslöhne		80,00
+ Fertigungsgemeinkosten	160 %	128,00
= Fertigungskosten		208,00
Herstellkosten der Produktion		432,00
+ Verwaltungsgemeinkosten	10 %	43,20
+ Vertriebsgemeinkosten	15 %	64,80
= Selbstkosten		540,00

Zuschlagskalkulation einer Türe mit Maschinenstundensatzrechnung:

TIPP Unter Verwendung der Maschinenstundensatzrechnung erfolgt eine Unterteilung der Fertigungsgemeinkosten in maschinenabhängige und lohnabhängige Gemeinkosten (Zuschlagssatz mit 70 % gegeben).

		(EUR)
Fertigungsmaterial		200,00
+ Materialgemeinkosten	12 %	24,00
= Materialkosten		224,00
Fertigungslöhne		80,00
+ Restfertigungsgemeinkosten	70 %	56,00
+ Maschinenkosten		54,00
= Fertigungskosten		190,00
Herstellkosten der Produktion		414,00
+ Verwaltungsgemeinkosten	10 %	41,40
+ Vertriebsgemeinkosten	15 %	62,10
= Selbstkosten		517,50

Differenz = 540,00 – 517,50 = **22,50 EUR**

Begründung für die Verwendung der Maschinenstundensatzrechnung:
Die Maschinenstundensatzrechnung ermöglicht eine genauere Kalkulation, da zu erkennen ist, welche Abweichungen auf die Nutzung der Maschine entfallen. Durch die Trennung in maschinenabhängige Kosten und Restfertigungsgemeinkosten wird eine verursachungsgerechtere Zurechnung der Kosten auf die einzelnen Produkte ermöglicht. Schwankungen bei den Fertigungslöhnen wirken sich zudem nicht so stark auf die Gemeinkosten aus.

2.4.2 Fixkostendegression

Aufgrund der gestiegenen Auftragslage ist der Vorschlag des Controllers sinnvoll, da die Selbstkosten pro Türe sinken. Im Zwei-Schicht-Betrieb wird der Maschinenstundensatz geringer; die maschinenabhängigen fixen Kosten verteilen sich auf mehr produzierte Stück.

2.4.3 Kalkulatorische und bilanzielle Zinsen

Vergleich hinsichtlich der Berechnungsgrundlage und des Zinssatzes:

- Die bilanziellen Zinsen werden vom eingesetzten Fremdkapital berechnet. Der Zinssatz entspricht dem Fremdkapitalzinssatz, der mit dem Kapitalgeber vereinbart wurde.
- Die kalkulatorischen Zinsen werden vom durchschnittlich eingesetzten Kapital (Hälfte des Wiederbeschaffungswertes) berechnet. Der Zinssatz ist rein kalkulatorisch und hängt von der erwarteten Verzinsung ab.

Beurteilung der Notwendigkeit des unterschiedlichen Ansatzes:

Es ist notwendig, zwei unterschiedliche Ansätze zu haben, da die bilanziellen Zinsen ausschließlich auf Basis der tatsächlich gezahlten Zinsen an die Fremdkapitalgeber berechnet werden. Die Tatsache, dass im Unternehmen auch Eigenkapital eingesetzt ist, das andernfalls zinsbringend am Kapitalmarkt angelegt werden könnte, ist dabei nicht berücksichtigt. Dieser Punkt kommt erst bei den kalkulatorischen Zinsen zum Tragen. Dort wird eine Verzinsung des eingesetzten Eigenkapitals berücksichtigt.

Baden-Württemberg Profilfach Volks- und Betriebswirtschaftslehre BWL mit Rechnungswesen (Teil 1)

Musteraufgabe 3 im Stil des Abiturs

Internes Rechnungswesen (Deckungsbeitragsrechnung) – Absatzmarketing (Lebenszyklusmodell, Komparativer Konkurrenzvorteil, Ausweitung des Produktprogramms) – Aktiengesellschaft mit rechtsformabhängiger Finanzierung (Aktienarten, Kapitalaufbringung)

Die Green Outdoor Activity AG entwickelt und produziert seit 2010 nachhaltige Produkte für den Outdoor-Sport. Am Hauptsitz im Schwarzwald werden ca. 15 % der umweltfreundlichen und ressourcenschonenden Produkte, die sich durch ein zeitloses Design, robustes Material und einfache Reparierbarkeit auszeichnen, hergestellt.
Das Produkt- und Absatzprogramm der Green Outdoor Activity AG umfasst u. a. die Produktlinie Trekkingzelte. Beim umsatzstärksten Produkt „Himalaya-Futurelight" melden die Mitarbeiter im Außendienst rückläufige Verkaufszahlen. Auf Wunsch der Geschäftsleitung soll eine Produktlebenszyklus-Analyse vorgenommen werden.

Aufgabenstellung

3.1 Begründen Sie unter Zuhilfenahme der Anlage 1 (S. 25), in welcher Phase des Produktlebenszyklus sich das Produkt „Himalaya-Futurelight" nach Abschluss der Forschung und Entwicklung im Zeitraum von 2012 bis 2020 jeweils befindet. (5 NP)

3.2 Für die Green Outdoor Activity AG ist es wirtschaftlich von Bedeutung, ihr Produktprogramm an Marktveränderungen anzupassen.
Erläutern Sie zwei produktpolitische Maßnahmen am Beispiel der Produktgruppe „Trekkingzelte". (3 NP)

3.3 In einer Vorstandssitzung der Green Outdoor Activity AG wird die Umsatz- und Gewinnentwicklung des Produkts „Himalaya-Futurelight" analysiert. Der Vorstandsvorsitzende schlägt die Herausnahme des Produkts aus dem Sortiment vor.
Diskutieren Sie den Vorschlag des Vorstandsvorsitzenden mit vier Argumenten. (5 NP)

3.4 In der Vorstandssitzung wird der Stellenwert der Produktgruppe Zelte auch grundsätzlich diskutiert. Ein Mitarbeiter der Marketingabteilung ist der Meinung, dass die neue Generation von Zelten der Green Outdoor Activity AG sehr gut ist, es aber nicht gelungen sei, einen komparativen Konkurrenzvorteil zu erlangen. Der Marketingmitarbeiter gibt hierfür folgende Punkte an:

Die neue Generation von Zelten hat eine Membranbeschichtung, welche die Produkte 20 % leichter macht und trotzdem einen wasserabweisenden Schutz bietet. Andere Wettbewerber haben aber gleichwertige Beschichtungen mit vergleichbaren Eigenschaften.

In einer Umfrage der Fachzeitschrift Outdoorfan gaben Leser an, welche Eigenschaften ihnen bei einem Zelt am wichtigsten sind. Die Top-5-Antworten waren in folgender Rangfolge: Isolierende Wirkung, Volumen, Gewicht, Design, Marke.
Zelte der neuen Generation werden von den potenziellen Kunden bevorzugt bei den Wettbewerbern Blue AG, High GmbH und All In AG gekauft.

Beurteilen Sie den komparativen Konkurrenzvorteil der Produktgruppe Zelte auch unter Berücksichtigung der Anlage 2 (S. 25). (5 NP)

3.5 Die Green Outdoor Activity AG besteht seit drei Jahren in der Rechtsform einer AG. Die Gründer Tobias Klemm und Enes Celik sind im Besitz von jeweils 450.000 Aktien zum Nennwert von 6,00 EUR. Das sind 80 % des Grundkapitals der AG. Die restlichen Aktien sind an Kleinaktionäre ausgegeben worden. Alle Aktien sind Namensaktien. Klemm und Celik wurden vom ersten Aufsichtsrat zum Vorstand bestellt.

3.5.1 Erläutern Sie zwei Vorteile der Ausgabe von Namensaktien für die Vorstände Klemm und Celik. (3 NP)

3.5.2 Die beiden Vorstände Klemm und Celik streben eine Gütesiegelzertifizierung für nachhaltige und ökologische Produkte an. Hierfür muss das Produktprogramm modernisiert und noch stärker auf Nachhaltigkeit ausgerichtet werden. Sie beabsichtigen, das hierfür notwendige Kapital in Höhe von 1.250.000 EUR in Form der Beteiligungsfinanzierung zu beschaffen. Klemm und Celik selbst können kein zusätzliches Kapital aufbringen. Dennoch möchten sie die qualifizierte Mehrheit im Unternehmen behalten.

- Beschreiben Sie mit rechnerischem Nachweis das Problem, das sich für Klemm und Celik im Rahmen der Kapitalerhöhung ergeben kann.
- Entwickeln Sie einen Vorschlag, wie Klemm und Celik dieses Problem lösen könnten. (6 NP)

3.6 Im Rahmen der strategischen Neuausrichtung der Green Outdoor Activity AG sind zwei Sachverhalte genauer zu prüfen.

1. Sachverhalt:
Zum einen möchten die beiden Vorstände im kommenden Geschäftsjahr die Produktion von Zelten und Schlafsäcken einstellen, um sich stärker auf die Herstellung und den Absatz von Bekleidung und Schuhen zu konzentrieren.

2. Sachverhalt:
Zum anderen möchte die Green Outdoor Activity AG nicht nur umweltfreundlich, sondern auch fair hergestellte Produkte anbieten. Etwa 85 % der Produktionspartner befinden sich in Asien. In einer von der Green Outdoor Activity AG beauftragten Produktionsstätte in Vietnam wurde ein Fall von Kinderarbeit beanstandet. Dort wird der Damenschuh Modell „Mont Blanc" gefertigt. Es wird überlegt, die Produktion des Modells einzustellen.

Beurteilen Sie die beiden Vorhaben unter Berücksichtigung der Informationen in den Anlagen 3 bis 5 (S. 26–27). (13 NP)

Anlage 1 Umsatz- und Gewinnverlauf des Produkts „Himalaya-Futurelight“ der Green Outdoor Activity AG

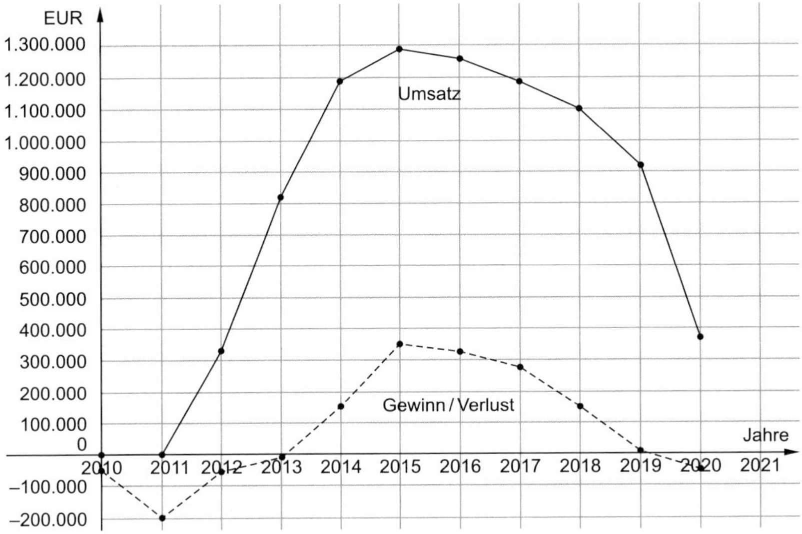

Anlage 2 Marktanteil-Marktwachstums-Portfoliomatrix der Green Outdoor Activity AG

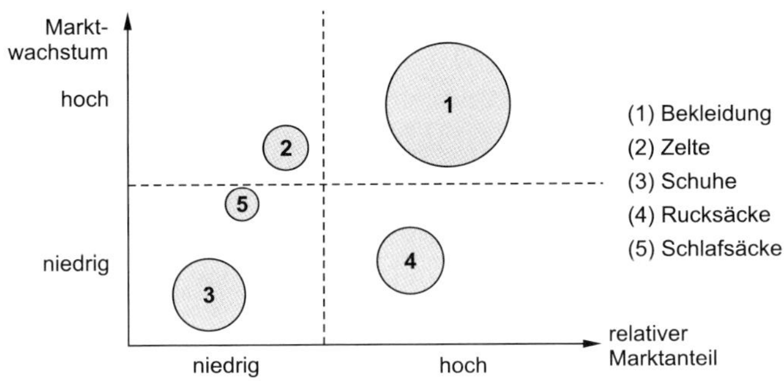

Anlage 3 Umsatzanteile der Produktgruppen am Gesamtumsatz der Green Outdoor Activity AG

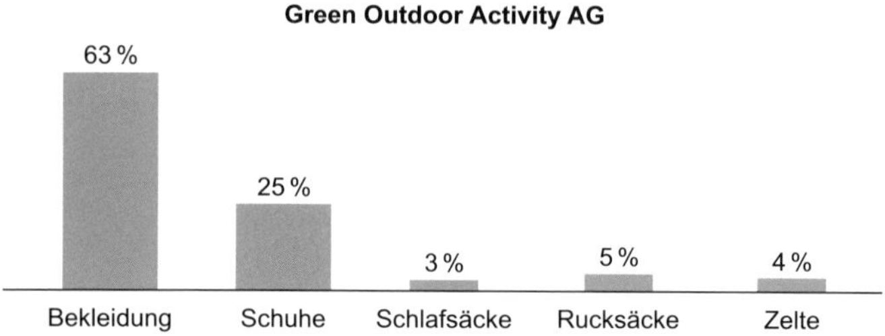

Anlage 4 Kommentare der Mitarbeiter im Außendienst

Neuer Trend:

„Camping und Zelten in der Natur erleben weiteren Aufwind. Der Trend, Urlaub mit Wohnmobil und/oder Zelt in der Natur zu verbringen, steigt nach wie vor. Naturliebhaber und junge Familien folgen diesem Trend, der bereits in den vergangenen Jahren zu beobachten war und sich weiter fortsetzen wird."

„Der Trend wird begünstigt durch den Wunsch vieler Haushalte, sich klimaschonend und nachhaltig zu verhalten. Einfaches, unkompliziertes Reisen mit wenig Ausrüstung, die leicht und kompakt ist, wird gewünscht."

„Viele Kunden berichten, Natur sei der Ausgleich für die zunehmende Verdichtung und die hektische Lebensweise in den Städten."

„Die Kunden wünschen sich unkomplizierten Urlaub mit Familie oder Freunden, der viel Freiheit lässt und Mobilität gewährleistet, und dieser ist mit Camping und Zelten optimal zu organisieren."

„Der Trend zum Einfachen bringt immer mehr Kunden dazu, einen Zelturlaub zu planen. Auch die, die vorher diese Art des Reisens abgelehnt haben, interessieren sich immer mehr für den ursprünglichen Zelturlaub mit wenig Ballast."

„Der Kunde verlangt durchdachte Lösungen, mit denen man leicht und flexibel reisen kann. Zelt, Schlafsack, Isomatte und Gaskocher sind Artikel, die bei Messen besonders stark im Fokus der Besucher stehen."

Anlage 5

An:	Klemm@Green-Outdoor-Activity.de; Celik@Green-Outdoor-Activity.de
Kopie:	
Betreff:	Informationen – Warengruppe „Mountain Radschuhe“
Von:	Controlling@Green-Outdoor-Activity.de

Sehr geehrter Herr Klemm und Herr Celik,
anbei die Zahlen aus dem 1. Halbjahr:

	Warengruppe „Mountain Radschuhe“ Damen				
	Matterhorn	**Mont Blanc**	**Ortler**	**Eiger**	**Monte Viso**
Absatzmenge in Stück	890	1.690	1.420	900	2.200
Verkaufspreis in EUR	125,00	150,00	170,00	200,00	165,00
variable Kosten in EUR	127,50	119,00	147,00	139,00	153,70

Fixe Kosten: 297.500 EUR
Viele Grüße Ihr Controlling-Team

Lösungsvorschlag

3.1 Produktlebenszyklus

2012–2013	Einführung	In der Einführungsphase sind die Umsätze noch nicht so hoch, da das Produkt einen geringen Bekanntheitsgrad hat. Da die Kosten für die Markteinführung groß sind, ist der Break-Even-Point noch nicht überschritten. Es entstehen noch Verluste.
2013–2014	Wachstum	In der Wachstumsphase steigen die Verkaufs- und Umsatzzahlen deutlich, sodass der Break-Even-Point überschritten wird. Es entstehen Gewinne.
2014–2016	Reife	In der Reifephase liegt das Umsatzmaximum und das Gewinnmaximum. Allerdings steigt auch der Wettbewerb und es müssen verstärkt absatzpolitische Maßnahmen ergriffen werden, sodass der Gewinn am Ende der Reifephase schon wieder sinkt.
2016–2018	Sättigung	In der Sättigungsphase herrscht ein reger Wettbewerb und die eigene Nachfrage sinkt. Aus diesem Grund sind Umsatz und Gewinn rückläufig.
2018–2020	Rückgang	Im Rückgang sinken die Umsätze so stark, dass der Break-Even-Point unterschritten wird. Das Produkt erwirtschaftet einen Verlust.

3.2 Produktpolitische Maßnahmen bei Marktveränderungen

- **Produktvariation:**
  Bei dieser Maßnahme werden die Produkteigenschaften verändert. Eventuell bekommt das Zelt einen neuen Look, eine zusätzliche Funktion oder es entsteht eine Premium-Edition von besonders hoher Qualität. Um ein Zelt noch benutzerfreundlicher zu machen, könnte es beispielsweise extrem leicht und damit für den Einsatz bei langen Wanderungen besonders geeignet sein.
- **Diversifikation:**
  Bei dieser Maßnahme wird das Produktprogramm um neue Produkte erweitert. Dies könnten zum Beispiel Tipis sein.

TIPP Lösungen zu Produktdifferenzierung und Produkteliminierung sind ebenfalls denkbar.

3.3 Entscheidungskriterien bei der Produkteliminierung

Für eine Beibehaltung des Produkts im Sortiment spricht, wenn es als Ergänzungsartikel für andere Artikel dient und somit auch deren Absatz beeinflusst. Außerdem spielt es eine Rolle, ob besonders umsatzstarke Kunden das Produkt nachfragen. In diesem Fall könnte der Wegfall dazu führen, dass die Kunden generell zu einem anderen Anbieter wechseln und damit ein relevanter Teil des Umsatzes entfällt.

Das Produkt sollte hingegen aus dem Sortiment genommen werden, wenn es dauerhaft in die Verlustzone kommt. Denkbar ist auch eine generelle Trendwende bzw. veränderte Gewohnheiten der Verbraucher. Da im vorliegenden Fall bereits Verluste erwirtschaftet werden, spricht einiges dafür, das Zelt aus dem Sortiment zu nehmen. Zelte werden laufend weiterentwickelt, sodass es eine Reihe anderer Zelte im Sortiment gibt, auf die die Kunden alternativ zurückgreifen können.

3.4 Komparativer Kostenvorteil

Um einen komparativen Konkurrenzvorteil begründen zu können, müssen die Bedingungen in der Effektivitätsdimension (Nachfragerseite) und der Effizienzdimension (Anbieterseite) erfüllt sein.

Um einen komparativen Kostenvorteil in der Effektivitätsdimension zu haben, muss das Produkt zum einen für die Kunden von Bedeutung sein und zum anderen von ihnen wahrgenommen werden. Die Umfrage der Fachzeitschrift Outdoorfan zeigt, dass die Eigenschaften, die die neue Generation von Zelten der Green Outdoor Activity AG aufweist, durchaus für die Kunden bedeutsam sind. Allerdings zeigt die Umfrage auch, dass die Kunden bevorzugt bei Wettbewerbern kaufen und die Zelte der Green Outdoor Activity AG nicht ausreichend wahrnehmen.

In der Effizienzdimension liegt ein komparativer Konkurrenzvorteil vor, wenn ein dauerhafter/verteidigungsfähiger Vorteil vorliegt, der einen wirtschaftlichen Nutzen für das Unternehmen bringt. Im vorliegenden Fall führt die Membranbeschichtung nicht zu einem solchen Vorteil, da die Konkurrenz vergleichbare Beschichtungen anbietet.

Die Anlage 2 zeigt, dass sich die Produktgruppe Zelte in der strategischen Position „Question Mark“ (hohes Marktwachstum und niedriger Marktanteil) befindet. Es ist unklar, ob entsprechende Marketinginvestitionen den wirtschaftlichen Nutzen ausreichend steigern könnten.

Der Marketingmitarbeiter hat also recht damit, dass kein komparativer Konkurrenzvorteil vorliegt.

3.5.1 Vorteile von Namensaktien für die AG

TIPP An Namensaktien ist das Besondere, dass der Eigentümer/die Eigentümerin mit Namen, Geburtsdatum und Adresse im Aktienregister eingetragen ist.

- Es kann von Vorteil sein, dass die AG einen genauen Überblick über die Aktionärsstruktur hat. Im Falle einer geplanten Satzungsänderung ist bekannt, in welcher Höhe die einzelnen Aktionäre ihre Beteiligungen haben und wie die Mehrheitsverhältnisse liegen.
- Falls nötig, kann die Outdoor Activity AG auf direktem Weg persönlichen Kontakt zu den Aktionären aufnehmen. Dies kann z. B. bei einer Kapitalerhöhung von Vorteil sein.

3.5.2 Veränderung der Stimmrechtsverhältnisse bei einer Kapitalerhöhung

- **Berechnung der Stimmrechtsproblematik bei der Kapitalerhöhung:**

Bisheriges Kapital:

Klemm:	450.000 Stück · 6 EUR =	2.700.000 EUR	
Celik:	450.000 Stück · 6 EUR =	2.700.000 EUR	
Kapitalanteil der Vorstände:		5.400.000 EUR	= 80 %

Bisheriges gesamtes Grundkapital der AG:
80 % = 5.400.000 EUR
100 % = x
x = 6.750.000 EUR

Kapitalstruktur nach der Kapitalerhöhung:

Neues Grundkapital der AG:
6.750.000 + 1.250.000 Kapitalerhöhung = 8.000.000 EUR

8.000.000 EUR = 100 %
5.400.000 EUR = x
x = 67,5 %

Da Klemm und Celik keine jungen Aktien erwerben, würde ihre prozentuale Beteiligung an der AG auf 67,5 % sinken. Sie würden die qualifizierte Mehrheit (mindestens 75 %) verlieren.

Lösungsvorschlag:
Es wäre eine Möglichkeit, dass die neuen Aktionäre Vorzugsaktien ohne Stimmrecht erhalten (§ 12 Abs. 1 AktG). Erhöhte Dividendenzahlungen kompensieren bei dieser Aktienart das fehlende Stimmrecht, was insbesondere für Kleinaktionäre attraktiv ist.

TIPP Eine weitere Lösung wäre, dass Klemm und Celik die Kapitalerhöhung nur im Umfang von 450.000 EUR durchführen und somit ihre qualifizierte Mehrheit behalten. Die restlichen 800.000 EUR könnten fremdfinanziert werden.
5.400.000 EUR = 75,0 %
x = 100,0 %
x = 7.200.000 EUR neues Grundkapital nach Erhöhung
Kapitalerhöhung = 7.200.000 – 6.750.000 = 450.000 EUR

3.6 Produktions- und absatzpolitische Entscheidungen aufgrund von Marktkennzahlen und der Deckungsbeitragsrechnung

Sachverhalt 1:

In Anlage 3 ist zu erkennen, dass die Green Outdoor Activity AG 63 % der Umsätze durch den Verkauf von Bekleidung und 25 % durch Schuhe erzielt. Vor diesem Hintergrund erscheint es zunächst sinnvoll, sich auf diese Produkte zu konzentrieren.

Die Kommentare der Außendienstmitarbeiter in Anlage 4 machen allerdings deutlich, dass einfaches, unkompliziertes Reisen im Trend liegt; Campingurlaub und Zelten seien sehr beliebt, da die Kunden die Natur erleben möchten und eine Vorliebe für das Einfache bestehe. Hierfür werden Zelte und Schlafsäcke benötigt. Die Bedürfnisse der Kunden deuten eher auf ein Marktwachstum im Bereich Campingausrüstung hin.

Ein Ausstieg aus diesem Markt verhindert eventuell die Möglichkeit, sich in einem Wachstumsmarkt zu etablieren.

Zudem ist es möglich, dass die Kunden Outdoorbekleidung und Outdoorausstattung wie Zelte und Schlafsäcke gerne gemeinsam kaufen. Wenn nur noch Bekleidung und Schuhe angeboten würden, könnte es sein, dass potenzielle Kunden ganz wegbrechen.

Da sich die Marktchancen positiv darstellen, ist die Einstellung der Produktion von Zelten und Schlafsäcken nicht zu empfehlen.

TIPP Auch andere begründete Schlussfolgerungen sind möglich.

Sachverhalt 2:

	Matterhorn	Mont Blanc	Ortler	Eiger	Monte Viso
Absatzmenge in Stk.	890	1.690	1.420	900	2.200
Verkaufspreis in EUR	125,00	150,00	170,00	200,00	165,00
variable Kosten in EUR	127,50	119,00	147,00	139,00	153,70
db in EUR	–2,50	31,00	23,00	61,00	11,30
Rangfolge	5	2	3	1	4
DB in EUR	–2.225,00	52.390,00	32.660,00	54.900,00	24.860,00

Die Deckungsbeitragsanalyse zeigt, dass das Modell „Mont Blanc" den zweithöchsten Deckungsbeitrag erzielt. Wenn die Green Outdoor Activity AG das Produkt aus der Warengruppe nimmt, verschlechtern sich der Deckungsbeitrag und entsprechend das Betriebsergebnis um 52.390 EUR.
Aus diesem Grund ist es sinnvoll, zu versuchen, die Bedingungen so zu verändern, dass das Produkt im Sortiment bleiben kann. Dies ist zum einen möglich durch eine Verbesserung der Produktionsbedingungen beim Lieferanten bzw. vermehrte Kontrollen. Alternativ kann versucht werden, einen anderen Hersteller zu finden, der ein vergleichbares Produkt mit gleicher Kostenstruktur anbietet. Wenn das allerdings nicht möglich ist, muss der Schuh aus dem Produktprogramm eliminiert werden, um einen etwaigen Imageverlust zu verhindern.

Baden-Württemberg Profilfach Volks- und Betriebswirtschaftslehre
Volkswirtschaftslehre (Teil 2)
Musteraufgabe 4 im Stil des Abiturs

Preisbildung und Verhaltensweisen bei Unternehmen mit Marktmacht (Monopol, Polypol auf dem unvollkommenen Markt, Oligopol) in Verbindung mit Verhaltensweisen der Nachfrager am Gütermarkt

Aufgabenstellung

4.1 Vegetarische und vegane Ernährung liegen im Trend. Verbraucherinnen und Verbraucher ersetzen Fleisch zunehmend durch pflanzliche Alternativen. Hauptgründe sind eine gesundheitsbewusstere Ernährung, die Förderung des Tierwohls und der Schutz der Umwelt. Wie stark sich dieser Trend fortsetzt, wird aber auch von der Preisentwicklung abhängen. Noch sind Fleischersatzprodukte zum Teil deutlich teurer.
Erläutern Sie die oben angesprochenen Bestimmungsgründe der Nachfrage für Fleischersatzprodukte. (3 NP)

4.2 Die Homemade Burger GmbH in Stuttgart nahm, wie viele andere Burger-Restaurants in der Region, diesen Trend auf und bietet seit einigen Jahren vegetarische und vegane Burger an. Topseller ist der Burger „Veggie-Cheese".
Bisher erfolgte der Verkauf dieses Burgers zum Preis von 9,00 EUR. Der Geschäftsführer der Homemade Burger GmbH ist der Meinung, dass durch eine Preissenkung auf 8,00 EUR der Erlös gesteigert und der Gewinn maximiert werden könnte.
Beurteilen Sie die Ansicht des Geschäftsführers unter Berücksichtigung der Informationen in der Anlage 1 (S. 35). (5 NP)

4.3 Die Homemade Burger GmbH plant, einen Burger auf Algenbasis in das Sortiment aufzunehmen. Sie wäre aktuell der einzige Anbieter eines solchen Burgers im Großraum Stuttgart. Das monatliche Verkaufsziel liegt bei 2.000 Burgern. Sollte diese Absatzmenge zum regulären Preis nicht möglich sein, kann für die Kundengruppe Schülerinnen und Schüler, Auszubildende und Studierende ein zweiter, niedrigerer Preis eingeführt werden.
Aufgrund einer Marktuntersuchung wird folgende Preis-Absatz-Funktion für diesen Burger zugrunde gelegt:
$x(p) = 4.000 - 400p$
Die Kostenfunktion lautet:
$K(x) = 300 + 4x$

- Arbeiten Sie die optimale Preisstrategie für die Homemade Burger GmbH heraus. Unterstellen Sie hierbei, dass die zusätzlichen Nachfrager bei dem zweiten, niedrigeren Preis ausschließlich aus der Kundengruppe Schülerinnen und Schüler, Auszubildende und Studierende stammen und diese Kundengruppe nur zu dem niedrigeren Preis nachfragt.
- Begründen Sie Ihre Vorgehensweise. (8 NP)

4.4 Die Homemade Burger GmbH rechnet damit, dass zukünftig auch andere Restaurants Burger auf Algenbasis anbieten werden.
Erläutern Sie die Dilemmasituation, die sich daraus für die Homemade Burger GmbH hinsichtlich preispolitischer Entscheidungen ergeben wird. (4 NP)

Anlage zu Teilaufgabe 4.2

Information 1: Zusammenhang zwischen Preis und wöchentlich absetzbarer Menge (Preis-Absatz-Kurve)

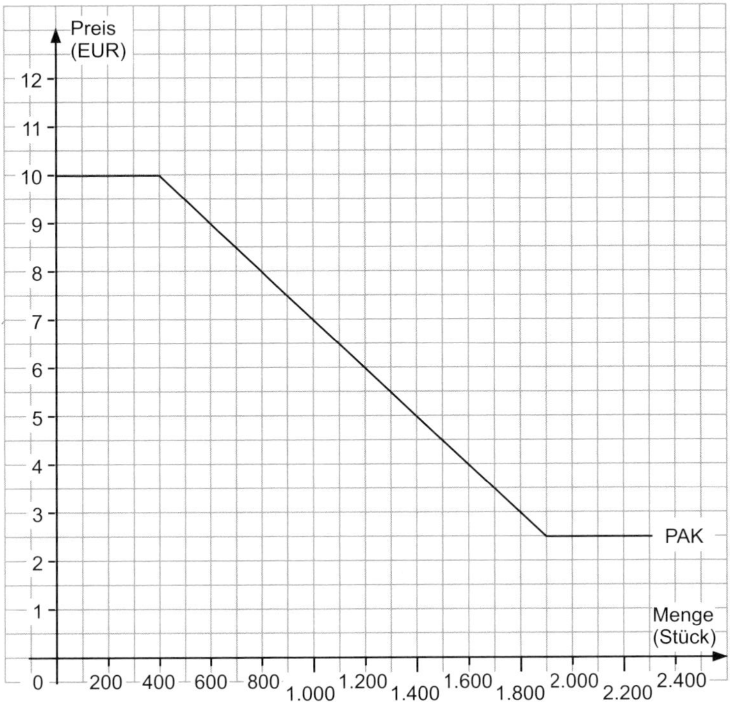

Information 2: Entwicklung der Gesamtkosten bei steigender Produktionsmenge

Menge (Stück)	0	500	1.000	1.500	2.000
Gesamtkosten (EUR)	500	2.000	3.500	5.000	6.500

Die variablen Kosten je Stück bleiben bei einer Veränderung der Produktionsmenge konstant.

Lösungsvorschlag

4.1 Bestimmungsgründe der Nachfrage

- Die Veränderung der Bedürfnisstruktur (gesundheitsbewusstere Ernährung, Tierwohl, Schutz der Umwelt) führt zu einer wachsenden Nachfrage nach Fleischersatzprodukten.
- Wenn der Preis des Gutes (Fleischersatzprodukte) sinkt, wird die nachgefragte Menge steigen. Wenn der Preis steigt, bewirkt dies das Gegenteil.
- Bei einer Veränderung des Preises des Substitutionsgutes Fleisch ändert sich auch die Nachfrage nach Fleischersatzprodukten. Wird Fleisch (relativ) teurer, nimmt die Nachfrage nach Fleischersatzprodukten zu und umgekehrt.

4.2 Preispolitik des Polypolisten auf dem unvollkommenen Markt

Grafische Ermittlung der gewinnmaximalen Preis-Mengen-Kombination:

TIPP Zur grafischen Ermittlung zeichnen Sie die Grenzerlöskurve (gleicher y-Achsenabschnitt und doppelte Steigung gegenüber dem mittleren Teil der PAF) und die Grenzkostenkurve (1. Ableitung der Kostenfunktion) ein. Am Schnittpunkt der beiden befindet sich der x-Wert des Gewinnmaximums. Den zugehörigen Preis ermitteln Sie dann über die PAF.

- **Information 1:** Doppelt-geknickte-Preisabsatzfunktion des Polypolisten
- **Information 2:** Grundlage zur Ableitung der Kostenfunktion $K(x) = 500 + 3x$
- Die Grenzkosten entsprechen den variablen Stückkosten, d. h. $K'(x) = 3$.
- Die Grenzerlöse ergeben sich aus der Halbierungsregel.
  → gewinnmaximaler Preis = 7,50 EUR
  → gewinnmaximale Menge = 900 Stück

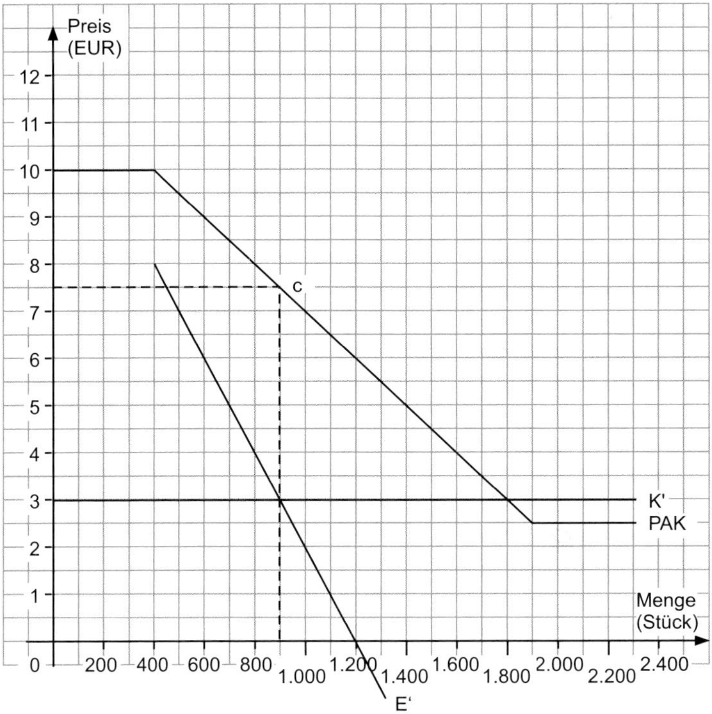

TIPP Alternativ wäre auch eine rechnerische Lösung möglich. Dabei muss zunächst die Preis-Absatz-Funktion ermittelt werden. Nach Aufstellung der Erlösfunktion kann die Grenzerlösfunktion abgeleitet werden. Durch Gleichsetzen von Grenzerlösen und Grenzkosten kann dann die gewinnmaximale Preis-Mengen-Kombination ermittelt werden.

Beurteilung der behaupteten Erlössteigerung:
Die vorgeschlagene Preissenkung auf 8,00 EUR führt zu einer Erhöhung der Erlöse. Die Nachfrager reagieren in dieser Situation stark auf Preisänderungen, sodass der prozentuale Mengenzuwachs höher ist als die prozentuale Preissenkung (elastischer Bereich der Preis-Absatz-Funktion).
Alternative Begründung: Im Bereich der Preissenkung sind die Grenzerlöse positiv, d. h. die Preissenkung führt zu einem Erlöszuwachs.

Beurteilung der behaupteten Erreichung des Gewinnmaximums:
Mit der Preissenkung auf 8,00 EUR wird das Gewinnmaximum nicht erreicht. Aufgrund der Gewinnmaximierungsregel E' = K' liegt dieses bei einem Preis von 7,50 EUR.

4.3 Preispolitik eines Monopolisten auf dem unvollkommenen Markt

a Ermittlung der gewinnmaximalen Preis-Mengen-Kombination (des Cournot-Preises und der dazugehörigen Menge)

- Ermittlung der Grenzerlöse aus der Preis-Absatz-Funktion
  $x(p) = 4.000 - 400p$
  $p(x) = 10 - 0{,}0025x$
  $E(x) = p(x) \cdot x = 10x - 0{,}0025x^2$
  $E'(x) = 10 - 0{,}005x$
- Ermittlung der Grenzkosten
  $K(x) = 300 + 4x$
  $K'(x) = 4$
- Anwendung der Gewinnmaximierungsbedingung $E' = K'$
  $E'(x) = 10 - 0{,}005x = 4$
  $x_{Gmax} = 1.200$ Stück
  x_{Gmax} in $p(x)$ einsetzen
  $\rightarrow p_{Gmax} = 10 - 0{,}0025 \cdot 1.200 = 7{,}00$ EUR

b Bestimmung des Preises beim beabsichtigten Absatzziel in Höhe von 2.000 Stück
$\rightarrow p(x) = 10 - 0{,}0025 \cdot 2.000 = 5{,}00$ EUR

Die optimale Preisstrategie für die Homemade Burger GmbH besteht darin, die gewinnmaximale Menge von 1.200 Stück zum gewinnmaximalen Preis von 7,00 EUR abzusetzen. Die verbleibenden 800 Stück bis zum Absatzziel von 2.000 Stück sollten zu einem ermäßigten Preis von 5,00 EUR für Schülerinnen und Schüler, Auszubildende und Studierende abgesetzt werden.

Begründung:
Auf einem unvollkommenen Markt kann ein Monopolist Preisdifferenzierung betreiben. Erst muss mithilfe der Gewinnmaximierungsbedingung E' = K' die gewinnmaximale Preis-Mengen-Kombination ermittelt werden. Die übrige Menge (bis zum Absatzziel) kann dann zu einem niedrigeren Preis angeboten werden.
Bei Preisdifferenzierung unterhalb des Cournot-Preises muss der ermäßigte Preis so hoch wie unter Beachtung des Absatzziels möglich angesetzt werden und auf jeden Fall über den variablen Stückkosten liegen.

4.4 Dilemmasituation beim Oligopol

Es kommt zu einem Dilemma, da der Erfolg preispolitischer Entscheidungen von der Reaktion der Konkurrenz abhängt. Diese ist jedoch nicht vorhersehbar und so kann eine scheinbar vorteilhafte preispolitische Entscheidung zu einer Verschlechterung der wirtschaftlichen Situation im Vergleich zur Ausgangslage führen:

- Angenommen die Homemade Burger GmbH entschließt sich zu einer Preissenkung: In diesem Fall kann es gelingen, Marktanteile zu gewinnen und Umsatz bzw. Gewinn zu steigern. Allerdings nur, wenn die Konkurrenz nicht ebenfalls die Preise senkt. Sollte diese nachziehen, dann kommt es zu keinem Zuwachs an Marktanteilen, in der Folge gehen Umsatz bzw. Gewinn zurück.
- Angenommen die Homemade Burger GmbH entschließt sich zu einer Preiserhöhung: Wenn die Konkurrenz nachzieht, bleiben die Marktanteile gleich und Umsatz bzw. Gewinn steigen. Sollten die anderen Unternehmen hingegen bei dem niedrigeren Preis bleiben, verliert die Homemade Burger GmbH Marktanteile und der Umsatz bzw. Gewinn geht zurück.

Baden-Württemberg Profilfach Volks- und Betriebswirtschaftslehre
Volkswirtschaftslehre (Teil 2)
Musteraufgabe 5 im Stil des Abiturs

Geldtheorie und Geldpolitik

Auszüge aus der Pressemitteilung der Deutschen Bundesbank vom 11. 06. 2021 (gekürzt und bearbeitet):

Preisentwicklung

Die Preisentwicklung ist im laufenden Jahr von den wieder höheren Mehrwertsteuersätzen, den neu eingeführten CO_2-Emissionszertifikaten sowie stark gestiegenen Preisen für Rohöl und auch für Nahrungsmittel geprägt. […]

„Dabei sind zum Jahresende vorübergehend Inflationsraten um 4 Prozent möglich“, sagte [Bundesbankpräsident] Weidmann. [Diese] Sondereffekte laufen im kommenden Jahr aus. Daher rechnen die Bundesbank-Fachleute dann mit Inflationsraten von 1,8 Prozent (2022) beziehungsweise 1,7 Prozent (2023).

Die nachlassende Teuerung von Energie und Nahrungsmitteln überdeckt dabei, dass die Kernrate ohne Energie- und Nahrungsmittel (zusätzlich bereinigt um den Mehrwertsteuereffekt) aufgrund des Aufschwungs, der verbesserten Arbeitsmarktlage und anziehender Lohnzuwächse steigt.

Projektion Juni 2021

Veränderung gegenüber Vorjahr in %	2020	2021*	2022*	2023*
Harmonisierter Verbraucherpreisindex	0,4	2,6	1,8	1,7
Harmonisierter Verbraucherpreisindex ohne Energie und Nahrungsmittel	0,7	1,6	1,5	1,7

*Schätzung bzw. Prognose

Quelle: https://www.bundesbank.de/de/presse/pressenotizen/bundesbank-projektionen-bundesbank-erwartet-starken-aufschwung-867678; Zugriff am 14. 10. 21; gekürzte Darstellung

Aufgabenstellung

5.1 Erläutern Sie, wie sich die in der Pressemitteilung angesprochenen Sondereffekte in der Entwicklung des Harmonisierten Verbraucherpreisindexes und des Harmonisierten Verbraucherpreisindexes ohne Energie und Nahrungsmittel widerspiegeln. (4 NP)

5.2 Preisschwankungen bei Energie wirken sich auf den Verbraucherpreisindex stärker aus als Preisschwankungen bei Nahrungsmitteln.

- Begründen Sie in diesem Zusammenhang das Konzept des Wägungsschemas für den Verbraucherpreisindex.
- Ermitteln Sie die Gewichtung der Nahrungsmittel, wenn die Preissteigerung im September 2021 um 4,6 % zu einer Erhöhung des Verbraucherpreisindexes um ca. 0,445 % führte. (4 NP)

5.3 Arbeiten Sie die ökonomischen Zusammenhänge in den Zeilen 9 bis 12 der Pressemitteilung „Preisentwicklung" heraus. (4 NP)

5.4 Private Haushalte in Deutschland werden immer wieder als Verlierer der aktuellen Geldpolitik der EZB bezeichnet.
Beurteilen Sie diese Aussage unter Berücksichtigung der Informationen in der Anlage (sh. unten) mithilfe von vier Argumenten. (8 NP)

Anlage zu Teilaufgabe 5.4: Auszug Pressemitteilung der EZB vom 9. September 2021

EZB-Leitzinsen

Der Zinssatz für die Hauptrefinanzierungsgeschäfte sowie die Zinssätze für die Spitzenrefinanzierungsfazilität und die Einlagefazilität werden unverändert bei 0,00 %, 0,25 % bzw. –0,50 % belassen. Um sein symmetrisches Inflationsziel von 2 % zu unterstützen und im Einklang mit seiner geldpolitischen Strategie, geht der EZB-Rat davon aus, dass die EZB-Leitzinsen so lange auf ihrem aktuellen oder einem niedrigeren Niveau bleiben werden, bis er feststellt, dass die Inflationsrate deutlich vor dem Ende seines Projektionszeitraums 2 % erreicht und sie diesen Wert im weiteren Verlauf des Projektionszeitraums dauerhaft hält, und er der Auffassung ist, dass die Entwicklung der zugrunde liegenden Inflation hinreichend fortgeschritten ist, um mit einer sich mittelfristig bei 2 % stabilisierenden Inflation vereinbar zu sein. Dies geht unter Umständen damit einher, dass die Inflation vorübergehend moderat über dem Zielwert liegt.

Hinweis: Der Projektionszeitraum bezieht sich in der Regel auf das laufende Jahr und die zwei Folgejahre.

Quelle: https://www.bundesbank.de/resource/blob/875230/3755a788ec00ba698bb9449432ca50eb/mL/2021-09-09-beschluesse-download.pdf, Zugriff am 14. 10. 2021.

Lösungsvorschlag

5.1 Veränderung des HVPI unter Berücksichtigung von Sondereffekten

Wenn man den Harmonisierten Verbraucherpreisindex betrachtet, ist zu erkennen, dass sich der im Text genannte Sondereffekt der stark gestiegenen Preise für Rohöl und Nahrungsmittel in einem deutlichen Anstieg von 0,4 % 2020 auf 2,6 % im Jahr 2021 zeigt.
Die Preisentwicklung bei den anderen Gütergruppen war im Durchschnitt geringer, sodass der Index ohne Energie und Nahrungsmittel einen deutlich schwächeren Anstieg von 0,7 % auf 1,6 % aufweist.
Im Text wird beschrieben, dass die Sondereffekte auslaufen. Dies bildet sich im verringerten Anstieg des Harmonisierten Verbraucherpreisindexes ab. Die prognostizierte Zunahme in den Jahren 2022 und 2023 beträgt nur noch 1,8 % bzw. 1,7 % und nähert sich dem Harmonisierten Verbraucherpreisindex ohne Energie und Nahrungsmittel an bzw. ist im Jahr 2023 auf demselben Niveau.

5.2 Bedeutung des Wägungsschemas

Das Wägungsschema gibt an, welchen Anteil einzelne Güterarten bzw. Gütergruppen an den gesamten Konsumausgaben der privaten Haushalte haben. Je höher der Ausgabenanteil eines Gutes/einer Gütergruppe ist, desto massiver wirken sich Preisänderungen in diesem Bereich auf die Haushalte aus. Bei der Ermittlung des Verbraucherpreisindexes erfolgt deshalb eine unterschiedliche Gewichtung im Wägungsschema.

Ermittlung der Gewichtung der Gütergruppe „Nahrungsmittel“:

$$4{,}6\,\% \cdot x = 0{,}445\,\%$$
$$x = 96{,}73\,‰$$

Die Gewichtung der Gütergruppe „Nahrungsmittel“ beträgt 96,73 ‰.

5.3 Auswirkung des konjunkturellen Aufschwungs auf die Preise

Wenn man allein den Rückgang des Preisanstiegs bei Energie und Nahrungsmitteln betrachtet, verringert sich die Inflationsrate. Allerdings kann dies darüber hinwegtäuschen, dass andere Gütergruppen durchschnittlich teurer werden. Durch die verbesserte Arbeitsmarktlage sinken Arbeitslosigkeit und Kurzarbeit. Die Löhne steigen und das höhere Einkommen wirkt sich in Form einer wachsenden Konsumgüternachfrage aus. Der genannte Aufschwung führt insgesamt zu mehr Nachfrage nach Konsum- und Investitionsgütern. Die Erhöhung der gesamtwirtschaftlichen Nachfrage kann zu Preisniveauerhöhungen führen, wenn das gesamtwirtschaftliche Güterangebot nicht entsprechend mitwächst. Außerdem könnten Unternehmen versuchen, die erhöhten Lohnkosten über die Preise auszugleichen.

5.4 Auswirkung der Geldpolitik der EZB für die privaten Haushalte

Laut der Pressemitteilung aus dem Jahr 2021 sollten die Leitzinssätze unverändert und somit auf niedrigem Niveau belassen werden. Ausschlaggebend dafür war, dass der EZB-Rat eine Erhöhung nur dann vornehmen wollte, wenn das Inflationsziel deutlich und anhaltend überstiegen wird. Somit sind grundsätzlich auch kurzfristig höhere Inflationsraten über dem Zielwert von 2 % durchaus geduldet.

Betrachtet man die Haushalte als Geldsparer, so führen die in der Folge ebenfalls niedrigen Guthabenzinsen zu einem Realwertverlust der Geldanlagen. Unter diesem Gesichtspunkt wären die Haushalte also „Verlierer".

Allerdings gibt es auch Haushalte, die ihr Geld in Realvermögen angelegt haben. Beispielsweise Immobilien steigen in einer solchen Zeit tendenziell in ihrem Wert. Solange die Leitzinsen so niedrig sind, sind außerdem auch die Kreditzinsen niedrig, was vielen Haushalten zugutekommt.

Mit Blick auf das Einkommen der privaten Haushalte lässt sich sagen, dass eine stabile Inflation von 2 % durchaus zu einem Kaufkraftverlust führt. Nur wenn die Beschäftigten einen Inflationsausgleich in gleicher Höhe erhalten, kann die Kaufkraft erhalten bleiben. Da ein solcher Ausgleich allerdings, wenn überhaupt, oft erst zeitversetzt bezahlt wird, kommt es meist zumindest zu einem temporären Nachteil.

Außerdem ist zu berücksichtigen, dass Einkommenserhöhungen auch zu einer erhöhten Einkommensteuerbelastung führen. Folglich müssen die Nominallohnerhöhungen über die Rate der Preisniveauerhöhung hinausgehen, um einen Kaufkraftverlust zu vermeiden.

Es kann also nicht pauschal gesagt werden, dass die Haushalte bei einer solchen Geldpolitik auf jeden Fall zu den „Verlierern" zählen. Allerdings sind sicherlich einige Haushalte tatsächlich negativ betroffen. Vor allem zu nennen sind hier die Personen, die ausschließlich Geld sparen, und solche, die keinen Inflationsausgleich bei ihren Einkommen erhalten.

TIPP Auch andere Aspekte können berücksichtigt werden, z. B.

- die Auswirkungen auf Transfereinkommen der privaten Haushalte oder
- die Auswirkungen auf andere Einkunftsarten, wie z. B. Vermietungs- und Verpachtungseinkünfte.

Baden-Württemberg Profilfach Volks- und Betriebswirtschaftslehre
Volkswirtschaftslehre (Teil 2)
Musteraufgabe 6 im Stil des Abiturs

Notwendigkeit und Ziele der Wirtschaftspolitik; Wirtschaftspolitische Konzeptionen zur Wachstumsförderung und Konjunkturstabilisierung

Aufgabenstellung

6.1 Aus der Konjunkturprognose 2021/2022 des Sachverständigenrats zur Begutachtung der gesamtwirtschaftlichen Entwicklung wurden die Daten in Anlage 1 (S. 45) entnommen.

- Analysieren Sie mithilfe der vorliegenden Informationen die wirtschaftliche Entwicklung für die Bundesrepublik Deutschland.
- Gehen Sie hierbei auch auf die Erreichung zweier wirtschaftspolitischer Ziele des Stabilitätsgesetzes im Jahr 2022 ein. (4 NP)

6.2 Das „Gesetz zur Förderung der Stabilität und des Wachstums der Wirtschaft" (Stabilitätsgesetz) wird dem keynesianischen Ansatz bzw. dem Konzept einer nachfrageorientierten Wirtschaftspolitik zugeordnet. Vertreter einer angebotsorientierten Wirtschaftspolitik stehen diesem kritisch gegenüber.
Vergleichen Sie die Konzepte der nachfrageorientierten und der angebotsorientierten Wirtschaftspolitik hinsichtlich der Rolle des Staates im Rahmen der Stabilisierungspolitik sowie der Aufgaben der staatlichen Einnahmen- und Ausgabenpolitik. (4 NP)

6.3 Im Rahmen der nachfrageorientierten Wirtschaftspolitik spielt der Multiplikatoreffekt eine wichtige Rolle.

- Erläutern Sie die Wirkungsweise des Einkommensmultiplikators auch anhand eines selbst entwickelten Rechenbeispiels.
- Beurteilen Sie diese modellhafte Wirkungsweise mithilfe von zwei Argumenten. (6 NP)

6.4 Der Zusammenhang zwischen der Lohnentwicklung und der Beschäftigung in der Volkswirtschaft wird von den Vertretern der nachfrageorientierten bzw. angebotsorientierten Wirtschaftspolitik unterschiedlich eingeschätzt.
Nehmen Sie vor diesem Hintergrund Stellung zu den aktuellen Lohnforderungen der Gewerkschaften in Höhe von mindestens 4 % für das Jahr 2022. Berücksichtigen Sie hierbei die gesamtwirtschaftliche Entwicklung (Anlage 1) sowie die Informationen in Anlage 2 (S. 45). (6 NP)

Anlage 1 **zu Teilaufgabe 6.1**

	2019	2020	2021*	2022*
Reales Bruttoinlandsprodukt (Wachstum in Prozent)	0,6	–4,9	3,1	4,0
Private Konsumausgaben (Wachstum in Prozent)	1,9	–3,5	0,3	6,9
Investitionen (Wachstum in Prozent)	2,5	–3,1	3,7	4,1
Leistungsbilanzsaldo (in Prozent des BIP)	7,1	7,1	7,9	6,0
Verbraucherpreise (Wachstum in Prozent)	1,4	0,5	2,1	1,9
Arbeitslose (in Millionen)	2,267	2,695	2,682	2,429
Finanzierungssaldo des Staates (in Prozent des BIP)	1,5	–4,2	–4,1	–1,5

* Prognose

Quelle: https://www.sachverstaendigenrat-wirtschaft.de/fileadmin/dateiablage/Konjunkturprognosen/2021/KJ2021_Gesamtausgabe.pdf; Zugriff am 14. 09. 2021; eigene, gekürzte und vereinfachte Darstellung

Anlage 2 **zu Teilaufgabe 6.4: Daten der volkswirtschaftlichen Gesamtrechnung – Veränderung gegenüber dem Vorjahreszeitraum in Prozent**

	2021 1. Halbjahr	2021* 2. Halbjahr	2022* 1. Halbjahr	2022* 2. Halbjahr
Produktivität (Stundenbasis)	2,2	0,1	1,7	1,7
Verbraucherpreise	1,5	2,8	2,1	1,8

* Schätzung bzw. Prognose

Quelle: https://www.sachverstaendigenrat-wirtschaft.de/fileadmin/dateiablage/Konjunkturprognosen/2021/KJ2021_Gesamtausgabe.pdf; Zugriff am 14. 09. 2021; eigene, gekürzte und vereinfachte Darstellung

Lösungsvorschlag

6.1 Analyse der wirtschaftlichen Entwicklung auf Grundlage der Konjunkturprognose

Anhand der Daten aus der Konjunkturprognose ist zu erkennen, dass Deutschland 2019 und 2020 in eine Rezession abgerutscht ist. Das sieht man vor allem am starken Rückgang des realen BIP bis auf −4,9 %. Ab 2021 setzt ein Aufschwung ein, das BIP wächst. Die Indikatoren Konsum, Investitionen und Verbraucherpreise entwickeln sich jeweils in dieselbe Richtung. Die Zahl der Arbeitslosen nimmt, wie zu erwarten, in der Rezession zu und sinkt danach wieder. Weniger eindeutig verhält sich das Leistungsbilanzsaldo. Hierbei ist zu berücksichtigen, dass in der Rezession sowohl Exporte als auch Importe zurückgehen, umgekehrt verhält es sich im Aufschwung. Da die Staatsausgaben in der Rezession steigen (z. B. durch Unterstützungszahlungen für Arbeitslose, konjunkturpolitische Maßnahmen etc.), entspricht auch die Entwicklung der Staatsverschuldung dem Konjunkturverlauf.
Im Jahr 2022 wird das Ziel „stetiges und angemessenes Wirtschaftswachstum“ übererfüllt (4 % statt Zielwert 2,5 bis 3 %), also nicht erreicht. Allerdings ist es nach einer solchen Rezession zunächst nicht ungewöhnlich, wenn höhere Wachstumsraten folgen.
Die Stabilität des Preisniveaus entspricht 2022 mit 1,9 % der Zielvorgabe.

6.2 Vergleich angebots- und nachfrageorientierte Wirtschaftspolitik hinsichtlich der Rolle des Staates

Die nachfrageorientierte Wirtschaftspolitik geht davon aus, dass marktwirtschaftliche Systeme instabil sind. Aus diesem Grund sind staatliche Eingriffe notwendig. Der Staat muss seiner stabilisierungspolitischen Verantwortung nachkommen, indem er mit seiner Einnahmen- und Ausgabenpolitik die gesamtwirtschaftliche Nachfrage steuert. Konjunkturelle Schwankungen sollen geglättet werden (antizyklische Fiskalpolitik). Deshalb erhöht der Staat in Krisenzeiten seine Ausgaben (Erhöhung der Staatsnachfrage) und senkt seine Einnahmen (z. B. Steuererleichterungen). Hierfür wird auch eine Erhöhung der Staatsverschuldung in Kauf genommen (*deficit spending*). In der Hochkonjunktur ist das Vorgehen entgegengesetzt: Der Staat senkt seine Ausgaben und erhöht die Einnahmen wieder. Wenn Überschüsse im Staatshaushalt entstehen, können Schulden bestenfalls wieder getilgt werden.
Im Gegensatz dazu werden die marktwirtschaftlichen Systeme in der angebotsorientierten Wirtschaftspolitik als stabil angesehen; die Märkte tendieren zum Gleichgewicht. Staatliche Eingriffe werden hier sogar als Ursache für Instabilitäten gesehen. In diesem Ansatz wird eine konjunkturneutrale Einnahmen- und Ausgabenpolitik gefordert. Es sollen öffentliche Güter bereitgestellt und gute Rahmenbedingungen geschaffen werden (z. B. Steuerbedingungen, die Leistung fördern).

6.3 Einkommensmultiplikator

Erläuterung der Wirkungsweise:

Unter Beachtung der nachfrageorientierten Wirtschaftspolitik kommt es zu einer Erhöhung der Staatsnachfrage. In der Folge wird mehr produziert, wozu auch mehr Beschäftigte benötigt werden. Somit erhöht sich das Einkommen der Haushalte, welches diese für ihren Konsum verwenden. Abhängig von der marginalen Konsumquote, also von dem Anteil, der für den Konsum ausgegeben wird, steigt die Konsumgüternachfrage. Dies wirkt sich in der Folge ebenfalls positiv auf Wachstum und Beschäftigung aus, sodass sich der Effekt verstärkt. Da die marginale Konsumquote kleiner als 1 ist, wird der Effekt im Laufe der Zeit schwächer. Das Rechenbeispiel zeigt aber, dass das Einkommen stärker zunimmt als die Erhöhung der Staatsnachfrage.

Beispiel:

Die Staatsnachfrage wird um 1.000 GE erhöht.
Die marginale Konsumquote c beträgt 0,75.

Der Multiplikator ergibt sich aus: $\frac{1}{1-c} = \frac{1}{0,25} = 4$

→ Eine Erhöhung der Staatsnachfrage um 1.000 GE führt zu einer Erhöhung des Einkommens um 4.000 GE.

Beurteilung des Modells:

Bei der oben dargestellten Wirkungsweise handelt es sich um ein Konstrukt, das nur unter Modellbedingungen stattfindet. Die erhöhte Staatsnachfrage soll zu positiven Wachstums- und Beschäftigungseffekten führen. In der Realität sind die Bedingungen jedoch oft anders. Zum einen muss die staatliche Nachfrage sich auf Bereiche beziehen, in denen die Unternehmen auch mit einer entsprechenden Produktionssteigerung reagieren, ansonsten setzt kein Effekt ein. Zum anderen ist es in einer offenen Volkswirtschaft so, dass das Einkommen auch ins Ausland abfließen kann (Konsum außerhalb Deutschlands). Somit hätte Deutschland selbst keinen/einen geringeren Konsumanstieg zu verzeichnen. Zudem ist es auch möglich, dass Unternehmen auf die gestiegene Nachfrage mit Preiserhöhungen reagieren, was die Wirkung ebenfalls verringert.

6.4 Stellungnahme zu Lohnforderungen

Vertreter der nachfrageorientierten Wirtschaftspolitik haben bei Lohnsteigerungen den Kaufkrafteffekt im Blick. Höhere Löhne wirken aus diesem Blickwinkel durch den steigenden Konsum beschäftigungsfördernd. Wenn die Lohnerhöhungen den Produktivitätsfortschritt übersteigen, handelt es sich um eine expansive Lohnpolitik.

Vertreter der angebotsorientierten Wirtschaftspolitik empfehlen eine produktivitätsorientierte Lohnpolitik. Nur so lassen sich aus dieser Sicht negative Effekte für die Unternehmen in der Folge von steigenden Lohnstückkosten verhindern. Diese würden die Gewinnsituation bzw. die (internationale) Wettbewerbsfähigkeit stark verschlechtern, was wiederum negative Effekte auf die Beschäftigung hätte. Insbesondere in Zeiten hoher Arbeitslosigkeit sollten die Lohnsteigerungen im Sinne der Beschäftigungsförderung geringer ausfallen als der Produktivitätsfortschritt.

Die geforderte Lohnerhöhung von mindestens 4 % erscheint angesichts der Produktivitätsentwicklung (zu) hoch und würde die Unternehmen sehr stark belasten. Somit wäre die Beschäftigungserhöhung in der Konjunkturphase im Jahr 2022 gefährdet. Allerdings zeigt die Steigerung der Verbraucherpreise, dass die Lohnerhöhung mindestens 2 % betragen muss, damit die reale Kaufkraft der Haushalte zunimmt. Da neben den Kosten auch die Absatzerwartungen der Unternehmen wichtig sind, sollte die Kaufkraft der Haushalte gestärkt werden. Aus meiner Sicht wäre ein Lohnzuwachs von ca. 2,5 % angemessen, um die Kaufkraft zwar zu erhöhen, auf der anderen Seite den Produktivitätszuwachs aber nicht zu stark zu übersteigen.

TIPP Je nach Argumentation sind auch andere Lösungen möglich.

Um Ihnen die Prüfung 2023 schnellstmöglich zur Verfügung stellen zu können, bringen wir sie in digitaler Form heraus.

Sobald die Original-Prüfungsaufgaben 2023 freigegeben sind, können sie als PDF auf der Plattform **MyStark** heruntergeladen werden (Zugangscode vgl. Umschlaginnenseite).

Aktuelle Prüfung

www.stark-verlag.de/mystark